中国古典世情小说

〔清〕荻岸山人 著

平山冷燕

应急管理出版社
·北京·

图书在版编目（CIP）数据

平山冷燕／（清）荻岸山人著. -- 北京 ：应急管理
出版社，2025. --（中国古典世情小说）. -- ISBN 978
-7-5237-0787-6

Ⅰ. I242.4

中国国家版本馆 CIP 数据核字第 2024RP3857 号

平山冷燕（中国古典世情小说）

著　　者	（清）荻岸山人
责任编辑	陈棣芳
封面设计	未来趋势

出版发行	应急管理出版社（北京市朝阳区芍药居 35 号　100029）
电　　话	010 - 84657898（总编室）　010 - 84657880（读者服务部）
网　　址	www. cciph. com. cn
印　　刷	三河市元兴印务有限公司
经　　销	全国新华书店

开　　本	880mm × 1230mm$^1/_{32}$　**印张**　$5^5/_8$　**字数**　135 千字
版　　次	2025 年 6 月第 1 版　2025 年 6 月第 1 次印刷
社内编号	20241082　　　　　　　**定价**　59.80 元

前言

  《平山冷燕》是清代荻岸山人所著的一部爱情小说。由于年代久远，历史存留的资料有限，其作者的真实姓名、生平事迹以及本书的成书年代，已无从考据。有人根据本书作者署名创作的另一部小说《玉娇梨》推测，作者应是清代秀水人张匀，即天花藏主人。因此证据不足而不被公认。

  《平山冷燕》又名《四才子书》，共 20 回。书中主要描写的是燕白颔与山黛、平如衡与冷绛雪这两对才子才女之间的爱情故事。小说的书名即四才子的姓氏连缀而成。这四位男女不仅年轻俊美，而且才华出众；不但诗才卓异，而且机敏过人；不但知书达理，而且忠君孝父；不但老练成熟，而且爱情忠贞。可以说是一部"显扬好，颂其异能"，风雅含蓄、雅俗共赏的清代著名的才子佳人小说。

  明清时期，描写才子佳人姻缘爱情的通俗小说泛滥，充斥市井，由于书中的内容胡编乱造，甚至掺杂有大量淫秽情色的描写，因此不仅被朝廷屡加禁销，而且遭到很多文人学士的鄙视和不屑。《平山冷燕》在当时的小说创作风潮中，没有随波逐流，而专注于宣扬婚姻自主，敢于追求理想爱情，反而更显得清新脱俗。同时，这部小说虽以爱情为主，却绝不涉及淫词秽行，语言纯熟规范，是当时明末清初小说中流传甚广、影响颇大、各方面大加好评的古典小说名著。

  在这次再版中，我们对全书的遗漏错误进行了大量的校勘，对作品中疑难语句作了释义，对原书原来缺字的地方用□表示，以便于现代读者在阅读欣赏中理解。希望专家和读者提出意见和建议，以使我们更好地传承与光大中华传统文化。

编者

2024 年 11 月

序

　　天赋人以性，虽贤愚不一，而忠孝节义莫不皆备，独才情则有得有不得焉。故一品一行，随人可立，而绣虎雕龙，千秋无几。试凭吊之：不骄不吝，梦想所难者，尚已。降而建安八斗[1]，便矫一时；天宝百篇[2]，遂空四海；鹦鹉贾杀身之祸[3]，黄鹤高捶碎之名[4]；晋代一辞，大苏两赋[5]。——类而推之，指而屈之，虽文彩间生，风流不绝，然求其如布帛菽粟之满天下，则何有焉？此其悲在生才之难，犹可委诸天地。独是天地既生是人矣，而是人又笃志诗书、精心翰墨，不负天地所生矣，则吐辞宜为世惜，下笔当使人怜；纵福薄时屯，不能羽仪廊庙，为麟为凤，亦可诗酒江湖，为花为柳。奈何青云未附，彩笔并白头低垂；狗监不逢，《上林》与《长杨》[6]高阁。即万言倚马[7]，止可覆瓿；《道德》五千[8]，惟堪糊

---

[1] 建安八斗：三国时魏诗人曹植，字子建，为"建安七子"之一。南朝宋诗人谢灵运曾说："天下才共一石，子建独得八斗。"

[2] 天宝百篇：唐玄宗天宝年间诗人群的作品，纵横恣肆，名满天下。

[3] 鹦鹉贾杀身之祸：后汉祢衡作《鹦鹉赋》，借鸟自况，文采蔚然。后却因出言不逊而被杀。

[4] 黄鹤高捶碎之名：唐诗人崔颢有咏《黄鹤楼》诗，为千古名篇。传说李白为之赞叹不已，后人冒其名作《捶碎黄鹤楼》诗云："一拳捶碎黄鹤楼，一脚踢翻鹦鹉洲。眼前有景道不得，崔颢题诗压上头。"

[5] 晋代一辞，大苏两赋：晋诗人陶潜，字渊明，有《归去来辞》名世；北宋时苏轼有前、后《赤壁赋》名作，故云。

[6] 《上林》与《长杨》：上林、长杨为秦汉宫名。西汉时司马相如有《上林赋》；东汉扬雄有《长杨赋》。

[7] 万言倚马：晋时袁虎因事免官时，令草一公文，倚马立就。李白有句："请日试万言，倚马可待。"后因以比喻文思敏捷。

[8] 《道德》五千：《道德经》，约五千字，相传为周代李耳所作，所世道家奉为经典。

壁。求乘时显达刮一目之青，邀先进名流垂片言之誉，此必不可得之数也。致使岩谷幽花，自开自落；贫穷高士，独往独来。揆之天地生才之意，古今爱才之心，岂不悖哉！此其悲则将谁咎？故人而无才，日于衣冠醉饱中矇生瞎死，则已耳。若夫两眼浮六合之间，一心在千秋之上，落笔时惊风雨，开口秀夺山川，每当春花秋月之时，不禁淋漓感慨，此其才为何如？徒以贫而在下，无一人知己之怜；不幸憔悴以死，抱九原埋没之痛：岂不悲哉！

余虽非其人，亦尝窃执雕虫之役矣。顾时命不伦，即间掷金声，时裁五色，而过者若罔[1]闻罔见，淹忽老矣。欲人致其身而既不能，欲自短其气而又不忍，计无所之，不得已而借乌有先生以发泄其黄粱事业。有时色香援引，儿女相怜；有时针芥关投，友朋爱敬；有时影动龙蛇，而大臣变色；有时气冲牛斗，而天子改容：凡纸上之可喜可惊，皆胸中之欲歌欲哭。吾思人纵好忌，或不与淡墨为仇；世多慕名，往往于空言乐道。矧此书白而不玄，上可佐邹衍[2]之谈天，下可补东坡[3]之说鬼，中亦不妨与玄皇之梨园杂奏。岂必俟之后世？将见一出而天下皆子云[4]矣。天下皆子云，则著书不愧子云可知矣。若然，则天地生才之意，与古今爱才之心，不少慰乎？嗟，嗟！虽不如忠孝节义之赫烈人心，而所受于天之性情，亦云有所致矣。

时顺治戊戌立秋月，天花藏主人题于素政堂。

---

[1] 罔（wǎng）：不。

[2] 邹衍：亦作"驺衍"。战国末齐国哲学家，阴阳家代表人物，以"五行"解释社会人事现象。

[3] 东坡：苏轼，号东坡居士，北宋文学家、书画家。

[4] 子云：扬雄，字子云，蜀郡成都（今属四川）人。西汉文学家、哲学家、语言学家。

目录

第一回

太平世才星降瑞　圣明朝白燕呈祥

诗曰：

富贵千秋接踵来，古今能有几多才？

灵通天地方遗种，秀夺山川始结胎。

两两雕龙诚贵也，双双咏雪更奇哉。

人生不识其中味，锦绣衣冠土与灰！

又曰：

道德虽然立大名，风流行乐要才情。

花看潘岳[1]花方艳，酒醉青莲[2]酒始灵。

彩笔不妨为世忌，香奁[3]最喜使人惊。

不然春月秋花夜，草木禽鱼负此生！

话说先朝隆盛之时，天子有道，四海升平，文武忠良，万民乐业。是时，建都幽燕，雄据九边，控临天下，时和年丰，百物咸有。长安城中，九门百迤，六街三市，有三十六条花柳巷、七十二座管弦楼，衣冠辐辏[4]，车马喧阗[5]，人人击壤而歌，处处笙箫而乐，真个有雍熙[6]之化、於变之风！有诗单道其盛：

九重春色满垂裳，秋尽边关总不防。

四境时闻歌帝力，不知何世是虞唐。

一日，天子驾临早朝，文武百官济济锵锵，尽来朝贺。真个金阙晓钟，

---

[1] 潘岳：字安仁，荥阳中牟（今属河南）人，西晋文学家，长于辞赋，有美貌名。

[2] 青莲：李白，字太白，号青莲，唐代诗人，与杜甫齐名，世称"李杜"。

[3] 奁（lián）：盛放梳妆用品的器具。

[4] 辐辏（fú còu）：车轮的直木（辐）凑集于中心的毂上，比喻人或物集聚在一处。

[5] 喧阗（xuān tián）：声音喧哗杂乱。

[6] 雍熙：和乐的样子。

玉阶仙仗，十分隆盛！百官山呼拜舞已毕，各各就班鹄立。早有殿头官喝道："有事者奏闻！"喝声未绝，只见班部中闪出一官，乌纱象简，趋跪丹墀，口称："钦天监[1]正堂官汤勤有事奏闻。"天子传问"何事"，汤勤奏道："臣夜观乾象，见祥云瑞霭，拱护紫微，喜曜吉星，照临黄道。主天子圣明，朝廷有道，天下享太平之福。臣不胜庆幸，谨奏闻陛下。乞敕礼部，诏天下庆贺，以扬皇朝一代雍熙雅化。臣又见文昌六星，光彩倍常，主有翰苑鸿儒，丕显文明之治。此在朝在外，济济者皆足以应之，不足为奇也。最可奇者，奎壁[2]流光，散满天下，主海内当生不世奇才，为麟为凤，隐伏深幽秘密之地，恐非正途网罗所能尽得。乞敕礼部会议，遣使分行天下搜求，以为黼黻[3]皇猷[4]之助。"

天子闻奏，龙颜大悦，因宣御音道："天象吉祥，乃天下万民之福。朕菲躬凉德，获安民上，实云幸致，何足当太平有道之庆？不准诏贺！海内既遍生奇才，已上征于天象，谅不虚应；且才为国宝，岂可使隐伏幽秘之地。着礼部官议行搜求！"

圣旨一宣，早有礼部尚书[5]出班奏道："陛下圣明有象，理宜诏贺；万岁谦抑不准，愈见圣德之大。然风化关一时气运，岂可抑而不彰？纵仰体圣心，不诏天下庆贺，凡在京大小官员，俱宜具表称贺，以阐扬圣化，为万世瞻仰。天下既遍生奇才，隐伏在下，遣使搜求，以明陛下爱才至意，礼亦宜然。但本朝祖宗立法，皆于制科取士。若征召前来，自应优叙；征召若优，则制科无色，恐失祖宗立制本意。以臣愚见，莫若加敕各直省督学臣，令其严责府县官，凡遇科岁大比试期，必须于报名正额之外，加意搜求隐逸真才，以应科目。督学、府县官即以得才失才为升降。如此，则是寓搜求于制科，又不失才，又不碍制，庶为两便。伏乞皇上裁察！"

天子闻奏，大喜道："卿议甚善，俱依议行！"礼部官得旨，率百官

---

[1] 钦天监：古时掌管天文历法的官署。

[2] 奎壁：星名，二十八宿中奎宿与壁宿的并称。旧谓二宿主文运，故常用以比喻文苑。

[3] 黼黻（fǔ fú）：辅佐。

[4] 皇猷（yóu）：帝王的谋略或教化。

[5] 尚书：古代官名。明清两代是政府各部的最高长官。

俱称"万岁"。朝毕，天子退入，百官散出。

此时天下果然多才：文章名公，有王、唐、瞿、薛四大家之名；词赋钜卿，有前七才子、后七才子[1]之号。真诗酒才名高于北斗，相知意气倾于天下。人人争岛瘦郊寒[2]，个个矜白仙贺鬼[3]。元、白风流[4]，不一而足；鲍、庾俊逸[5]，屈指有人。《白雪》登历下之坛，《四部》执弇州之耳；师生传欧、苏之座[6]，朋友同李、郭之舟[7]。真可谓一时之盛！

这一日，礼部传出旨意，在京大小官员，皆具表次第庆贺。这表章无非是称功诵德，没甚大关系，便各各逞才，极其精工富丽。天子亲御便殿，细细观览，见皆是绝妙之词、惊人之句，圣情大悦，因想道："满朝才臣如此，前日钦天监奏文昌光亮，信不虚也。百官既具表称贺，朕当赐宴答之，以表一时君臣交泰之盛。"遂传旨：于三月十二日，命百官齐集端门赐宴。旨意一下，百官皆欢欣鼓舞，感激圣恩。

到了临期，真个是国正天心顺，这一日恰值天清气爽，日暖风和，百花开放。天子驾御端门。端门阶下，摆列着许多御宴。百官朝见过，惟留阁臣数人，御前侍宴；其余官员，俱照衙门大小，鳞次般列坐两旁阶下。每一座各置御苑名花一瓶，以为春瑞。旨意一下，百官叩头谢恩，各各就座而饮。一霎时，御乐作龙凤之鸣，玉食献山海之异，真是皇家富贵不比等闲！但见：

---

[1] 前七才子、后七才子：明代诗人群。前七子为：李梦阳、何景明、边贡、徐祯卿、王九思、康海、王廷相；后七子为：李攀龙、王世贞、谢榛、梁有誉、宗臣、徐中行、吴国伦。

[2] 岛瘦郊寒：唐代孟郊、贾岛之诗，清峭瘦硬，好作苦语，故有此谓。苏轼有"元轻白俗，郊寒岛瘦"句。

[3] 白仙贺鬼：唐代诗人李白，人称"仙才"；李贺，人号"鬼才"，比喻他们的诗作风格。

[4] 元、白：唐代诗人元稹与白居易的并称。

[5] 鲍、庾俊逸：南朝宋文学家鲍照有《鲍参军集》；北朝周文学家庾信有《庾子山集》（辑本）。唐诗人杜甫有"清新庾开府，俊逸鲍参军"句。

[6] 欧、苏：宋代文学家欧阳修及苏轼。

[7] 李、郭之舟：后汉李膺与郭太同舟而济，为人称道。比喻朋友之间相处，不分贵贱，亲密无间。

　　国运昌明，捧一人于日月天中；皇恩浩荡，会千官于芙蓉
阙下。春满建章，百啭流莺聒耳；晴薰赤羽，九重春色醉人。
食出上方，有的是龙之肝、凤之髓、豹之胎、猩之唇、驼之峰、
熊之掌、鸮之炙、鲤之尾，山珍海错，说不尽八珍滋味；乐供内院，
奏的是黄帝之《咸池》[1]、颛顼之《六茎》[2]、帝喾之《五英》[3]、尧
之《大章》[4]、舜之《箫韶》[5]、禹之《大夏》[6]、殷之《大濩》[7]、周
之《大武》[8]，听不穷九奏声音。班联中衣裳灿日，只见仙鹤服、
锦鸡服、孔雀服、云雁服、白鹇服、鹭鸶服、鸂鶒[9]服、鹌鹑服、
练鹊服、黄鹂服，济济锵锵，或前或后；阶墀下弁冕疑星，只
见进贤冠、獬豸[10]冠、鵕鸃冠、蝉翅冠、鹊尾冠、铁柱冠、金
颜冠、却非冠、交让冠，悚悚惶惶，或退或趋。奉温纶于咫尺，
尽睹天颜有喜；感湛露之均霑，咸知帝德无私。传宣锡命，《彤
弓》[11]明中心之贶；蹢伏进规，《天保》[12]颂醉饱之恩。誓竭媚兹
将顺，然君曰俞、臣曰咈，人惭献谄；愿言不醉无归，然左有监、
右有史，谁敢失仪。君尽臣欢，尊本朝故事，敕赐赋醉学士之歌；
臣感君恩，择前代良谟，慷慨进疏仪狄之戒。真可谓明良际遇，
鼓钟笙瑟，称一日风云龙虎之觞；天地泰交，日月岗陵，上万
年悠久无疆之寿！

[1] 黄帝之《咸池》：黄帝时的乐舞名，见《庄子·天下》。

[2] 颛顼之《六茎》：又作《五茎》，颛顼时的乐舞名，见《白虎通·礼乐》。

[3] 帝喾之《五英》：又作《六英》，帝喾时的乐舞名，见《周礼·春官》引《乐
纬》。

[4] 尧之《大章》：尧时的乐舞名，见《庄子·天下》。

[5] 舜之《箫韶》：又作《大韶》，舜时的乐舞名，见《庄子·天下》。

[6] 禹之《大夏》：禹时的乐舞名，见《庄子·天下》。

[7] 殷之《大濩》：商时的乐舞名，见《庄子·天下》。

[8] 周之《大武》：周时的乐舞名，见《庄子·天下》。

[9] 鸂鶒（xī chì）：水鸟名，亦叫紫鸳鸯。

[10] 獬豸（xiè zhì）：传说中的异兽，能辨曲直，见有人争斗，即以角触邪恶无
理的人。

[11]《彤弓》：《诗·小雅》篇名，为赐弓矢于有功诸侯的乐歌。

[12]《天保》：《诗·小雅》篇名，为天子祝福的乐歌。

　　君臣们饮够多时，阁臣见乐奏三阕、酒行九献，恐群臣醉后失仪，因离席率领群臣跪奏道："臣等蒙圣恩赐宴，亦已仅卜其昼，醉饱皇仁。今恐叨饮过量，醉后失仪，有伤国体，谨率群臣辞谢。"

　　天子先传旨平身，然后亲说道："朕[1]凉薄之躬，上承大统，日忧废堕，赖众先生与诸卿辅弼之功，今幸海内粗安，深感祖宗庇祐，上天生成。前钦天监臣奏象纬吉昌，归功于朕。朕惧不敢当。众卿不谅，复表扬称颂。朕实无德以当此，益深戒惧。然君臣同德同心，于兹可见。因卜兹春昼，与诸卿痛饮，以识一时明良雅意。此乃略去礼法而叙情义之举。虽不敢蹈前人夜饮荒淫，然春昼甚长，尚可同乐，务期尽欢。纵有微愆，所不计也。"阁臣奏道："圣恩汪洋如此，真不独君臣，直如父子矣！臣等顶踵尽捐，何能报效，敢不领旨。"天子又道："朕见太祖高皇帝每宴群臣，必有诗歌鸣盛。前钦天监臣奏文昌光亮，主有翰苑鸿儒，为文明之助。昨见诸臣贺表，句工字栉，多有奇才，真可称一时之盛。今当此春昼，夔龙[2]并集，亦当有词赋示后。今日之盛，方不泯灭无传。"阁臣奏道："唐虞赓歌，禹稷拜扬，自古圣帝良臣，类多如此。圣谕即文明之首，当传谕群臣，或颂、或箴、或诗、或赋，以少增巍焕之光。"天子闻奏甚喜。

　　正谈论间，忽有一双白燕，从半空中直飞至御前。或左或右，乍上乍下，其轻盈翩跹[3]之态，宛如舞女盘旋，十分可爱。天子伫目视之，不觉圣情大悦。因问道："凡禽鸟皆贵白者，以为异种。此何说也？"阁臣奏道："臣等学术短浅，不能深明其故。以愚陋揣之，或亦孔子所称'绘事后素'之意。"天子点首嘉叹。因复问道："白燕在古人亦曾有相传之佳题咏否？"阁臣奏道："臣等待罪中书，政务倥偬，词赋篇章，实久荒疏，不复记忆。乞宣谕翰苑诸臣，当有知者。"

　　天子未及开言，早有翰林院侍读学士谢谦出班跪奏道："白燕在汉唐未必无作，但无佳者流传，故臣等俱未及见。惟本朝国初时大本[4]七言

[1] 朕（zhèn）：古人自称，秦始皇后专用为皇帝的自称。

[2] 夔（kuí）龙：相传舜的二臣名。夔为乐官，龙为谏官。后用以喻指辅弼良臣。

[3] 翩跹（piān xiān）：轻扬飘逸的样子，常用来形容轻快旋转的舞姿。

[4] 时大本：明初洪武年间诗人，名时太初，号大本，江苏常熟人。

律诗一首，摹写工巧，脍炙一时，称为名作。后袁凯[1]爱慕之，又病其形容太实，亦作七言律诗一首和之。但虚摹其神情，亦为当时所称，甚有以为过于时作者。此虽嗜好不同，然二诗实相伯仲。白燕自有此二诗，以立其极，故至今不闻更有作者。"天子问道："此二诗卿家记得否？"谢谦奏道："臣记得。"天子道："卿既记得，可录呈朕览。"遂命近臣给与笔札。

谢谦领旨，因退归原席，细将二诗录出，呈与圣览。近臣接了，置于龙案之上。天子展开一看，只见时大本一诗道：

春社年年带雪归，海棠庭院月争辉。

珠帘十二中间卷，玉剪一双高下飞。

天下公侯夸紫颔，国中俦侣尚乌衣。

江湖多少闲鸥鹭，宜与同盟伴钓矶。

袁凯一首道：

故国飘零事已非，旧时王谢见应稀。

月明汉水初无影，雪满梁园尚未归。

柳絮池塘香入梦，梨花庭院冷侵衣。

赵家姊妹多相妒，莫遣昭阳殿里飞。

天子细将二诗玩味，因赞叹道："果然名不虚传！时作实中领趣，袁作虚处传神，二诗实不相上下。终是先朝臣子，有如此才美！"又赏鉴了半晌，复问道："尔在廷诸臣，亦俱擅文坛之望，如有再赋《白燕诗》一首，可与时、袁并驱中原，则朕当有不次之赏。"众臣闻命，彼此相顾，不敢奏对。天子见众臣默然，殊觉不悦，因又说道："众臣济济多士，无一人敢于应诏，岂薄朕不足言诗耶，抑亦古今人才真不相及耶？"

翰林官不得已，只得上前奏道：《白燕》一诗，诸臣既珥笔[2]事主，岂不能作？又蒙圣谕，安敢不作？但因有时、袁二作在前，已曲尽白燕之妙，即极力形容，恐不能有加其上，故诸臣逡巡[3]不敢应诺。昔唐臣

---

[1] 袁凯：明初诗人，号海叟，松江华亭人，曾作《白燕诗》，名声大振，称"袁白燕"。

[2] 珥（ěr）笔：古时史官、谏官、近臣入朝，常把笔插在冠侧以便随时记录。

[3] 逡（qūn）巡：欲进不进，迟疑不决的样子。

崔颢曾题诗黄鹤楼上，李白见而服之，遂不复作。诸臣亦是此意。望皇上谅而赦之。若过加以轻薄之罪，则臣等俱该万死！"天子又道："卿所奏甚明，朕非不谅。但以今日明良际会，一堂夔龙在望，英俊盈庭，亦可谓千载奇逢，而《白燕》一诗，相顾不能应诏，殊令文明减色。非苛求于众卿。"

翰林官正欲再奏，只见阁臣中闪出一位大臣，执简当胸，俯伏奏道："微臣有《白燕诗》一首，望圣上赦臣轻亵之罪，臣方敢录写进呈圣览。"天子视之，乃大学士山显仁。因和颜答道："先生既有《白燕诗》，定然高妙，朕所宾师而愿观者，有何轻亵，而先以罪请？"山显仁奏道："此诗实非微臣所作，乃臣幼女山黛闺中和前二诗之韵所作。儿女俚词，本不当亵奏至尊，因见圣心急于一览，诸臣困于七步，故昧死奏闻，以慰圣怀。"天子闻奏，不胜大悦，道："卿女能诗，更为快事，可速录呈朕览。"

山显仁得旨，忙索侍臣笔砚，书写献上。天子亲手接了，展开一看，只见上写着《白燕诗。步时、袁二作元韵》：

> 夕阳门巷素心稀，遁入梨花无是非。
>
> 淡额羞从鸦借色，瘦襟止许雪添肥。
>
> 飞回夜黑还留影，衔尽春红不浣衣。
>
> 多少艳魂迷画栋，卷帘惟我洁身归。

天子览毕，不禁大喜道："形容既工，又复大雅。细观此诗，当在时、袁之上。不信闺阁中有此美才！"因顾山显仁问道："此诗果是卿女所作否？"山显仁奏道："实系臣女所作。臣安敢诳奏！"天子更喜道："卿女今年十几岁了？"山显仁奏道："臣女今年方交十岁。"天子闻奏，尤惊喜道："这更奇了！那有十岁女子，能作此惊人奇句，压倒前人之理？或者卿女草创，而润色出先生之手？"山显仁奏道："句句皆弱女闺中自制，臣实未尝更改一字。"天子又道："若果如此，可谓才女中之神童了！"

道罢，又将诗细细吟赏。忽欣然拍案道："细细观之，风流香艳，果是香奁佳句！"因顾显仁道："先生生如此闺秀，自是山川灵气所锺，人间凡女岂可同日而语！"

山显仁奏道："臣女将生时，臣梦瑶光星堕于庭，臣妻罗氏迎而吞之。是夜臣妻亦梦吞星，与臣相同，故以为异。臣女既生之后，三岁尚不能言；

即能言之后，亦不多言，间出一言，必颖慧过人。臣教之读书，过目即成诵。七岁便解作文，至今十岁，每日口不停吟，手不停披。想其禀性^[1]之奇，诚有如圣谕。但恨臣门祚衰薄，不生男而生女。"天子笑道："卿恨不生男，朕又道生男怎如生女之奇。"君臣相顾而笑。

天子因命近侍将诗发与百官传看，道："卿以为朕之赏鉴何如？"百官领旨，次第传看，无不动容点首，啧啧道好。因相率跪奏道："臣等朝夕以染翰为职，今奉旨作《白燕诗》，尚以时、袁二作在前，不敢轻易措词。不意阁臣闺秀，若有前知，宿构此诗，以应明诏。清新俊逸，足令时、袁减价。臣等不胜抱愧！此虽阁臣掌中异宝，实朝廷文明之化所散见于四方者也。今日白燕双舞御前，与皇上孜孜诏咏，实天意欲昭阁臣之女之奇才也。臣等不胜庆幸！"

天子闻奏大悦，道："前日监臣原奏说奎璧流光，正途之外当遍生不世奇才，为麟为凤，隐伏幽深。今山卿之女，梦吞瑶光而生，适有如此之美才，岂非明征乎！恰又宿构《白燕诗》，若为朕今日宴乐之助。朕不能不信文明有象矣！朕与诸卿，当痛饮以答天眷。"

百官领旨，各各欢欣就席。御筵前觥筹交错，丹阙下音乐平吹。君臣们直饮至红日西沉，掌班阁臣方率领百官叩头谢宴。

天子因命内侍取端溪御砚一方、彤管兔笔十枝、龙笺百幅、凤墨十笏、黄金一锭、白金一锭、彩缎十端、金花十对，亲赐山显仁道："卿女《白燕》一诗，甚当朕意，聊以此为润笔。后日十五阴望之辰，早朝外廷喧杂，卿可率领卿女，于午后内廷朝见。朕欲面试其才，当有重赏。"山显仁领旨谢恩。

天子又传旨礼部，命加敕学臣，令其加意搜求隐逸奇才，以应明诏。

传谕毕，圣驾还宫，群臣方才退出。早纷纷扬扬，皆传说山阁老十岁幼女能做《白燕诗》之妙。不上三五日之间，这《白燕诗》，长安城中，家家俱抄写遍了。又闻钦限十五日朝见，人人都以为何等女子，年方十岁，乃有如此奇才，尽思量到十五日朝中观看。只因这一朝见，有分教：朝中争识婵娟面，天下俱闻闺阁名。不知怎生朝见，且听下回分解。

---

[1] 禀性：天赋的品性资质。

第二回

贤相女献有道琼章　圣天子赐量才玉尺

词曰：

才难拟，古今何独周家美？周家美，有妇人焉，从来久矣。

彤庭香口阴阳理，丹墀纤手龙蛇体。龙蛇体，穆穆天颜，为之喜起。

右调《忆秦娥》

话说山显仁领了朝廷许多赏赐，及十五日朝见旨意，十分兴头，因欣欣然回府，退入后厅，请夫人罗氏商议。夫人见跟随捧入许多赏赐及黄金贵物，不知何故，因问道："今日皇爷赐宴，已是莫大洪恩，为何又赏赐许多礼物？"山显仁道："这不是赏我的，乃是皇上特恩赏赐女儿山黛的。"夫人听了，又惊又喜道："山黛才是十岁幼女，皇爷为何赏赐与他？"

山显仁道："夫人有所不知——"乃将天子见白燕飞舞，与诏群臣作诗，及自呈女儿《白燕》一诗，为天子赏鉴，因命赏赐并朝见之事，细细说了一遍，夫人方大喜道："此虽好事，但女儿年幼，虽在家中举动端庄、应对有理，只恐见了皇帝，赫赫威严之下，害怕起来，失了礼体，未免有罪。倘皇爷叫他做诗做文，一时做不出，岂不将今日的《白燕诗》都看假了？"山显仁道："夫人所虑亦是。但据我看来，女儿年纪虽小，胆量实大，才情甚高，料不到害羞害怕做不出的田地。"夫人道："虽如此说，我终觉放心不下。"山显仁道："你我不必多虑，且唤女儿出来，将圣上旨意与他说知，看他如何光景，再作区处。"夫人遂叫侍妾到厅楼之上去请小姐。

原来山显仁原是晋朝山巨源 [1] 之后，世代阀阅名家；山显仁又是少年进士，才将近五十岁，就拜了相，为人最有才干，遇事敢作敢为，天子十分信重，同官往往畏惧。山显仁正在贵盛之时，未免有骄傲之色、

---

[1] 山巨源：晋代山涛，字巨源，河内怀县（今河南武陟县西）人，好老庄哲学，为"竹林七贤"之一。

凌虐之气。但这个女儿山黛，却与父亲大不相同。生得美如珠玉，秀若芝兰，洁如冰雪，淡若烟云。——此其容貌，一望而知者。至于性情沉静，言笑不轻，生于宰相之家，而锦绣珠翠非其所好，每日只是淡妆素服，静坐高楼，焚香啜茗，读书作文，以自娱乐；举止幽闲，宛如一寒素书生，闺阁脂粉妖淫之态，一切洗尽；虽才交十岁，而体度已如成人。这日正在楼上看书，正看到唐玄宗同杨贵妃在沉香亭赏牡丹，因欲赋新诗作乐，急召李白，其时正值李白大醉，因命杨贵妃捧砚、高力士脱靴，然后挥毫染翰，赋《清平调》三章以入乐一段才气，因赞叹道："古文人在天子前，有如此之才，有如此之气，谓之才子，方不有愧。自唐到今，千载有余，并未再见，何才之难如此！只可惜我山黛是个女子，沉埋闺阁中。若是一个男儿，异日遭逢好文之主，或者以三寸柔翰，再吐才人之气，亦未可知……"正闲想未完，忽侍妾来请道："老爷朝回，与太太在后厅，立请小姐说话。"小姐闻命，不敢少停，遂同侍妾下楼来见父母。

山显仁一见便说道："我儿，你今日有一桩喜事，你可知道么？"小姐道："孩儿不知，求父亲说明。"山显仁道："今日朝廷赐宴群臣，忽见白燕飞舞，因敕群臣赋诗。众官因见有时大本、袁凯二名作在前，谅不能有警句胜之，故默默无人奉诏。圣上甚是不悦。你为父的一时高兴，忍耐不住，就将你做的《白燕诗》录呈圣览。天子见了，不胜之喜。因细细询问，知你幼年有才，更加喜悦，因赏赐了许多物件与你。又命我于本月十五日带你入宫朝见，要面试真假，另有重赏。你道岂非一桩喜事么？"

小姐开言道："既是圣恩隆眷，有此厚锡，孩儿礼当望阙拜谢。"山显仁道："我已亲于御前谢过。汝在深闺之中，谢与不谢，谁人知道？"小姐道："孩儿闻'君子不以冥冥废礼'。孩儿虽系弱女，然君臣之礼，性所生也，岂可令伯玉独自擅美千古。"山显仁大讶道："汝能守礼如此，吾不及也！"因叫侍妾排列香案。小姐重更吉服，恭恭敬敬，望阙拜了九拜。拜毕，随请父母拜谢。山显仁与罗夫人同说道："这也不必了。"小姐道："若非父母生育教养，孩儿焉有今日，安敢不拜！"山显仁大喜，因与夫人笑说道："我儿不独有才有礼，竟是一个道学先生。"罗夫人也不觉笑起来。小姐却颜色不改，端端正正拜了四拜，方才卸去吉服，坐于旁边。

山显仁因说道："我儿，你小小年纪，便为天子所知，固是一桩好事。但你母亲虑你闺中娇养，从未与人交谈；况天子至尊，威严之下，皇宫内院，深密之地，仪卫罗列如林，倘或你一时胆怯，行礼不周，圣上有问，对答不来，未免得罪。你也须预先打点。"小姐道："孩儿闻'资于事父以事君'。孩儿日事父母之前，不蒙呵责，天子虽尊，其恩其情，当与父母相近。孩儿虽幼，为何胆怯，便至于失礼，对答不来？若说皇家仪卫森然，孩儿不视其巍巍然，已久奉孟夫子之教矣。爹爹与母亲万万放心，决不至此。"山显仁听了大喜，对夫人道："我就说孩儿素有大志，方信宰相人家闺秀，岂区区小人家儿女所可比！夫人请放心，后日入朝面见，定邀圣眷！"夫人道："只愿如此，便是家门之幸了。"山显仁议定了，因吩咐女儿道："你可回房静养，以待至期朝见。"

小姐领命，退入内楼，因暗喜道："我正恐面圣无期，不能展胸中才学，不期有此机缘。明日入朝时，当正色献规，太白香艳谀词，所当首戒，无辱吾笔。"主意定了。

光阴易过，倏忽之间，蚤已十五。山显仁自去早朝，天子又面谕午朝之事。山显仁回府，忙着夫人与女儿梳妆齐整，打扮停当，候到午时，便叫女儿坐了暖轿，自乘显轿，跟随许多侍妾仆妇，摆列许多执事人员，开道入朝。

此时，长安城中都知道山阁老家十岁女儿做得好《白燕诗》，皇帝欢喜，钦召今日午时入朝，一个个都挨挤在西华门两傍争看，真个是人山人海，十分热闹。不多时，山显仁与女儿轿到了。山显仁便先自下了轿，直将女儿暖轿抬到西华门口，方令出轿，蚤有许多婢妾围绕簇拥进去。山显仁独自于后压行。两边看的人，挨挤做一团，也有看得见的，也有看不见的。看见的个个称扬道："真好一个青年女子！古称西子、毛嫱，想来不过如此！"众人称赞不题。

且说山显仁押着女儿入宫，才行至五凤楼[1]，早有穿宫太监传说道："皇爷已在文华殿，与二三阁臣坐多时了。"山显仁忙领女儿转过五凤楼，一径直到文华殿前。守门太监见了，忙迎说道："山太师，令爱小姐到了？

_____

[1]　五凤楼：古楼名。此处借用为皇宫建筑名。

待咱传奏。"山显仁应道:"到了,相烦老公公引见。"太监进去,不移时即出来道:"有旨宣入。"山显仁叫众侍妾俱住在殿外,独自领了女儿入去。

行至丹陛,山显仁抬头见圣驾已坐在殿上,因令女儿立在半边,先自跪奏道:"臣山显仁遵旨率领臣女山黛见驾。"有旨:"赐卿平身。入班,着卿女当面。"山显仁谢恩,随立起身,趋入众阁臣之列,忙令山黛朝见。

山黛领旨,因走到丹陛当中,正欲下拜,忽又有旨道:"命山黛入殿朝见。"山黛闻旨,不慌不忙,便鞠躬其身,从御阶左侧一步一步拾级而上。行到殿门,将衣抠起而入,直到殿中,然后舞蹈扬尘,行那五拜三叩头之礼。

天子在御座上定睛往下一看,只见那女子生得:

> 眉如初月,脸似含花:眉如初月,淡安黛角正思描;脸似含花,艳敛蕊中犹未吐。发绾乌云,梳影垂肩覆额;肌飞白雪,粉光映颊凝腮。盈盈一九,问年随道韫之肩;了了十行,品才有婉儿之目。肢体轻盈,三尺将垂弱柳;身材娇小,一枝半放名花。入殿来,玉体鞠躬踧踖[1],极妩媚,却无儿女子之态;升阶时,金莲[2]趋进翼如,绝娉婷[3],而有士大夫之风。百拜瞻天,青降九重之盼;十龄颂圣,香呼万岁之嵩。十二当权,羞甘罗为老成男子;三旬失宠,笑张妃为过时妇人。真个是:神童希有还曾见,至于童女称神实未闻。

天子在龙座上,看见山黛娇小嫣媚,礼数步趋雍容有度,先已十分欢喜;又见山黛叩拜完了,俯伏在地,口称:"礼部尚书东阁大学士臣山显仁幼女臣妾山黛朝见,愿吾皇万岁,万岁,万万岁!"齿牙声音,呖呖楚楚,如新莺雏凤。天子听了,不胜大悦,先传旨平身,然后宣近龙案前问道:"前《白燕诗》果是汝所作否?"

山黛奏道:"《白燕》一诗,的系臣妾闺中所咏。但儿女中晚纤词,不意上呈圣览,死罪,死罪!"天子道:"《白燕诗》词虽近倩,然寓意甚正。诗体固应如此,即中晚何妨。"山黛奏道:"采风不遗樵牧,圣论

---

[1] 踧踖(cù jí):恭敬而不安的样子。

[2] 金莲:指女子缠过的小脚。

[3] 娉婷(pīng tíng):美好的样子。

诚足尽诗之微。但天子至尊，九重穆穆，即'国风'居三百之首，然绝不敢入于'雅'、'颂'者，赓扬固自有体也。"天子闻奏，连连点首道："汝十龄幼女，如何胸中有此高论，真天才也！"因问道："汝在闺中读书，曾有师否？"山黛奏道："闺中弱女，职在蘋藻，安敢越礼延师以眩名？除父前问字而外，实无执业传经之事。但六经具在，坐卧求之有余，臣妾山黛，又未尝无师。"

天子大加叹赏，因向山显仁说道："卿女一稚子耳，便能应对详明如此，真可羡也！皆卿之教养有方也。"山显仁奏道："儿女家庭质语，上渎圣聪，蒙陛下不加谴责，实出万幸；乃复天语奖赏，令臣父女衔感无地！"天子大悦，因命近侍赐宴。

真是国家有倒山之力！天子只分付得一声，内御厨早已端端正正摆列上来。阁臣俱照常坐于东南殿角。独设一席于西南殿角，赐山黛坐饮。山显仁与山黛再三辞谢，天子不允，方各叩头就座。

原来天子出入，皆有御乐跟随。酒才献上，早已音乐并举，羽干齐舞。此时十分热闹。天子在龙座上偷睛看山黛，只道他小女见了皇家歌舞，定然观看。不料他恭恭敬敬坐于位上，爵至微微而饮，馔至举箸而尝，至于乐人歌舞，端然垂目不视。天子看了半晌，心下大异道："小小女子，乃能端方如此，诚可爱也。"

正想不了，歌舞一停，早有二三阁臣同出位奏道："圣上洪福齐天，天生此才女，以黼黻皇猷。今日朝见，又蒙圣恩赐宴，实千古奇逢。臣等不胜庆幸！谨借御尊，上献万年之寿。山显仁宜命女山黛撰新诗三章上颂，庶不负今日朝见之意。乞圣裁定夺。"天子闻奏大悦道："朕正有此意，不料诸卿与朕同心。"因顾山黛道："众阁臣欲汝撰新诗献朕，汝能在朕前面作否？"山黛忙离席跪奏道："皇上有命，众大臣见推，臣妾焉敢不遵。但恐浅陋之词，不能上扬圣德之万一，统祈皇恩宽宥。"天子见山黛不辞，愈加欢喜。随敕中官，另设一低案于御案之傍，即将御用文房四宝移在上面，命山黛道："汝可即于此构思挥毫，待朕亲观。"

山黛叩头谢恩过，遂立起身来，不慌不忙，走到案前。此时中官已将御墨磨得浓浓，一幅蟠龙锦笺已铺在案上。真是"学无老少，达者为尊"。山黛虽是十岁女子，然敏慧天生，才情性出，拈起御笔，略不经思，也不起草，竟在龙笺上，端端楷楷一直书去，就如宿构于胸中的一般。天子看了，喜动天颜。

没半个时辰，山黛早已写完，双手捧了，亲至御前献上道："愿吾皇万岁，万万岁！"天子亲手接了，铺在龙案上，一面分付平身，一面唤四阁臣同至御前："读与朕听。"四阁臣领旨，俱趋至御前，首相高学士遂朗诵道：

> 天子有道，天运昌明，四海感覆载之有成。四海感覆载之有成，於以垂文武神圣之名。
>
> 天运昌明，天子有道，四海忘帝力之有造。四海忘帝力之有造，於以上荡荡无名之号。
>
> 圣寿万年，圣名万禩，大臣相率捧觞而称瑞。大臣相率捧觞而称瑞，翳予小女亦得珥笔摛词献兹一人之媚。
>
> 右《天子有道》三章，章五句。
>
> 臣妾山黛稽首顿首献祝。"

高学士读罢，天子听完，不胜大喜道："体高韵古，字字有《三百》之遗风，直逼《典》、《谟》，且构思敏捷，真才女也！"三阁臣俱交口称赞道："读书识字，女子中容或有之；然求如山黛，年虽幼稚，而学如耆宿，实古今所未有也。今加以才女之名，实当之无愧！"

山显仁在旁观看，见女儿举止幽闲，诗如"颂"、"雅"，满心狂喜；又见天子盛称，诸臣交赞，只得勉强谦奏道："稚女陋词，圣前无礼，乞圣恩宽宥。"天子道："卿女才德不凡，卿当慎择佳婿，无失身匪人，伤朕文明之化。"遂命近侍传旨，赐黄金百两、白金百两、明珠十颗。面谕山显仁与山黛道："昔唐婉儿梦神人赐一秤，以称天下之才。今朕再赐汝玉尺一条，汝可以此为朕量天下之才。再赐金如意一执，此文武器也，文可以指挥翰墨，武可以扞御强暴——倘后长成择婿，有妄人强求，即以此击其首，击死勿论。"又命近侍磨墨，展开一幅龙笺，亲洒宸翰，御书"弘文才女"四大字以赐之。山显仁与山黛俯伏于地，再三谢恩道："圣眷宏深，皇恩浩荡，微臣父女，踵顶俱捐，何能上报万一！"

正奏不完，早有一个内臣走来跪奏道："皇太后娘娘闻知万岁爷召见才女，喜以为奇，着奴婢来奏知：如万岁爷朝见毕，命奴婢宣入后宫朝见。"

天子听见，欢喜道："朕正欲命彼朝见太后娘娘，不期太后娘娘早来宣召。"就降旨着山黛入后宫朝见太后娘娘。山黛领旨欲行，天子又止住，顾山显仁道："深宫内院，卿女从未入朝，恐年幼恐惧，朕当亲率入宫，朝见太后。众卿且退。山卿可退出午门候旨。"说罢，即退驾，带领山黛退入后宫去了。

众阁臣俱各散去，惟山显仁领了众侍妾，坐在朝房伺候。只候至日色沉西，方见四个小太监捧着许多赏赐，又一个大太监刘公，押送山黛出来。山显仁迎着，又望内叩头谢恩，然后率众侍妾一同簇拥，直出西华门外，方令山黛上了暖轿。山显仁就要辞谢刘公回去，刘公道："咱奉太后娘娘与万岁爷旨意，叫送小姐到府，怎敢半路便回！"山显仁见辞不得，便同坐显轿，并押在后，摆列执事回府。此时，街上看的人挨肩擦背，一发多了。

不一时到了相府，山小姐轿子直入后厅，方才下了进去。山显仁与刘公到了仪门，就下轿。山显仁拱揖到厅，先将赏赐供在上面，然后分宾主坐下。

献茶毕，刘公就笑嘻嘻说道："好一位令爱小姐！点点年纪，怎么这样聪明！莫要说才学高，皇爷爱他，只方才朝见皇太后老娘娘并皇后娘娘，行的礼数，从从容容，就像见惯的一般，就是嫔妃也及他不来！对答的话儿，一句句清清楚楚，就是朝中大臣，也没有这样明白！两宫皇太后见了，俱欢喜的要不得，就要留他在宫中过夜耍子，转是万岁爷说他年小，恐怕老太师父母牵挂，故赐茶留到这时候，方赏赐了，着咱送来。"山显仁道："圣上与太后皇恩，真天高地厚，感激不尽！又劳公公台驾远送，何以克当！今日仓卒中，不敢草草简亵，容改一日洁治一尊奉屈，再备薄礼奉酬。"

刘公笑说道："咱与老太师遝家往来，不要说这等客话。盛酌也不敢叨，厚礼也不敢受，咱直说了罢：老太师若是见爱，只求令爱小姐亲写一把扇子见赐，便是异宝了，别样东西咱都不爱。"山显仁道："老公公台命，安敢不尊。明日命小女写了送来。"刘公笑道："别的物件，便没个逼取的道理，求诗求文，坐索无妨。老太师与令爱小姐若是肯见爱，何不就当面赐了，使咱欢喜欢喜。省得许下，又要牵肠挂肚。"山显仁见说，也笑将起来道："老公公台谕，到也直截痛快。"就分付侍妾："传禀小姐，快写一柄诗扇来送刘公公。"刘公拦住道："且不要去！咱们内官家的性儿是这样直的，还有一句话，率性实实说了罢：诗文的好歹，咱们实不知道。只见皇爷这等贵重，定然是希罕的了，故思量也要求一柄诗扇，以为镇家之宝，真假委实看不出来。若求了一把假的去，岂不叫人家笑杀！令爱小姐，咱又是在上位前伏侍过的，必得当面写几个字儿，咱方肯信真；若是内里边写出来的，咱终有些疑疑惑惑。老太师，你心下肯也不肯？"山显仁笑道："老公公既是这等疑心，请到后厅去。"随立起身，拱他入去。刘公方欢喜道："若是这等，足见老太师盛情了。进去，进去！"遂起身同到后厅来，求山小姐面写诗扇。只因这一求，有分教：砚池飞出北溟鱼，笔毫杀尽中山兔。刘公进去，不知小姐肯写诗扇不肯写诗扇否，且听下回分解。

第三回

现丑形诗诮狂且　受请托疏参才女

词曰：

　　笔墨何尝有浅深，兴至自成吟。有时画佛，有时画鬼，苦
不能禁。　意气相投芥与针，最忌不知音。乍欢乍喜，忽嗔忽怒，
伤尽人心。

右调《眼儿媚》

话说山显仁因刘太监要求女儿面写诗扇，无法回他，只得邀入后厅
坐下。一面分付侍妾传话，请小姐出来，一面就分付取金扇与文房四宝
伺候。

原来山小姐退入后楼，正与母亲罗夫人讲说宫中朝见之事，尚未换衣。
忽侍妾来禀说刘公求写扇之意，小姐笑道："他一个太监，晓得甚么，也
要求我写扇。"罗夫人道："刘太监虽不知诗，亦是奉御差送你来的，若
轻慢他，便是轻慢朝廷了。"山小姐道："母亲严命极是，孩儿就去。"因
起身随侍妾出到后厅。因是相见过的，便不行礼。此时案上笔墨扇子俱
已摆列端正。山显仁因说道："唤你出来，别无甚事，刘老公公要你写一
把扇子。"山小姐未及回答，刘公就接说道："咱学生奉御差来送小姐一场，
也是百年难遇。令尊老太师要将些礼物谢咱，咱想礼物要还容易，小姐
的翰墨[1]难得，故不要礼物，只求小姐一柄诗扇。老太师已许了，小姐
不要作难方好。"山小姐道："写是不难，只怕写的不好，老公公要笑。"
刘公道："万岁爷见了尚且千欢万喜，咱笑些甚么！这是小姐谦说了。"
小姐笑一笑，就展开扇子，提起笔来，一挥而就，送与父亲，就进去了。

山显仁看了一遍，微笑笑就送与刘公。刘公接在手，见淋淋漓漓，
墨迹尚然未干，满心欢喜。因笑说道："小姐怎么写得这等快！"山显仁道：

---

[1] 翰墨：笔和墨，借指文章书画等。

"凡写字有真、草、隶、篆四体，真、隶、篆俱贵端楷精工，惟草书全要挥毫如风雨骤至，方有龙蛇飞舞之势。小女此扇，乃是草书，故此飞快。"刘公笑道："咱常见人家慢慢写的还要错了，怎样快，却不掉字，真个是才子！但这个字，咱学生一个也不识，老太师须念一遍咱听。"山显仁就将扇子上字，指着念与他听道：

> "麟宫凤阁与龙墀，奉御承恩未暂离。
>
> 莫道笑嚬[1]全不假，天颜有喜早先知。
>
> 后写钦赐才女山黛题赠尚衣监刘公。"

刘公听了道："老太师念来，咱学生听来，'凤阁'、'龙墀'像说的都是皇爷内里的事情，但其中滋味咱解不出。一发烦老太师解与咱听，也不枉了小姐写这一番。"山显仁因解说道："小女这首诗，是赞羡老公公出入皇朝，与圣上亲密的意思。头一句'麟宫'、'凤阁'、'龙墀'，是说皇帝宫阙之盛，惟老公公出入掌管，与圣上不离，故第二句说'奉御承恩'。古来圣明天子，绝不以一嚬一笑假人，万岁爷圣明，岂不如此？但老公公与圣上不离，若是天颜有喜，外人不知，惟老公公早已先知。这总是赞羡老公公与圣上亲密之意。"

刘公听了，拍手鼓掌的欢笑道："怎么说得这等妙！只是咱学生当不起。真个是才女，怪不得皇爷这等贵重。多谢了！小姐明日有事入朝，咱们用心服侍罢。"山显仁道："一扇不足为敬，改日还要备礼奉酬。"刘公道："这首诗够得紧了！礼物说过不要，就送来咱也不收。"说罢就起身。山显仁尚欲留他酒饭，刘公辞道："天晚快了，还要回覆皇爷与两宫娘娘的旨意哩。"竟谢了，一直出来。正是：

> 芳草随花发，何曾识认春！
>
> 但除知己外，都是慕名人。

刘公辞去，得了这把诗扇，到各处去卖弄不题。却说山显仁退入后厅，与罗夫人、小姐将御赐礼物检点，商量道："金银表礼还是赏赐，御书'才女'四字与玉尺、金如意，此三物真是特恩，却放在何处？"罗夫人道："既赐女儿，就付女儿收入卧房藏了。"山显仁道："朝廷御物，收藏卧房，

---

[1] 笑嚬（pín）：谓欢笑或皱眉。

岂不亵渎？明日圣上知道不便。"罗夫人道："若如此说，却是没处安放。"
山显仁道："我欲将大厅东旁几间小屋拆去，盖一座楼子，将三物悬供上面，
就取名叫做'玉尺楼'，也见我们感激圣恩之意，就可与女儿为读书作文
之所。夫人你道何如？"罗夫人道："老爷所论甚妙。"

　　商量停当，到了次日，山显仁就分付听事官，命匠盖造。真是宰相
人家，举事甚易，不上一月，早已盖造停当。即将御书的四个大字镶成
扁额，悬在上面。又自书"玉尺楼"一扁，挂在前楹。又打造一个硃红
龙架，将玉尺、金如意供在高头。周围都是书厨书架、牙签锦轴，琳琳
瑯瑯；四壁挂的都是名人古画墨迹。山黛每日梳妆问安毕，便坐在楼上，
拈弄笔墨，以为娱乐。

　　此时山黛的才名满于长安，阁部大臣与公侯国戚、富贵好事之家，
无不备了重礼，来求诗求字。山显仁见女儿才十岁，无甚嫌疑，又是经
皇帝钦赐过的，不怕是非，来求者便一概不辞。此时天下太平，宰相的
政务到也有限。府门前来求诗文的，真是络绎不绝。

　　一日，有个江西故相的公子，姓晏名文物，以恩荫官来京就选，考
了一个知府行头，在京守候。闻得钦赐才女之名，十分欣慕，便备了一
分厚礼，买了一幅绫子、一把金扇，亲自骑马来求。原来山小姐凡有来
求诗扇的，都是一个老家人袁老官接待收管。这日晏文物的礼物、绫扇，
老家人就问了姓名，登帐收下，约定随众来取。

　　晏文物去后，老家人即将礼物交到玉尺楼来。不期小姐因老夫人有恙，
入内看视，不在楼上，老家人就将礼物、绫绢交与侍女，叫他禀知小姐。
不期侍女放在一个厨里，及小姐出来，因有他事忙乱，竟忘记了禀知小姐。
及临期，各家来取诗文，人人都有，独没有晏公子的诗扇。晏公子便发
急道："为何独少我的？"老家人着忙，只得又到玉尺楼来查问；一时查
不着，只得又出来回覆晏公子道："晏爷的绫扇，前因事忙，不知放在那
里，一时没处查。晏爷且请回，明日查出来再取罢。"晏公子听了，大怒道：
"你莫倚着相府人家欺侮我，我家也曾做过宰来。怎么众人都有，独我
的查不出？你可去说：若肯写时就写了，若不肯写时，可将原物还了我！"
老家人见晏公子发话，恐怕老爷知道见怪，因说道："晏爷不消发怒，等
我进去再查。"

老家人才回身，晏公子早跟了入来，跟到玉尺楼下，只见楼门旁贴着一张告示，说道："此楼上供御书，系才女书室，闲人不得在此窥觑[1]。如违，奏闻定罪！"晏公子跟了入来，还思量发作几句，看见告示，心下一馁，便不敢做声，捏着足悄悄而听。只听见老家人在楼上禀道："江西晏爷的绫扇，曾查出么？"楼上侍女应道："查出了。"老家人又禀道："既查出了，可求小姐就写一写。晏爷亲自在楼下立等。"过了一晌，又听见楼上分付老家人道："可请晏爷少待，小姐就写。"晏公子亲耳听见，满心欢喜，便不敢言，只在楼前阶下踱来踱去等候。

却说小姐在楼上查出绫子与金扇，只见上面一张包纸，写着："江西晏阁老长子晏尧明，讳文物，新考选知府，政事文章，颇为世重，求大笔赞扬。"小姐看了，微笑道："甚么人，自称政事文章！"又听见说"楼下立等"，便悄悄走到楼窗边，往下一窥，只见那个人头戴方巾，身穿阔服，在楼下斜着眼，拐来拐去；再细细看时，却是个眇一目、跛一足之人！心下暗笑道："这等人，也要妄为！"便回身将绫子与金扇写了，叫侍女交与老家人，传还晏公子。晏公子打开一看，其中诗意虽看不出，却见写得飞舞有趣，十分欢喜，便再三致谢而去。正是：

　　诗文自古记睚眦[2]，怒骂何如嬉笑之。

　　自是登徒多丑态，非关宋玉[3]有微词。

晏公子得了绫子与诗扇，欣欣然回到寓处，展开细看，因是草书，看不明白。却喜得有两个门客认得草字，一一念与他听。只见扇子上写：

　　"三台高捧日孤明，五马何愁路不平；

　　莫诧黄堂新赐绶，西江东阁旧知名。"

又见绫子上写两行碗大的行书：

　　"断鳌立极，造天地之平成。

　　拨云见天，开古今之聋瞆。"

晏公子听门客读完了，满心欢喜道："扇子上写的'三台'、'东阁'

---

[1] 窥觑（qù）：偷看。

[2] 睚眦（yá zì）：瞪眼看人，瞋目怒视。借指微小的怨恨。

[3] 宋玉：战国时楚国的辞赋家，有《九辩》等名篇传世，一般认为是屈原弟子。

是赞我宰相人家出身，'五马'、'黄堂'是赞我新考知府；绫子上写的'断鳌'、'拨云'等语，皆赞我才干功业之意。我心中所喜，皆为他道出，真正是个才女！"门客见晏公子欢喜，也就交口称赞。晏公子见门客称扬，愈加欢喜，遂叫人将绫子裱成一幅画儿，珍重收藏，逢人夸奖。

过了月余，命下，选了松江知府。亲友来贺，晏文物治酒款待。饮到半酣，晏文物忍耐不定，因取出二物来与众客观看。众客看了，有赞诗好的，有赞文好的，有赞字好的，有赞做得晏文物好的，大家争夸竞奖不了。内中只有一个词客，姓宋名信，号子成，也知做两首歪诗，专在缙绅[1] 门下走动，这日也在贺客数内，看见众人称赞不绝，他只是微微而笑。

晏文物看见他笑得有因，问道："子成兄这等笑，莫非此诗文有甚不好么？"宋信道："有甚不好？"晏文物道："既没不好，兄何故含笑？想是有甚破绽处么？"宋信道："破绽实无，只是老先生不该如此珍重他。"晏文物道："他十分称赞我，教我怎不珍重？"宋信道："老先生怎见得他十分称赞？"晏文物道："他说'三台'、'东阁'，岂不是赞我相府出身？他说'黄堂'、'五马'，岂不是赞我新选知府？'造天地'、'开古今'，岂不是赞我功业之盛？"宋信笑道："这个是了。且请问老先生：他扇上说'日孤明'、'路不平'，却是赞老先生那些儿好处？他画上说'断鳌'、'拨云'、'平成'、'聋聩'，却是赞老先生甚么功业？请细细思之。"晏文物听了，哑口无言，想了一回道："实是不知，乞子成兄见教。"宋信复笑道："老先生何等高明，怎这些儿就看不出？他说'日孤明'是讥老先生之目，'路不平'是讥老先生之足，'断鳌'、'拨云'犹此意也。"

晏文物听了，羞得满面通红，勃然大怒道："是了，是了！我被这小丫头耍了！"因将绫画并扇子都扯得粉粉碎。众客劝道："不信小小女子，有这等心思。"宋信也劝道："老先生如此动怒，到是我学生多口了。"晏文物道："若不是兄提破，我将绫画挂在中堂，金扇终日持用，岂不被人耻笑！"宋信道："若是个大男子，便好与他理论。一点点小女儿，偶为皇上宠爱，有甚真才？睬他则甚！"晏文物道："他小则小，用心其实可恶！

---

[1] 缙绅：插笏于绅带间，旧时官宦的装束。也指士大夫。

他倚着相府人家，故敢如此放肆。我难道不是相府人家，怎肯受他讥诮，定要处治他一番，才泄我之恨！"众客再三解劝不听，遂俱散去。

晏文物为此踌躇了一夜：欲要隐忍，心下却又不甘；欲要奈何他，却又没法。因有一个至亲，姓窦名国一，是个进士知县，新行取考，选了工科给事中，与他是姑表弟兄，时常往来。心下想道："除非与他商议，或有计策。"

到次日，绝早就来见窦国一，将前事细细说了一遍，要他设个法儿处他。窦国一道："我一向闻得小才女之名，那有个十岁女子便能作诗作文如此？此不过是山老要卖弄女儿，代作这许多圈套；圣上一时不察，偶为所愚，过加宠爱；山老遂以假为真，只管放肆起来。"晏文物道："若果是小女子所为，情还可恕；倘出山老代作，他以活宰相戏弄我死宰相之子，则尤为可恨！只是我一个知府，怎能够奈何他宰相？须得老表兄为我作主。"窦国一道："这不难。待我明日参他一本，包管叫他露出丑来。"晏文物道："得能如此，小弟不但终身感戴不尽，且愿以千金为寿。"窦国一笑道："至亲怎说此话！"过了数日，窦国一果然上了一疏。

此时天子精明，勤于政事，凡有本章，俱经御览。这一日，忽见一本上写着：

> 工科给事中窦国一，奏为大臣假以才色献媚，有伤国体事：窃闻朝廷重才，固应有体。是以五臣称于虞廷[1]，八士显于周代[2]，汉设三老于桥门[3]，唐集群英于白虎[4]，此皆淹博鸿儒、高才学士。未闻以十龄乳臭小娃，冒充才子，滥叨圣眷，假敕造楼，哄动长安，讥刺朝士，有伤国体，如阁臣山显仁之女山黛者也。山黛本黄阁娇生，年未出幼，纵然聪慧，无师无友，不过识字涂鸦，眩闺阁之名而已。怎敢假作《白燕》之诗，上惑圣主之聪，下乱廷臣之听，妄邀圣恩，叨窃女才子之名，倚恃相府，建造

---

[1] 五臣称于虞廷：上古时虞舜的五个良臣，即禹、稷、契、皋陶、伯益。
[2] 八士显于周代：周代八个有才能的人，即伯达、伯适、仲突、仲忽、叔夜、叔夏、季随、季骗。
[3] 三老：古时执掌教化的官。乡、县、郡曾先后设置。
[4] 白虎：汉代宫殿名，即白虎观，于此讨论"五经"。

玉尺楼之号，此其过分为何如！若借此为择婿声价，犹之可也；乃敢卖诗卖文，欲以一乳臭小娃，而驾出翰苑公卿之上，甚且狂言呓语，讥笑绅士。夫绅士，朝廷之臣子也。辱臣子，则辱朝廷矣。山黛幼女无知，固不足责；山显仁台阁大臣，忍而以假乱真，有伤国体如此，不知是何肺肠？臣蒙恩拔至谏垣，目击幼女猖狂，不敢不奏。伏乞圣明，追回御书，拆毁建楼，着该部根究其代作之人。如此则狐媚献形，而朝绅吐气矣。谨此奏闻。

天子览毕，微微而笑道："他以山黛为虚名，说朕为之鼓惑。朕岂为人鼓惑者哉！此腐儒坐井观天之见也。"因御批道："窦国一既疑山黛以假作真，可亲诣玉尺楼，与山黛面较诗文。朕命司礼监纠察。如汝胜山黛，朕当追回御书究罪；若山黛胜汝，则妄言之罪，朕亦在所不赦！该部知道。"

旨意一下，窦国一见了，着慌道："别人家的事，到弄到自家身上来了！我虽说是个进士，只晓得做两篇时文，至于诗文一道，实未留意。若去与他面较，胜了他，他一个小女子，有甚升赏？倘一时做不出，输与他，则谏官妄言之罪，到只有限，岂不被人笑死！"因请了晏文物与许多门客，再四商量。此时宋信亦在其中，因说道："十岁女子，善作诗文，定是代笔传递。若奉旨面较，着侍妾近身看紧，自然出丑；即使涂抹得来，以窦老先生科甲之才，岂有反出小女子下之理？若是窦老先生恐怕亵体，不愿去，何不另荐几个有名才学之士去较试，岂不万全？"窦国一听了，大喜道："有理，有理！"遂到次日另上一本道：

工科给事中窦国一，为特荐贤才较试，以穷真伪，以正国体事：臣前疏曾参阁臣山显仁之女山黛以假才乱真，蒙御批，着臣亲诣玉尺楼，与山黛面较诗文以定罪。遵旨即当往较。但臣一行作吏，日亲簿书，雕虫文翰，日久荒疏，倘鄙陋不文，恐伤国体。今特荐尚宝司少卿周公梦、翰林院庶吉士夏之忠，雄才伟笔，可与山黛考较文章；礼部主事卜其通、山人宋信，古风、近体，颇擅《三百》之长，可与山黛考较诗歌；行人穆礼，声律精通，可与山黛考较填词；中书颜贵，真、草兼工，可与山黛考较书法。伏乞陛下钦敕六臣前往考较，则真伪自明，虚实立见。如六臣不胜，臣甘伏妄言之罪；倘山鬼技穷，亦望陛下如前旨定罪。则朝士幸甚！国体幸甚！

天子看了，又微笑道："自不敢去，却转荐别人。若不准他，又道朕被他鼓惑了。"因批旨道："准奏。即着周公梦、夏之忠、卜其通、穆礼、颜贵、宋信前往玉尺楼，与山黛考较诗文。该部知道。"

旨意一下，早有人报到山显仁府中来。山显仁着惊道："窦国一为何参我？"因着的当家人去细细打听，方知为晏文物诗文讥诮之故。因与女儿山黛说知前事，道："大凡来求诗文的，皆是重你才名，只该好好应酬他才是。为何却作微词讥诮，致生祸端？"山黛道："前日这晏知府送绫、扇来时，因孩儿在内看母亲，侍女收在厨中，失记交付孩儿，未曾写得。他来取时，见一时没有，着了急，就在府前发话，又跟到玉尺楼，踱来踱去，甚无忌惮。孩儿因窥他眇一目、跛一足，一时高兴，讥诮了几句，不期被他看破，有此是非。实是孩儿之罪！"

山显仁道："这也罢了。只是有旨着周公梦等六人来与你考较诗文，他们俱是一时矫矫[1]有名之人，倘你考他不过，不但将前面才名废了，恐圣上疑你《白燕》等诗俱是假的，一时谴怒，岂不可虑。"山黛笑道："爹爹请放心。不是孩儿夸口，就是天下真正才人，孩儿也不多让；莫说这几个迂腐儒绅，何足挂于齿牙！他们来时，包管讨一场没趣。"山显仁听了大喜道："孩儿若果能胜他，窦国一这厮，我决要处他一个尽情，才出我恶气！"只因这一考，有分教：丈夫气短，儿女名香。不知后来毕竟如何，且听下回分解。

---

[1] 矫矫（jiǎo jiǎo）：卓然不群的样子。

第四回

六儒绅气消彩笔　十龄女才压群英

词曰：

才须好，何女何男何老。十岁闺娃天掞藻[1]，直压群英倒。

温李笑他纤巧，元白怪他潦草。绣口锦心香指爪，真个千秋少！

右调《谒金门》

话说廷臣得了考较诗文旨意，不敢迟慢，礼部便将考较事宜商量停当，奏闻朝廷道：

"礼部为遵旨回奏事，谨将条定考较事宜，开列于后：

一、考期：拟于七月初三。是日立秋，正才子宾兴之候。

一、考时：限辰时齐集玉尺楼，巳时考书法，午时考填词，未时考诗，申时考文，酉时考古。先时而成者为优，过时不成者为劣。

一、考书法：真、草、隶、篆各一纸。

一、考填词：宋词、时曲各一阕。

一、考诗：五言近体一首。

一、考文：或论或赋，内科一道。

一、考古：诘问往事三段，不多不寡，庶寸晷[2]可完。

一、出题：召翰林院官齐集文华殿，临时拟上，御笔亲定，走马赐考。

一、题文完，走马呈览，再发二题，庶无私传等弊。

一、监考：委司礼太监一员，并窦国一、山显仁，督同纠察，

---

[1] 掞（shàn）藻：铺张辞藻。

[2] 寸晷（guǐ）：犹寸阴。借指小段时间。

庶无后言。

一、考后，除山黛幼女免赴，其余俱至文华殿，听候圣上亲定优劣功罪，庶免虚传妄报。

以上数款，俱考较事宜。谨遵旨条奏，乞圣明裁鉴定夺。”

御批："条议允合，俱依议。"

旨意下了，周公梦即知会夏之忠、卜其通、穆礼、颜贵、宋信等，同集窦国一私衙商议道："山家小女，我闻他前日朝见时，笔不停腕，而赋《天子有道》三章，古雅绝人，所以天子十分宠爱，恐与寻常浪得虚名者不同。列位先生亦不可轻视。"窦国一道："周老先生如何这等说？莫说虚名，就是真才实学，一个十岁女子能读多少书，岂有转胜似列位老先生之理？此一考较，立见其败也。周老先生更何疑何虑而为此言？"宋信道："若说考古、做文，我晚生学疏才浅，实实不敢夸口；倘只要做这五言八句的歪诗，我晚生遍游天下，凡诗社名公、词坛宿彦，俱曾领教，无过是限韵[1]，无过是刻烛[2]，从未见笑于人，岂至今日而失利于弱女？我晚生一山人布衣，尚且藐视，何况列位老先生，金马名卿，玉堂学士，不必明日旗鼓相当而丧其气，即此先声所至，已足令彼胆落闺中矣！"大家齐笑道："宋兄之言有理！"窦国一道："只有一事可虑。"众问："何事？"窦国一道："所虑者传递耳。虽说召学生纠察，也须大家觉察。临考时，或有疑难，彼此须互相提拨，方不失利。"众人道："这个自然。"商量停当，遂各各散去。

到了七月初三正日，山显仁早在玉尺楼御书才女扁额之下，铺设龙案，焚香点烛。下面设三座，为司礼太监、窦国一并自己纠察之位；左边西向设六坐，为周公梦等六人之位；右边东向设一坐，为女儿山黛之位。各铺笔砚于上。打点端正，却自在厅上等候。

将交辰时，司礼监太监赵公早先到了，山显仁迎入。叙礼未毕，各官陆续俱到。山显仁待茶。茶罢，因说道："小女闺娃识字，过蒙圣恩，谬加奖赏，实伤国体。今辱窦掌科白简，亟赐追回改正，已出万幸。不

---

[1] 限韵：作古诗的一种方法，指定用韵，增加难度，以见诗才。

[2] 刻烛：刻烛为诗，一寸四韵，后用为诗才敏捷的典故，出《南史·王僧儒传》。

意圣心不肯模糊，欲明正小女虚假之罪，又劳列位老先赐教。小巫气折大巫，固不必言；但以闺中乳臭，而与翰苑大臣逐词坛之鹿，其亵渎之罪，又当何如！"周公梦道："晚生陈腐迂儒，本不当唐突令爱阆苑仙才；但辱窦掌科荐剡[1]，又蒙圣上诏遣，故不得已应诏而来，实惶愧不安。"

窦国一此时，要谦不得，要让不得，要争论又不得，只老着脸，默默不则一声。只有太监赵公笑说道："列位老先，太谦也不中用，讥诮也不中用，既奉旨来了，只是早早去考较诗文罢了。"众官都说道："有理。"遂一齐起身，山显仁就邀入玉尺楼来。

众官上得楼一看，只见正当中上面悬着御书"弘文才女"一扁，下面焚香点烛，四边座位摆得端端正正。众官正打帐序坐，山显仁乃说道："御书在上，臣子例当展拜。但在老夫私第，又系特赐小女，在御书则重，在老夫与小女则轻，还是该拜不该拜，请教窦掌科与赵老公，无使朝廷闻之，谓我辈失礼。"窦国一欲说不该拜，又恐得罪朝廷；欲说该拜，又恐折了锐气，踌躇不定，挣得满面通红。又是赵公说道："御书在上，谁敢不拜！老太师怎么替万岁爷谦起来？"山显仁道："既是这等，可铺毡。"只说得一声，左右已将红毡条铺在楼板上，早有府中掌礼人唱喝排班。窦国一与周公梦等面面相觑，然事已到此，无可奈何，只得叙位而拜。

拜罢，山显仁又指着座位道："这座位，据学生之意虽是这等摆设，不知可该如此？"众官道："礼该如此，老太师所设不差。"山显仁道："既不差，"因分付左右道，"可请小姐出来，相见过，好就座。"

左右去不多时，只见内阁中一二十个侍婢簇拥小姐出来。山显仁道："小女见列位大人，本该下拜，恐怕反劳重大人，只常礼罢。"众官俱道："常礼最便。"小姐因走到正中，朝上深深拜了四拜。众官俱立在东首还礼。礼毕，方各各就坐：周公梦六人坐于东，山黛一人坐于西，赵公、窦国一、山显仁三人坐于下。坐定，一面献茶，一面就着传题员役飞马入朝领题。

此时，拟题翰林官已在文华殿伺候。不一刻，天子驾御文华殿，近臣奏言："蒙诏玉尺楼考较诗文，将近巳时，宜考较书法。众臣遵旨，走马领题。"天子命翰林官拟来。翰林官拟上：真书《猗兰操》，草书《蟋蟀吟》，

---

[1] 荐剡（yǎn）：推荐人的文书。引申为推举。

隶书《龟山操》，篆书《获麟歌》，各一幅。天子依拟，又于题纸上御笔加四字道："俱着默书。"付与近侍。

近侍付与领题员役，飞马打入玉尺楼来。先是纠察赵公、窦国一、山显仁三人接着开看。看罢即分抄二纸：一纸送与颜贵，一纸送与山黛。又各送锦笺四幅。元题供于龙案之上。

题纸分送毕，山显仁即命侍妾俱退。侍妾一哄散去，止是山黛一人在座。山黛接题一看，不慌不忙，即亲手磨墨濡毫，展开锦笺，次第而写。

却说颜贵，乃是一个考选中书，字虽写得几个，却不曾读书，那里晓得《猗兰操》、《蟪蛄吟》、《龟山操》、《获麟》等歌是何物？见御笔"俱着默书"四字，吓得魂不附体，心下犹想："我虽记不得，山黛一个小女子，他如何记得。大家不知，便好奏请底本。"及抬头一看，早见山黛从从容容的写了，急得他满身上汗如雨下。急不过，只得开口说道："我晚生原系中书，只管书写，四歌实记不得。还求窦老先生与赵公代奏。"

窦国一见第一考颜贵就写不出，十分着忙，就接说道："颜先生也说得是。座中有记得四歌的，不妨抄出，与颜先生写了，再奏闻圣上可也。"赵公道："这个使不得。皇爷既批说默写，谁敢抄出？若是私抄出，便是背旨了。"窦国一道："不是背旨私抄。但考字与考学不同，书写之人焉能兼读古歌？自当明将此情奏知圣上。但恨时促迫，往反不及，故说先抄写了，然后奏闻。"赵公道："若是两家都记不得，便好奏闻；倘一家记得，单为一家奏请，如何叫做考较？"周公梦、夏之忠等若果是记得，或是明抄，或是暗传，也好用情；奈何总记不得，只得假说公言道："赵老公所言有理。且看山小姐写得何如，再作区处。"

正说不了，只见山黛已将真、草、隶、篆四幅写完，对父说道："四歌遵旨写完。还是竟呈御览，还是先请教过列位大人？"山显仁踌躇未及答，赵公听见，先笑说道："山小姐到记得，写完了。妙耶，妙耶！这不比封函奏章，大家先看看不妨事。"山显仁遂令另设一张书案于正中，将四幅字摆列于上，请众官出位同看。只见第一幅楷书：

猗兰操　　孔子历聘诸侯，诸侯莫能任。自卫反鲁，隐谷之中，见芗兰独茂，喟然叹曰："兰当为王者香，今乃与众草伍！"止车援琴歌之。歌曰：

习习谷风，以阴以雨。之子于归，远送于野。何彼苍天，不得其所。

逍遥九州，无所定处。时人闇蔽，不知贤者。年纪逝迈，一身将老。

第二幅草书：

　　蟋蟀吟　　政尚静而恶讦。时鲁政日非，孔子伤之。歌曰：

违山十里，蟋蟀之声，尚犹在耳。

第三幅隶书：

　　龟山操　　季桓子受女乐。孔子欲谏不得，退而望鲁龟山，以喻季氏之蔽鲁也。歌曰：

予欲思鲁兮，龟山蔽之；手无斧柯，奈龟山何！

第四幅篆书：

　　获麟歌　　叔孙氏之车子锄商，樵于野而获麟焉。众莫之识，以为不祥。夫子往观焉，泣曰："麟也！麟出而死，吾道穷矣！"

　　　　　　　歌曰：

唐虞世兮麟凤游，今非其时来何求？麟兮麟兮我心忧！

众官看了，见楷书如美女簪花，草书如龙蛇飞舞，隶书擅蔡邕之长，篆书尽李斯之妙，无不点首吐舌，啧啧称美。颜贵心下暗忖道："早是记不得，不曾写，还好藏拙；若是写出来，怎能及他秀美，岂不反惹他一场笑耻！"便口也不敢再开。窦国一俱看得呆了。惟赵公笑嘻嘻说道："不但记得，又四体俱写得精妙入神，真是个才女。难得，难得！快着人进呈，领第二题来。"左右卷好，付与传题员役，飞马进呈。

不半个时辰，早又飞马领了第二题来。山显仁与窦国一、赵公三人打开看时，却是早朝、午朝、晚朝词各一阕，仍前抄作二纸，分送二处。

此时穆礼见颜贵默写不出，十分没趣，犹恐也是个难题，心下甚是徬徨。及题目送到，见是早、午、晚朝三题，颇觉容易，满心欢喜，便磨墨拈笔，打点欲做。忽又想道："用甚牌儿名好？"欲做"如梦令"、"长相思"、"忆秦娥"等词，却又不合时宜；欲想合时宜之名，却又想不起。因又想道："只要做得词好，词名或可不论。"遂下笔而写。尚不曾写得三两句，只听见赵公哈哈大笑说道："怎么山小姐完得这等快！奇才，奇才！大家来同看了好进呈。"
再抬头一看，只见众官已出席矣。穆礼自料一时做不完，便也起身，随众而看。
只见一幅龙笺上面，三个词儿已写得端端正正：

早朝

鸡鸣晓，殿角明星稀少。天上六龙飞杳杳，圣主临轩早。

双阙云霞缥纱，万国衣冠颠倒。初日上升红杲杲，帘卷瞻

天表。

右调《谒金门》

午朝

中天红日刚刚午，御当阳圣主。花砖鹄立，丹墀虎拜，共

瞻九五。　三勤晋接，稀闻昼漏，宣琅琅天语。停经赐食，分

班染翰，自惭无补。

右调《贺圣朝》

晚朝

九重向晏，北阙明星烂。天子劳宵旰。趋承环佩响，起伏

火灯乱。励政治，贾生前膝夜常半。　夕惕牛歌旦，红烛苍生叹。

君交警，臣交赞。久咨禁鼓动，迟出明河暗。君恩重，金莲撤

赐驰归院。

右调《千秋岁》

众官看了，大家惊叹，以为奇才，犹不为异。独窦国一见第二题又被山
黛占先，愈加着急，却又无力可助。赵公早喜得打跌道："好才女，好才女！
快卷好进呈！"窦国一道："须候穆老先完了同进。"赵公因回头对穆礼道：
"老先佳作曾完了么？"穆礼挣红了脸道："尚未。"窦国一道："圣上原限午
时考填词，如今尚在巳时，不妨少缓。"赵公遂走到穆礼座上一看，只见草
稿上才写得两行，到又抹去了一行。赵公说道："如此做来，尚早尚早，如
何等得！且将山小姐的进呈了，穆老先完了再进罢。"便不由分说，竟付与传
题员役，飞马进呈去了。

穆礼欲待不做，恐怕得罪；欲要做完续进，莫说衬点早、午、晚词意之美，
万不可及，即"谒金门"、"贺圣朝"、"千秋岁"三个词名，已含蓄无穷颂圣
之意，如何再做得来？拈笔左思右想，愈觉艰难，笔尚未下，第三题早又飞

马传递到了。赵公三人看了，却是"赋得立秋梧桐一叶落，五言近体一首，限'秋'、
'留'、'游'、'愁'四韵。"此考是卜其通、宋信、山黛三人。遂抄写三纸，
仍前分送三处。

　　山黛接到手，见是一首诗，越要卖才，便提起笔来，草也不起，竟如
风雨骤至，龙蛇飞舞。卜其通拿着题目，连限韵尚未看清，山黛早已写完，
送至正中案上。山显仁看见，自也爱之不了，喜得眉欢眼笑，忙起身邀众官
同看。卜其通惊得满身汗下，暗想道："这丫头怎这等敏捷！不知做些甚么？"
因搁下笔，不顾众人，先走至案前去看。宋信还强着要做，当不得众官俱
已围看，没奈何，也只得走到案前去看。只见上写着：

　　　　立秋日，赋得"梧桐一叶落"，限"秋"、"留"、"游"、"愁"
四韵

　　　　万物安然夏，梧心独感秋。

　　　　全飞犹未敢，不下又难留。

　　　　乍减玉阶色，聊从金气游。

　　　　正如衰盛际，先有一人愁。

　　卜其通看完，不禁拍案大叫道："真才女，真才女！不独敏捷过人，而
构思致意，大有《三百》遗风！"因回头对窦国一道："此殆天授，非人力
所及也。吾甘拜下风矣！"窦国一听了，目瞪痴呆，开口不得。宋信还打帐
说甚么，赵公早笑道："还是卜老先肯服善。快进呈，快进呈！"说不了，传
题员役早接了飞马而去。

　　第四题该到夏之忠了。夏之忠见三人垂头丧气，自暗思道："他们外官
输了，尚犹自可；我一个翰林院，若做不过他，明日如何典试？"又想道："诗
词小道，小女儿家或者拈弄惯了，做文难道也能如此？"正想未完，第四题
早已传到。打开看时，却是一篇《五色云赋》。夏之忠又惊又喜：喜的题目难，
他女儿难做；惊的是题目难，自做吃力。自且不做，先偷眼看山黛如何。只
见山黛提着一管笔，如兔起鹘落，忽疾忽徐，欣然而写，全无停搁苦思之态，
目不及瞬，早已有十数行下矣。自己着忙，再拈笔时，心先乱急，那里还有
奇想，只得据题平铺，急急忙忙，尚铺不到半篇，而山黛之作又报完矣。

　　此时，众官见山黛一小女子挥洒如此，俱忘了考较妒忌之心，反叹赏以
为奇。见完了，团聚而观。只见上写着道：

五色云赋

粤自女娲氏炼五色石以补天，而青、黄、赤、白、黑之气，遂蕴酿于太虚中，而或有、或无、或潜、或见，或红抹霞天，或碧涂霄汉，或墨浓密雨，或青散轻烟，或赤建城标，或紫浮牛背，从未聚五为一，见色于天。矧[1]云也者，气为体，白为容，薄不足以受彩，浮不足以生华，而忽于焉种种备之，此希遇于古，而罕见于今者也。惟夫时际昌明，圣天子在位，备中和之德，禀昭朗之灵，行齐五礼[2]，声合五音[3]，政成五美[4]，伦立五常[5]，出坎向离，范金白、木青、水黑、火红、土黄之五行于一身，而后天人交感，上气下垂，下气上升，故五色征于云，而祯祥见于天下。猗欤盛哉！仰而观之，山龙火藻，呈天衣之灿烂；虚而拟之，镂金嵌玉，服周冕之辉煌。绮南丽北，彩凤垂蔽天之翼；艳高冶下，龙女散漫空之花。濯自天河，不殊江汉；出之帝杼，何有七襄。不线不针，阴阳刺乾坤之绣；非毫非楮，烟霞绘天地之图。浓淡合宜，青丹相配。缥缈若美人临镜，姿态横生；飞扬如龙战于野，玄黄百出。如旌、如旆、如轮、如盖，六龙御天上之銮舆；为楼、为阁、为城、为市，五彩吐空中之蜃气。初绚焉呈卿庆于九重，既块然流丰亨于四海。落霞孤鹜，不敢高飞；秋水长天，为之减色。锦鸡羞而匿影，山雉惭而藏形。他如奁盒膏脂、筐箱玉帛，莫不望而失色，比而减价；矧妖红亵紫，安敢以草木微姿，而上分其万一之光华。猗欤盛哉！是诚地天昌泰，国家文明，而一人流光，千古昭朗者也。臣妾才谢班姬，学惭谢女，剪裁无巧，雕绣不工。瞻天仰圣，双眼有五色之迷；就日望云，寸管窥三才之妙。此盖天心有眷，上降百福之祥，

---

[1] 矧（shěn）：况且。

[2] 五礼：古代指吉礼、凶礼、军礼、宾礼、嘉礼五种礼制。

[3] 五音：宫、商、角、徵、羽五个音级。

[4] 五美：五种美德。《左传·襄公二十八年》："大适小有五美。宥其罪戾，赦其过失，救其菑患，赏其德刑，教其不及。"

[5] 五常：旧指君臣、父子、兄弟、夫妇、朋友之间五种伦理关系。

下献无疆之瑞。谓臣言不信，请远质古娲之灵，近征当今之圣。
谨赋。

众官才看"女娲"起句，便吐舌相告道："只一起句，便奇特惊人矣！"
再读到"彩凤垂蔽天之翼""阴阳刺乾坤之绣"等句，都赞不绝口道："真
是天生奇才！"及读完，夏之忠连连点首叹服道："王子安《滕王阁序》未
必敏捷如此，吾不得不为之搁笔也！"

赵公见众人甘心输服，大笑道："这等看来，还是万岁爷有眼力。快进呈！"
此时，只有窦国一脸上红一块、紫一块，默默无言。赋传递去，赵公因问左
右道："今日甚么时候了？"左右回道："午末未初了。"赵公因对众人道："若
论时候，尚未为迟。列位老先生还是做也不做？"夏之忠、卜其通同说道：
"学问才情矫强不得。此时若要成篇，也还容易，只恐成篇终不及山小姐词
意秀美。到不如见圣上认罪罢了。"赵公道："转是高见。皇爷到不计较。"

正谈论未完，忽第五题又到了。上写是问：

太虚一点，何物？伏羲二相，何氏？
海上三神，何山？商山四皓，何老？
汉五陵，何地？　汤六裤，何事？
竹林七贤，何贤？穆王八骏，何马？
香山九老，何人？萧后十香，何词？

俱着详书。

题目分开。周公梦接了一纸看时，事迹虽都知道，但要一一还个明白，
却是记得不清。有写得一件忘记两件的，有记得三件忘记五件的，想来
想去，毕竟记得不全。

不期才慧实是天生，山黛一个小女子，偏生记得清清白白，逐款填
写分明，因对众说道："诗赋系各人才情，不妨共见；此不过记诵之学，
若大家看明，便非考较之意。"赵公听了，便先说道："小姐说得有理，
但不许周老先看就是了。我们众人看看不妨。"山黛依命送出，众官围绕
而看。只见上面已将所问十事该括 [1] 做一首七言古风道：

---

[1] 该括：包罗。

太虚一点元无物。二相初求自伏羲：

上相共工先独立，柏皇下相共为之。

三神山首蓬莱岛，方丈、瀛洲俱缥缈。

东园、绮里、夏黄公，角里先生称四老。

五陵佳气何日无，长陵马走安陵途，

茂陵风雨相如病，阳陵、平陵多酒徒。

政不节兮民失职，女谒盛兮崇宫室，

苞苴大行谗夫昌，桑林十事祷何巫。

七贤久矣醉刘伶，阮籍猖狂总不醒，

钻李笑戎嵇锻柳，阮咸、向秀眼还青，

惟有先公称大志，手掌铨衡日启事。

穆王八骏几时还，白兔、黄骍随赤骥，

骅骝、騄骊日追风，山子、挑渠电掣空，

况是盗骊飞捷足，瑶池万里远留踪。

香山九老居易一，郑据、吉旼、兼谟狄，

刘真、张浑过卢贞，胡杲、卢真九老毕。

君王若问《十香词》，公事公言不及私，

敢以回心裙带事，渎陈尧舜圣明时。

众官看了，无不惊异道：“著作之才又敏捷绝人，淹贯之学又该详如此，真不愧女中才子矣！”

周公梦见众人赞扬，便也离席说道：“我学生实记不全，愿作输了。既山小姐写完，敢求一观。”赵公道：“既算输，便请看看。”周公梦看完，满口称许道：“真才女，真才女！我辈不如也！”赵公因问：“甚么时候了？”左右回：“未时了。”赵公道：“考较已完，须遵旨回奏。此题也不必传递了，我们自同奏上罢。”

周公梦对夏之忠等说道：“才学矫强不得。我们既考较不如，须面圣认罪，不必强辩，以触圣怒。”夏之忠等俱道：“周老先生所教最是。”遂一齐起身要行。只见窦国一拦住道：“列位且慢行！事有可疑，还须考究！”众官惊讶道：“有何可疑，又要考究？”只因这一考究，有分教：才上添才，罪中加罪。不知窦国一考究些甚，且听下回分解。

第五回

补绝对明消群惑　求宽赦暗悦圣心

词曰：

> 眉笔生花，笑杀如椽空老大。应诏赓歌，不数虞廷下。
>
> 钝足庸驽，岂惯文章驾？空骄诈，不须谩骂，丑态应如画。
>
> 右调《点绛唇》

话说周公梦众官，因考较输了，欲入朝认罪，窦国一拦住道："才情还有天生，学问必由诵读。十岁一个女子，从三岁读起，也只七年工夫，怎能诗赋信笔而成，考古不思而对，如此毫发不爽？此必天子过于宠爱，相公善于关通，先事传题，文章宿构，故能一一不爽。若说真真实实，落笔便成，虽斩头沥血，吾不信也！"夏之忠等听了，俱回想道："窦老先生此一论，实为有理。元下文章，出于科甲；科甲雄才，俱归翰苑。岂有翰苑所不能对，而一小女子能条对详明如此？实有可疑，还烦纠察老先生奏诘。"山显仁质辩道："天子宠爱，岂独宠爱老臣一人？老臣关通，岂便能关通天子？"

正说不了，山黛便接说道："父亲大人，不是这等说了。窦大人既疑天子宠爱，大人关通，此实难辨。但求窦大人自出一题，待贱妾应教，真假便立见了。"赵公道："这最有理！窦先儿[1]，你就出一题，看他做得来做不来，便大家没得说了。"窦国一道："奉旨考较，我学生怎好出题？"宋信便接说道："既是山小姐情愿受考，老先生便出一题也无碍。若不如此，则大家之疑终不能解。"赵公又说道："到是出一题的好，真假立辨，省得又要说长说短！"

窦国一因目视宋信道："出甚么题目好？"宋信便挨近窦国一身边低低说道："不必别寻题目，何不就将前日对不来的对句，烦山小姐一对？"

---

[1] 先儿：先生的俗称。

窦国一被宋信提醒，因喜道："山小姐既要我学生出题请教，我若出长篇大论，只道我有意难他，我学生有一个小学生的对句在此，到正与山小姐相宜。若是山小姐对得来，我学生便信是真才子了。"赵公道："既是这等，快写出来！"窦国一因取纸笔写出一句，与大家同看。

众官一齐观看，却是将《孟子》七篇篇名编成一对，道：

　　梁惠王命公孙丑请滕文在离娄上尽心告子读万章。

大家看了，都说道："这是个绝对了！"山显仁不胜大怒道："窦掌科也太刻薄了！元说考诗考文，怎么出起绝对来？此对若是窦掌科自对得来，便算小女输了！"窦国一道："老太师不必发怒。令爱小姐既是奇才，须对人所不能对之对，方才见得真才；若是人不能对，小姐亦不能对，便不见奇了。"赵公道："二位且不必争。且送与小姐看一看，对的对不的，再理论。"大家齐道："有理。"左右随将对纸送到山小姐席上。

山黛看了，微微一笑道："我只道是'烟锁池塘柳[1]'，大圣人绝无之句，却原来是腐儒凑合小聪明，如何将来难人！"山显仁听了，道："我儿，此对莫非尚有可对么？"山黛道："待孩儿对与列位大人看，以发一笑。"遂提起笔来，对了一句，送与父亲。众人争看，只见是：

　　卫灵公遣公冶长祭泰伯于乡党中先进里仁舞八佾。

众官看了，俱惊喜欲狂；赵公只喜的打跌；连窦国一亦惊讶吐舌，回看着宋信道："真才女，真才女！这没得说了！"

宋信道："窦老先生且莫慌。山小姐既这等高才，我晚生还有一对，一发求山小姐对了何如？"窦国一道："方才这样绝对，他也容容易易对了，再有何对，可以相难？到不如直直受过，不消又得罪了。"宋信遂不敢开口，转是赵公说道："宋先儿既有对要对，率性写出来与山小姐看，对得对不得，须见个明白。莫要说这些人情话儿，糊糊涂涂，到皇爷面前不好回奏！"众官齐道："这论极是！"

宋信因回席写了一对，送与众人看。众人见上写着：

[1]"烟锁池塘柳"：这是一副有名的古绝对，以偏旁金、木、水、火、土五行之字成联。后人以"炮镇海城楼"为对，虽非最佳对句，但实属不易。本书为此联的最早出处。

燕来雁去，途中喜遇说春秋。

众人看完，俱道："'春秋'二字有双关意，更是难对。"山显仁道："这等绝对，一之已甚，岂可再乎！宋兄何相逼乃尔！"宋信道："晚生因见令爱小姐高才，欲闻所未闻，故以此求教。若老太师加罪晚生，则晚生安敢复请。"就要收回。赵公止住道："这个使不得！既已写出，便关系朝廷耳目，须与山小姐一看，看是何如。岂可出乎反乎，视为儿戏！"因叫人送与山小姐道："这个对儿虽不是皇爷出的题目，却也是诗文事情。小姐看看，还是有得对没得对？"

山黛接了一看，又笑说道："这样对，巧亦巧矣，那有个对不得之理？待贱妾再对一句，请教列位大人。"一面说，一面信笔写了一句道：

兔走乌飞，海外欣逢评月旦。

山黛写完，送与赵公，与众人看了，俱手舞足蹈，赞不绝口道："好想头！真匪夷所思！"宋信惊得哑口无言。山显仁快活不过，只是哈哈大笑。

窦国一见山黛才真无疑，回奏自然有罪，因向山显仁再三请罪道："此一举，元非我晚学生敢狂妄上疏，实系舍亲晏知府求诗，为令爱所讥，哭诉不平，我晚学生一时不明，故有此举。今知罪矣。倘面圣时，圣怒不测，尚求老太师与小姐宽庇！"山显仁笑道："此事自在圣上。我学生但免得以假乱真、有伤国体与关通天子之罪，便是万幸了。其余焉能专主？"赵公道："不必说闲话，且去回奏天子，再作区处。"大家遂一哄而出。

此时天子正在文华殿与几个翰林赏鉴山黛的诗赋，忽赵公领了众官来回旨，因将第五题呈上。天子看见山黛条写一人一事不差，满心欢喜。因问周公梦六人道："尔六人与山黛考较诗文，还是如何？"周公梦等齐对道："臣等奉旨与山黛考较诗文，非不竭力，但山黛虽一少年女子，然学系天成，才由天纵，落笔疑有鬼神辅助，非臣等庸腐之才所能及。谨甘心待罪，伏乞圣明原谅。"天子大悦道："汝等既甘心认罪，则山黛非假才，而朕之赐书赐尺，不为过矣。"此时正交新秋，天子正食瓜果而美，因命近侍撤一盘，飞马赐与山黛。近侍领旨而去。

天子因问窦国一道："尔何所见而妄奏？"窦国一奏道："臣待罪谏垣，因人言有疑，故敢入告。今亲见其挥洒如神，始信天生以佐文明之治。臣妄言有罪，乞圣恩宽宥。"天子闻奏，到也释然。只见山显仁奏道：

"窦国一谓臣女以假为真，其事小；其论臣以才色献媚，又论臣关通天子，此事关臣一生品行，不可不究。"天子变色道："怎么叫做关通天子？"山显仁道："臣不敢言。只问纠察司礼监臣即知。"

天子目视赵公，赵公因跪奏道："方才众臣考较完，欲同入朝回旨，窦国一拦住道："事有可疑，从未见小小女子敏捷如此，必是圣上宠爱山黛，阁臣有力关通，先知了题目，夙构成诗文，故能信笔抒写如此。众臣便都疑惑起来。"天子问道："众臣既疑，为何又同来认罪？"赵公奏道："因山黛说道：圣上宠爱，与阁臣关通，一时难辨，只须窦科臣自出一题考较，真假便立见了。窦国一尚不欲出题，是山人宋信撺掇出了一个绝对，与山黛对，山黛飞笔就对了。众臣无词，故同来回旨认罪。"

天子闻奏，大怒道："窦国一说山显仁关通，已是毁谤大臣，怎么说朕宠爱，先事传题？难道朕一个穆穆天子，为此诡秘之事？蔑圣污君，当得何罪？着锦衣卫拿付法司究问！周公梦、夏之忠、卜其通、穆礼、颜贵五人，俱系窦国一荐考，原非有意，既认罪，俱姑免不究。宋信以幺么山人，一诗不成，辄敢厮名绅列同考，以辱朝廷，定系窦国一播弄起衅之私人，着锦衣卫拿至午门外，打四十御棍，递解还乡。山黛赐金花表礼，以旌其才。"圣旨一下，早有锦衣卫官，已将窦国一、宋信鹰拿雁捉的拖了出来。周公梦等五臣，齐齐伏在丹墀下，叩头请罪。

天子又问赵公山黛所对之对。赵公口奏，天子御笔写在龙案观看，不胜大喜。因敕周公梦五臣平身，并召拟题几个翰林，至龙案前观看，道："小小女子，有如此异才，怎教朕不爱！"众翰林奏道："此女实系才星下降，非寻常可比。陛下爱之，正文明之所启也。"

还说不了，只见赐瓜果的近侍回旨，附上山黛谢表一通。天子亲览，只见上写：

> 大学士礼部尚书山显仁女臣妾山黛，奏为谢恩事：蒙恩钦赐瓜果一器，感激圣恩，谨望阙谢恩祗受外，闻科臣窦国一，蔑圣污君，拿付法司；山人宋信，播弄起衅，赐打四十御棍。二臣罪固应尔。但念事由妾起，妾虽蒙恩隆重，谬谓贤才，然不过十岁一女子耳，得失何足重轻；窦国一虽过为诋毁，实朝廷耳目之臣；山人宋信，虽不无起衅，然士也：赏罚皆关典礼。

若为臣妾一小女，而缡绁[1]廷臣，榜挞[2]下士，是为诗文小爱而伤国家之大体也，实非圣明朝之所宜有者也。故敢昧死谏言，望皇上展如天之度，宽赦之。国体幸甚！臣妾幸甚！仓卒干冒，不胜惶惧待命之至！

天子见表，龙颜大悦道："山黛不独有才，德性度量又过人矣！"因将本付与山显仁道："卿以为何如？"山显仁见拿下窦国一与宋信，满心欢喜，还打帐嘱托法司重处，却见女儿上疏，反为解救，一时没法，只得奏道："恩威俱听圣裁，微臣何敢仰参。"天子笑道："论法原不该宥，朕但要全卿女之德，故屈法宥之耳。"因批本道："准奏。窦国一免付法司，吏部议处；宋信饶打，限一月解回。该部知道！"旨意一下，天子驾起还宫，各官退出。与窦国一相好的内臣急急传出旨意，宋信已打了十棍，方才放起，窦国一已将到法司赶回。二人细问饶免情由，方知亏山黛本救之力。窦国一无限没趣，躲了回寓，闭门听处，不题。

却说宋信，虽然饶了，已被打了十棍，打得皮开肉绽，痛苦不禁，又有人押着，要递解还乡。宋信再三央人保领，方许棒疮好后起解。心下想道："我宋信聪明了一世，怎么一时就糊涂到这个田地[3]！他一个相府女儿，又是真正奇才，天子所重，到不去奉承他，反倚着一个科官与他为仇，岂不差了主意。今日若不是山小姐讨饶，再加上三十御棍，便活活要打杀了。明日何不撺转面皮，借感谢之意，作入门之阶，倘得收留，又强似与晏知府、窦给事相处了。"

宋信自家筹算不题。却说山显仁回到府中，埋怨女儿道："窦国一这厮，十分可恶，今日若不是你有真才，将众人压倒，他还不知怎生作恶！后来已奉旨拿送法司，正中我意，你为何转上本替他解救？"山黛笑道："古人贵'宠而不骄，骄而能降'，天子圣明，岂不知此？今日之事，正不骄能降，一可结天子之心，一可免满盈之祸。此自安也，岂救人哉！"山显仁默默点首。山黛又说道："况此事实系孩儿前日讥刺晏知府起的衅端，

---

[1] 缡绁（rú xiè）：捉拿，绑缚。
[2] 榜挞：鞭笞毒打。
[3] 田地：地步。

今一旦加之宋信，孩儿于心，实有未忍。"

山显仁道："这也罢了。但是前日晏文物的绫、扇，为何得能遗失？"山黛道："皆缘侍女辈不识字，故混杂错乱，忘记交付孩儿。不独此也，前日还有张副使的册叶、钱御史的手卷，俱安放错了。若不是孩儿细心，又要差写。"山显仁道："我想凡是著作名公，莫不皆有记室，或是代笔，或是为之查考事迹。你今独自一个，如何应酬得来？"山黛道："男人家好寻记室代笔，孩儿一女子，却是没法。"山显仁道："这也不难。以天下之大，岂无识字女子？我明日不惜千金，差人各处寻访，买他十二个，分了职事，伏事你，你便不消费心了。"山黛道："如此甚好。只恐一时没有。"山显仁道："若要能诗能赋，这便稀少；若只要识几个字儿，只怕也还容易。"父女商量。迟了数日，山显仁果然差人四处寻访，只因肯出重价，便日日有人送女子来看。

这日，山显仁正在厅上选看女子，忽报宋信青衣小帽来请罪。山显仁因女儿宽洪大量，便也宽洪大量起来，因分付叫"请宋相公更了衣巾相见"。宋信依命趋入，拜伏在地，口称："罪人宋信，死罪死罪！"山显仁叫人挽扶，宋信不肯起来，连连叩头道："宋信愚蠢，不识天地高厚，获罪如此。蒙圣上谴责，自分以死谢愆，尚犹不尽，乃复辱令爱小姐疏救，霁天子之威，使白骨再肉，此天地父母所不能施之恩，而一旦转加之罪人，真令人顶踵尽捐，不能少报万一。今碎首阶前，已为万幸，安敢复承礼待！"山显仁道："足下既能悔过，便见高情。何必如此，快请起！"

宋信又谦逊了半晌，方扒了起来。山显仁逊坐留茶。因问道："足下几时行？"宋信道："钦限一月，不敢久迟，明日就要起身。蒙老太师与令爱小姐大恩，不知可有日再得侧身于山斗之下。"山显仁道："这也不难。此不过是圣天子一时之怒，且暂回几日，容有便，挽回圣意，当得再见。"宋信道："若能再趋门下，真是重生父母了！"正说话间，忽抬头看见这许多女子，俱穿青衣，列于两傍，因问道："这许多女子为何在此？"山显仁道："因小女身边没有几个识字的侍女，故致前日遗失了晏文物的绫、扇，惹出许多事来。今欲买几个识字的女子，服侍小女。不期偌大京师，选来选去，俱是这一辈人物，并无一个稍通翰墨可佐香奁之用者。"宋信道："原来为此。京师若无，天下自有。"山显仁道："此言有理。足下所到之处，当为留意；倘获佳者，自当重报。"

又叙些闲话，宋信方辞起身。山显仁送至厅门口，便不送了。宋信又立住说道："宋信还有一事，禀上老太师。"山显仁道："何事？"宋信道："宋信蒙令爱小姐再生之恩，不敢求见，只求至玉尺楼下望楼一拜，以表犬马感激之心。"山显仁道："这也不消了。"宋信执定要拜，山显仁只得叫老家人领至楼下。宋信果然望着楼上，端端正正、恭恭敬敬拜了四拜，方才辞出。山显仁发放了许多不用的女子，因入内与山黛说知宋信拜谢之事，父女耍笑，不题。

却说宋信辞了出来，押解催促起身。欲要来见窦国一，讨些盘缠，窦国一正在议处之时，不肯见人，只得来见晏文物，诉说解回之苦。晏文物见事为他起，没奈何，送他二十金盘缠，又约他道："兄京中既不容住，我小弟只候领了凭便行。兄若不嫌弃，云间[1] 也是名胜之地，可来一游，小弟当为地主。"宋信谢了。又捱得一两日，押解催促，只得雇了一匹蹇驴[2]，携了一个老仆，萧然回山东而去。正是：

> 一个贫人，冒作山人。
>
> 随着诗人，交结贵人。
>
> 做了谗人，伤了正人。
>
> 恼了圣人，罚做罪人。
>
> 押作归人，原是穷人。

宋信虽是山东人，却无家无室，故一身流落京师，在缙绅门下游荡过日。今被押解还乡，到了故乡，竟无家可归，只得借一客店住下。押解见如此光景，没有想头，只得到府县讨了回文，竟自回去，不题。

宋信虽然无亲无眷，却喜得身边还积有几两银子，一身游客的行头还在。见押解去了，便依旧阔起来，到乡绅人家走动。争奈府县有人传说解回之事，往往为人轻薄，心下不畅。过了些时，一日在一乡绅人家，看见新缙绅上，窦国一已降了扬州知府，满心欢喜道："此处正难安身，恰好有此机会。且捱过残年，往扬州去一游。"

---

[1] 云间：旧华亭县或松江府的别称，今上海市。

[2] 蹇（jiǎn）驴：跛蹇驽弱的驴子。

却喜得一身毫无牵绊，过了年，果然就起身渡过淮[1]来。不半月，便到了扬州。入城打听新知府，不期尚未到任，只得寻一个寺院住下。他便终日到钞关埂子上顽耍。见各处士大夫都到扬州来，或是娶妾，或是买婢，来往媒人，纷纷不已。宋信心下想道："山老要买识字之婢，我闲在此处，何不便中替他一寻？倘寻得一个，也可为异日进身之地；就寻不出，落得看看也好。"主意定了，因与媒人说知：要寻一个识字通文之女，价之多寡勿论。媒人见肯出高价，便张家李家，终日领他去看。看来看去，并无中意。

一日，一个孙媒婆来说道："有一个绝色女子，住在柳巷里，写得一手好字。宋相公若肯出三百两身价，便当面写与宋相公看。"宋信道："三百两身价不为多，只要当面写得出便好。"孙媒婆道："若是写得不好，怎敢要三百两身价？"宋信道："既是这等，明日便同去一相。"

约定了，到次日，果然同到一个人家，领出一个女子来——年纪只好十五六岁，人物也还中中——见了礼，就坐在宋信对面。桌上铺着纸墨笔砚，孙媒婆就帮衬磨起墨来，又取了一枝笔，递与那女子道："你可写一首诗，与宋相公看。"那女子接笔在手，左不是，右不是，不敢下笔。孙媒婆又催逼道："宋相公不是外人，不要害羞，竟写不妨。"那女子被逼不过，只得下笔而写。写了半晌，才写得"云淡风轻"四个字，便要放下笔。孙媒婆又说道："用心再多写几个宋相公看，方信你是真才。"那女子只得又勉强写了"近午天"三个字，再也不肯写了。宋信看了，微微而笑。孙媒婆说道："宋相公不要看轻了。似这样当面写字的女子，我们扬州甚少。"宋信笑道："果然，果然。"就送了相钱，起身出来。孙媒婆道："若是这个不中意，便难寻了。"

一日，又有一个王媒婆来说道："有一个会做诗的女子，真是出口成章，要五百两身价。"哄了宋信去看，也只记得几首唐诗，便说是会做诗了。宋信看来看去，并无一个略通文墨的，便也丢开。

不想过了数月，窦国一忽到任上。到任后，宋信即去拜谒。窦国一接见，

---

[1] 淮：淮河，我国大河之一，流经河南、安徽等省到江苏省入洪泽湖。

一来原是相知，二来又念为他受了廷杖之苦，十分优待，便改送在琼花观[1]里作寓。又送许多下程，亲自来拜，随即请酒；又时时邀入私衙小叙；又逢人便称荐他诗才之妙。不多时，借着窦知府声价，竟将宋信喧传作一个大才子了。凡是乡绅大夫与山人词客，莫不争来与他寻盟结社。

　　宋信一时得志，便意气扬扬，竟自认作一个司马相如再生。又在各县打几个秋风，说些分上，手头渐渐有余。每日同朋友在花柳丛中走动，便又思量相看女子了。起初相看，还是欲为山显仁买婢；此时相看，却自要受用了。媒婆见他有财有势，与前不同，那个不来奉承，便日日将上等识字女子，领他去看。宋信只因见过山黛国色奇才，这些抹画姿容、涂鸦伎俩，都看不上眼。

　　一日，相看一个女子不中意，因媒人哄他来的路远了，肚中饥饿，歇下轿，坐在一个亭子上，将两三个媒婆百般痛骂，挥拳要打，亏着旁边坐着一个花白髯的老者看见，再三苦劝，方才上轿而去。那老者因问媒人道："他是甚么样人，这等放肆，要将你们难为？"众媒人道："他的势头大哩！打骂值甚么，若是送到官，还要吃苦哩！"那老者又惊讶问道："他实是何等样人？不妨明对我说。"众媒人道："待我说与老爹听。"只因这一说，有分教：小文君再流佳话，假相如重现原身！不知媒人说出甚么话来，且听下回分解。

---

[1] 琼花观：道馆名。相传唐代观内有琼花一株而得名。故址在江苏扬州市江都县。

第六回

风筝咏嘲杀老诗人　寻春句笑倒小才女

词曰：

> 长嘲短诮，没趣刚捱过。岂料一团虚火，又相逢，真金货。
> 诗翁难做，此来应是错。百种性忸怩踟蹰，千古口，都笑破！

右调《霜天晓角》

话说众媒人，因老者劝了宋信去，见他苦问宋信是甚么人，只得对他说道："这人姓宋，是山东有名的才子，与窦知府是好朋友，说他做的诗与唐朝李太白、杜子美差不多。在京时，皇帝也曾见过，大有声名。所以满城乡宦，举监春元，都与他往来。因要相一头亲事，相来相去，再不中意，所以今日骂我。"那老者道："扬州城里美色女子甚多，怎么都不中意？"媒婆道："他只相人物还好打发，又要相他胸中才学。你想，人家一个小小闺女，能读得几本书，那有十分真才实学对得他来？"那老者笑道："原来为此。"大家说完，媒人也就去了。

那老者你道是谁？原来姓冷名新，是个村庄大户人家。生了三个儿子，都一字不识，只好种田。到四十外，生了一个女儿，生得如花似玉，眉画远山，肌凝白雪，标致异常，还不为奇；最奇的是禀性聪明，赋情敏慧，见了书史笔墨，便如性命。自三四岁抱他到村学堂中顽耍，听见读书，便一一默记在心，到六七岁都能成诵。冷大户虽是个村庄农户，见女儿如此聪明，便将各种书籍都买来与他读。又喜得他母舅——姓郑——是个秀才，见外甥女儿好学，便时常来与他讲讲。讲到妙处，连母舅时常被他难倒，因叹息道："此女可惜生在冷家！"冷大户常说生他时，曾梦见下了一庭红雪，他就自取名叫做绛雪。到了八九岁，竟下笔成文，出口成诗。只可惜乡村人家，无一知者，往往自家做了，自家赏鉴。这年已是十二岁，出落的人才就如一泓秋水。冷大户要与他议亲，因问冷绛雪道："还是城里，还是乡间，毕竟定要甚么人家好？"冷绛雪道："人家总不论，城里乡间也不拘，只要他有才学，与孩儿或诗或文对做，若做得过我，我便嫁他。假饶做不过孩儿，便是举人进士、国戚皇亲，却也休想！"

冷大户因女儿有此话在心，便时时留心访求。今日恰听见媒人说宋信是个才子，因暗想道："我女儿每每自夸诗文无敌，却从无一人考较，不知是真是假。这个姓宋的，既与知府、乡宦往来，定然有些才学。怎能够请他来考较一考较，便见明白了。"寻思无计，只得回家与女儿商量道："我今日访着一个大才子，姓宋，是山东人，大有声名，自府县以及满城士大夫，无一人不与他相交，做的诗文压倒天下。我欲请他来，与你对做两首看，或者他才高，有些缘法，也未可知。只是他声价赫赫一时，怎肯到我农庄人家来？若去请他，恐亦徒然。"冷绛雪道："父亲若要他来，甚是容易。何必去请？"冷大户道："我儿又来说大话了！请他尚恐不来，不请如何转说容易？"冷绛雪道："只消三指阔一条纸儿，包管立遣他来。"冷大户笑道："他又不是神将鬼仙，怎么三指阔一条纸儿，便遣得他来？莫非你会画符？"冷绛雪也笑道："父亲不必多疑，待孩儿写了来，与父亲看。只怕这几个字儿，比遣将符箓更灵。"说罢，遂起身走到自家房中，果然写了个大红条子出来，递与父亲道："只消拿去，贴在此人寓所左近。他若看见了，自然要来见我。"冷大户接来一看，只见上写着：

香锦里浣花园十二岁小才女冷绛雪，执贽学诗，请天下真
正诗翁赐教。冒虚名者，勿劳枉驾。

冷大户看了，大笑道："请将不如激将。有理，有理！"到了次日，果然入城，访知宋信住在琼花观里，就将大红条子贴在观门墙上，竟自归家，与女儿说知，收拾下款待之事，以候宋信。不题。

却说宋信，每日与骚人墨客诗酒往还，十分得意。这日正吃酒到半酣，同着一个陶进士、一个柳孝廉，在城外看花回来，走到观门，忽见这个大红条子贴在墙上，近前细细看了，大笑道："甚么冷绛雪，才十二岁，便自称才女。狂妄至此，可笑，可笑！"陶进士道："仅仅贴在观门前，这是明明要与宋兄作对了，更大胆可笑！"柳孝廉道："香锦里离城南只有十余里，一路溪径，甚是有趣。我们何不借此前去一游，就看看这个小女儿是何等人物。若果有些姿色才情，我们就与宋兄作伐，也是奇遇；

若是乡下女儿，不知世事，便取笑他一场，未为不可。"陶进士道："这个有理。我们明日就去。"

宋信口中虽然说大话，心下却因受了山小姐之辱，恐怕这个小女儿又有些古怪，转有几分不敢去的意思，见陶、柳二人要去，只得勉强说道："我在扬州城里城外，不惜重价，访求才色女子，不知看了多少，并无一个看得上眼，从不见一人拿得笔起。那有乡僻一个小女子会做诗之理？此不过甚么闲人假写，骗人走远路的。二位先生何必深信！"陶进士道："我们总是要到郊外闲耍，借此去一游，真假俱可勿论。"柳孝廉道："有理，有理。待我明日叫人携酒盒随行，只当游春，有何不可？"宋信一来见陶、柳二人执意要去，二来又想道："此女纵然有才，乡下人不过寻常，难道又有一个山黛不成？谅来这两首诗还做得他过。"便放大了胆，笑说道："我们去是去，只怕还要笑杀了，走不回来哩！"陶进士道："古人赌诗旗亭，伶人惊拜。逢场作戏，有甚不可？"柳孝廉道："有理，有理。"大家入观，又游赏了半晌方别。

约定次日，果然备了酒盒轿马，同出南城。一路上寻花问柳，只到傍午方到得香锦里。问人浣花园在那里，村人答道："浣花园乃冷大户造与女儿住的花园，就在前边，过了石桥便是。"宋信听见说"女儿"，便上前问道："闻说他女儿才十二岁，大有才学，可是真么？"村人答道："真不真，我们乡下人那里晓得？相公，你但想乡下人的模样，好也有数。不过冷大户有几个村钱，自家卖弄，好攀人家做亲罢了。"宋信听了道："说得有理。"自有了这几句言语入肚，一发胆大了，便同陶、柳二人步过石桥。将到门口，却在拜匣中取出笔墨，写一纸帖道："山东宋山人，同陶进士、柳孝廉，访小才女谈诗。"叫一个家人先送进去。

此时冷绛雪料道宋信必来，已叫父亲邀了郑秀才，备下款待等候。见传进条子来，便郎舅两个同出来迎接。见了三人，郑秀才便先说道："乡农村户，不知三位老先生降临，有失迎候！"宋信就说道："偶尔寻春，闻知才女之名，唐突奉候。因恐不恭，不敢投刺。"一边说，一边就拱揖到堂。

宾主礼毕，送坐，献茶。大家通知姓名。宋信便对冷大户说道："不然也不敢轻造，昨见令爱条示，方知幼年有如此高才，故特来求教。"郑秀才代冷大户答道："舍甥女小小雏娃，怎敢言才！但生来好学，恐乡村孤陋寡闻，故作狂言，方能祗请高贤降临。"陶进士说道："乡翁不必谦。既系诗文一脉之雅，可请令甥女一见。"郑秀才道："舍甥女自当求教。但三位老先生远来，愿少申饮食之怀。但不知野人之芹，敢上献否？"陶进士道："主人盛意，本不当辞，但无因而扰，未免有愧。"郑秀才道："既蒙不鄙，请小园少憩。"遂起身邀到浣花园来。

三人来到园中，只见：

> 山铺青影，水涨绿波。密柳垂黄鹂之阴，杂花分绣户之色。曲径逶迤，三三不已；穿廊曲折，九九还多。高阁留云，瞒过白云重坐月；疏帘卷燕，放归紫燕忽闻莺。青松石上，棋敌而琴清；红雨花前，茶香而酒美。小圃行游，虽不敌辋川[1]名胜；一丘自足，亦何殊金谷[2]风流。

三人见园中风景清幽，位置全无俗韵，便也不敢以野人相视。原来款待是打点端正的，不一时，杯盘罗列，大家痛饮了一回。

郑秀才见举人、进士皆让宋信首坐，必定有些来历，因加意奉承道："闻宋老先生邀游京师，名动天子，这穷乡下邑，得邀宠临，实万分侥幸。"宋信道："才人游戏，无所不可。古人说：上可与玉皇同居，下可与乞儿共饭。此正是吾辈所为。"郑秀才道："闻窦府尊与老先生莫逆[3]。"宋信道："老窦不过是仕途上往来朋友，怎与我称得莫逆？"郑秀才道："请问谁与老先生方是莫逆？"宋信道："若说泛交，自山相公以下，公卿士大夫，无人不识；若论诗人莫逆，不过济上李于鳞[4]、太仓王凤洲[5]昆仲、新安吴穿楼[6]、汪伯玉[7]数人而已。"郑秀才满口称赞。

---

[1] 辋川：水名，即辋谷水，在陕西兰田南，诸水汇合如车辋环凑，故名。唐代诗人王维在此建有别业。

[2] 金谷：地名，在今河南洛阳市西北。晋代石崇在此建有园林，名金谷园。

[3] 莫逆：彼此志同道合，交谊深厚。

[4] 李于鳞：李攀龙，字于鳞，号沧溟，山东历城人，"后七子"之一，有《沧溟集》。

[5] 王凤洲：王世贞，自号凤洲，又号弇州山人，江苏太仓人，"后七子"之一。

[6] 吴穿楼：疑吴国伦，号川楼，明嘉靖年间诗人。

[7] 汪伯玉：汪道昆，字伯玉，号南溟，明代文学家、戏曲家，有《太函集》。

陶进士道："主人盛意已领了，乞收过，请令甥女一教，也不枉我三人来意。"郑秀才道："既是这等说，且撤去。待舍甥女请教过再叙罢。"大家道："妙！"遂起身闲步以待。

郑秀才因自入内，见冷绛雪说道："今日此举，也太狂妄了些。这姓宋的大有来历，王世贞、李攀龙都是他的诗友，你莫要轻看，出去相见时，须要小心谦厚些。不然被他考倒，要出丑，便没趣了。"冷绛雪微微笑道："王世贞、李攀龙便怎么？母舅请放心，甥女决不出丑。这姓宋的若果有二三分才学，还恕得他过；若是全然假冒，敢于轻薄甥女，母舅须尽力攻击，使假冒者不敢再来溷帐！"郑秀才笑道："你怎么算到这个田地！"说罢，便同到园中来相见。

宋信三人迎着一看，只见冷绛雪发才披肩，淡妆素服，嫋嫋婷婷，如瑶池玉女一般。果然是：

　　莺娇燕乳正雏年，敛萼含香更可怜。

　　莫怪文章生骨相，谪来原是掌书仙。

三人看了，俱暗相惊异：陶、柳以为"吾辈缙绅闺秀亦未有此，何等乡人，乃生此尤物"；宋信更加骇然，以为举止行动，宛然又是一个山黛。——只得上前相见。

冷绛雪深深敛衽[1]而拜道："村农小女，性好文墨，奈山野孤陋，苦无明师，故狂言招致。意在真正诗翁，怎敢劳重名公贵人！"陶进士与柳孝廉同口说道："久闻冷姑大才，自愧章句腐儒，不敢轻易造次。今因宋先生诗高天下，故相陪而来。得睹仙姿，实为侥幸。"宋信见冷绛雪出言吐语，伶牙利齿，先有三分惧怯，不敢多言，只喏喏而已。拜罢，分宾主东西列坐。

郑秀才遂命取两张书案，宋信与冷绛雪面前，各设一张，上列文房四宝。郑秀才就说道："既蒙宋老先生降临，诚为奇遇，自然要留题了；舍甥女殷殷求教，未免也要献丑。但不知是如何命题？"宋信道："酒后非作诗之时，今既已来过，主人相识，便不妨重过。容改一日早来，或长篇，或古风，或近体，或绝句，或排律，或歌行，率性作他几首，以

---

[1] 敛衽：原意是整饬衣襟。元代以后称女子的拜礼为"敛衽"。

见一日之长，何如？"冷绛雪道："斗酒百篇，太白高风千古。怎么说酒后非作诗之时？"宋信道："酒后做是做得，只怕终有些潦草。不如清醒白醒，细细做来，有些滋味。"冷绛雪道："子建七步成诗^[1]，千秋佳话。那有改期姑待之理？"郑秀才道："甥女，不是这等说。想是宋先生见我村庄人家，未必知音，故不肯轻作。且请宋先生先出一题，待你做一首请教过，若有可观，或者抛砖引玉，也不可知。"陶、柳二人齐说道："这个有理。"冷绛雪道："既是二位大人以为可，请宋老诗翁赐题。"

宋信暗想道："看这女子光景，又像是一个磨牙的了。若即景题情，他在家拈弄惯了，必能成篇。莫若寻个咏物难题，难他一难也好。"忽抬头见天上有人家放的风筝，因用手指着道："就是他罢，限七言近体一首。"

冷绛雪看见是风筝，因想道："细看此人，必非才子。莫若借此题讥诮他几句，看他知也不知。"因磨墨抒毫，题诗一首。就如做现成的一般，没半盏茶时，早已写完，叫郑秀才送与三人看。三人见其敏捷，先已惊倒；再展开一看，只见上写着：

风筝咏

巧将禽鸟作容仪，哄骗愚人与小儿。

篾片作胎轻且薄，游花涂面假为奇。

风吹天上空摇摆，线缚人间没转移。

莫笑脚跟无实际，眼前落得燥虚脾。

陶进士与柳孝廉看见字字俱从风筝打觑到宋信身上，大有游戏翰墨之趣，又写得龙蛇飞舞，俱鼓掌称快道："好佳作，好佳作！风流香艳，自名才女，不为过也！"宋信看见明明讥诮于己，欲要认真，又怕装村，欲要忍耐，又怕人笑，急得满面通红，只得向陶、柳二人说道："诗贵风雅，此油腔^[2]也。甚么佳作！"陶、柳二人笑道："此游戏也。以游戏为风雅，而风雅特甚。宋先生还当刮目。"

冷绛雪道："村女油腔，诚所不免，以未就正大方耳。今蒙宋老诗翁

---

[1]七步成诗：三国魏曹植，为兄曹丕所逼，七步成诗："煮豆燃豆萁，豆在釜中泣。本是同根生，相煎何太急。"
[2]油腔：形容人说话浮滑不实。

以风筝赐教，胸中必有成竹，何不亦赋一律，以定风雅之宗。"宋信见要他也作风筝诗，着了急道："风筝小题目，只好考试小儿女，吾辈岂可作此！"郑秀才道："宋老先生既不屑做此小题，不拘何题，赐作一首，也不枉舍甥女求教之意。"陶、柳二人道："此论有理。宋先生不必过辞。"宋信没法，只得勉强道："非是不做，诗贵适情，岂有受人束缚之理？既二位有命，安敢不遵，就以今日之游为题何如？"陶、柳答道："甚妙。"宋信遂展开一幅笺纸，要起草稿。研了墨，拿着一枝笔，刚写到"春日偕陶先达、柳孝廉城南行游，偶过冷园留饮"一行题目，便提笔沉吟，半晌不成一字。

陶进士见其苦涩，大家默默坐待，更觉没趣，只得叫家人拜匣中取出一柄金扇，亲自递与郑秀才道："令甥女写作俱佳，欲求一挥，以为珍玩，不识可否？"郑秀才接了道："这个何妨。"因接付与冷绛雪。冷绛雪道："既承台命，并乞赐题。"陶进士惊喜道："若出题，又要过费佳思，于衷不安。"冷绛雪道："无题则无诗，何以应教？"陶进士大喜道："妙论自别！也罢，粗扇那边画的是一双燕子，即以燕子为题何如？"冷绛雪听了，也不答应，提起笔一挥而就，随即叫郑秀才送与陶进士。

陶进士看看，见墨迹淋漓，却是一首七言绝句，写在上面，道：

　　寒便辞人暖便归，笑他燕子计全非；

　　绿阴如许不留宿，却傍人家门户飞。

陶进士与柳孝廉看了又看，读了又读，喜之不胜道："这般敏捷奇才，莫说女子中从不闻不见，即是有名诗人，亦千百中没有一个。真令人敬服！"

柳孝廉看了动火，也忙取一柄金扇送与郑秀才道："陶先生已蒙令甥女赐教，学生大胆，亦欲援例奉求，万望慨诺。"郑秀才道："使得，使得。但须赐题。"柳孝廉道："粗扇半边亦有画在上面，即以画图为题可也。"郑秀才忙递与冷绛雪。

冷绛雪展开一看，见那半边却是一幅《高士图》，因捉笔题诗一绝道：

　　穆生高况一杯酒，叔夜清风三尺桐。

　　不论须眉除去骨，布衣何处不王公！

冷绛雪写完，也教郑秀才送还。陶、柳二人争夺而看，见二诗词意俱取笑宋信，称赞不已。再回看宋信，尚抓耳挠腮，在那里苦挣，二人也忍不住走到面前，笑说道："宋兄佳作曾完否？"

宋信正在苦吟不就，急得没摆布，又见冷绛雪写了一把扇子，又写一把，就如风卷残云一般，毫不费力；又见陶、柳二人交口称赞，急得他寸心如火。心下越急，越做不出。欲待推醉，却又吃不多酒；欲待装病，却又仓卒中装不出，只得低着头苦挣。不期陶、柳看不过，又来问，没奈何，只得应道："起句完了，中联、结句尚要推敲。"陶进士道："宋兄平日尚不如此，为何今日这等艰难？莫非大巫见了小巫么？"宋信道："真也作怪，今日实实没兴。"冷绛雪听了，微笑道："'枫落吴江冷'只一句，传美千古。佳句原不在多，宋诗翁既有起句足矣，乞借一观。"宋信料做不完，只得借此说道："既要看，就拿去看。待看过再做也不妨。"郑秀才遂走到案前，取了递与冷绛雪。

冷绛雪接着一看，只见上面才写得两行：一行是题目，一行是起句，道：

> 结伴寻春到草堂，主人爱客具壶觞。

冷绛雪看了，又笑笑道："这等奇思异想，怪不得诗翁费心了！莫要过于劳客，待我续完了罢。"因提起笔来，续上六句道：

> 一枝斑管千斤重，半幅花笺百丈长。
>
> 心血吐完终苦涩，髭须断尽只寻常。
>
> 诗翁如此称风雅，车载还须动斗量。

写完，仍叫郑秀才送与三人看。陶、柳看完，忍不住哈哈大笑。羞得个宋信通身汗下，撒耳通红，不觉恼羞变怒，大声发作道："村庄小女，怎敢如此放肆！我宋先生遨游天下，任是名公钜卿，皆让我一步，岂肯受你们之辱！"冷绛雪道："贱妾何敢辱诗翁，诗翁自取辱耳。"因起身向陶、柳二人深深拜辞道："二位大人在此，本该侍教，奈素性不喜烦剧，避浊俗如仇，今浊俗之气冲人欲倒，不敢不避。幸二位大人谅之。"拜罢，竟从从容容，入内去了。

宋信听见，一发大怒道："小小丫头，怎这等轻薄！可恶，可恶！"郑秀才笑道："宋先生请息怒。舍甥女固伤轻薄，宋先生也自失检点了。"宋信道："怎么是我失检点？"郑秀才道："前日舍甥女报条上原写得明白：'请真正诗翁赐教。虚冒者，勿劳枉驾。'宋先生既是做诗这等繁难，也就不该来了。"说罢，掩口而笑。宋信又被郑秀才抢白了几句，羞又羞不过，气又气不过，红着脸，拍案乱骂道："可恶，可恶！"郑秀才又笑道："诗酒盘桓，斯文一脉，为何发此恶声？"陶、柳二人见宋信没趣之极，只得起身道："才有短长。宋兄，我们且去，有兴再来，未为不可。"宋信软瘫做一堆，那里答应得出？郑秀才又笑道："宋先生正在气头上，今天色尚早，且屈二位老先生再少坐一回，奉杯茶。候宋先生之气平了，再行未迟。"因叫左右烹上好的茶出来。陶、柳二人逊谢道："只是太扰了。"茶罢，冷大户又捧出攒盒来小酌，再三殷勤奉劝。陶、柳二人欢然而饮。宋信只是不言不语。

冷大户忙斟一杯，自送与宋信道："宋先生不必着恼，小女年幼，有甚不到之处，乞看老汉薄面罢。"宋信满脸羞，一肚气，洗又洗不去，发又发不出；又见冷大户满脸陪笑，殷勤劝酒，没法奈何，只得接着说道："令爱既然聪明，也不该轻薄于我。"冷大户道："我老汉止生此女，过于爱惜，任他拈弄翰墨。他自夸才学无敌，我老汉又是个村人，不知其中滋味。今闻宋先生乃天下大才，人人钦服，反被小女轻薄。这等看起来，小女的才情到不是虚冒了。只是小孩子家没涵养，不该轻嘴薄舌，讥诮宋先生，实实得罪。还望陶爷与柳相公解劝一二。"说得个宋信脸上青一块红一块，拿着杯酒，放不得吃不得。

陶进士因问冷大户道："令爱曾有人家否？"冷大户道："因择婿太难，故尚未有人家。"柳孝廉道："要嫁何等女婿？"冷大户道："小女有言：不论年纪大小，不论人之好丑，不论门户高低，只要其人才学与小女相对得来，便可结亲。今日连宋先生这等高才都被他考倒了，再叫老汉何处去寻访？岂不是个难事！"陶进士道："原来如此。"郑秀才道："闲话休题，且请快饮一杯，与宋先生拨闷。"

他郎舅二人，冷一句，热一句，直说得宋信面皮都要括破，陶、柳方才起身，和哄着宋信辞谢而去。宋信这一去，有分教：风波起于萋菲，绣口直接锦心。不知宋信如何起衅，且听下回分解。

第七回

公堂上强更逢强　道路中美还遇美

词曰：

> 利器小盘根，骏足轻千里。猛雨狂风欲妒花，转放花枝起。
>
> 人喜结同心，才喜逢知己。莫讶人生面目疏，默默相思矣。

右调《卜算子》

话说宋信受了冷绛雪一场羞辱，回来便觉陶、柳二人的情意都冷淡了，心下百般气苦，暗想道："我在扬州城里，寻访过多少女子，要他写几个字儿，便千难万难。怎冷家这小丫头，才十二岁，便有这样才学，把做诗只当写帐簿一般，岂不又是一个山黛！我命中的灾星、难星，谁知都是些小女儿。若说山黛的祸根，还是我挑掇晏文物起的，就是后来吃苦，也还气得他过。冷家这小丫头，独独将一张报条贴在琼花观门墙上，岂非明明来寻我的衅端？叫我怎生气得他过！"又想想道："莫若将山相公要买婢之事，与老窦商量，要他买了，送与山相公。一来可报我之仇，二来为老窦解怨，三来可为我后日进身之阶，岂不妙哉！我将这小丫头弄得七死八活，才晓得我老宋的手段！"

算计定了，到次日来见窦知府，将冷绛雪辱他之事，细细哭诉一番，要求窦知府为他出气。窦国一道："他虽得罪于你，却无人告发，我怎好平白去拿他？"宋信道："也不消去拿他。我前日出京时，山相公要选买识字之婢，伏侍女儿，再三托我。我一到扬州，即四境搜求，并无一人。不期这冷绛雪，年才十二，才情学问，不减山黛。前日偶然遇见，卖弄聪明，将晚生百般羞辱。老先生若肯重价买了，献与山相公，上可解前番之结，下可泄晚生之愤，诚一举两利之道。不识老先生以为何如？"窦国一道："这个使得。只是也没个竟自去买之理，须叫媒人来分付；待媒人报出，然后去买，才成个官体。"宋信道："这不难。老先生只消去唤媒人，待晚生嘱托媒人，当堂报名便了。"

隔不得两三日，窦知府果然听信，差人唤了许多媒人来，分付道："北京山阁下老爷有一位小姐，年才十一二岁，是当今皇帝钦赐有名的才女，要选与他年纪相近、能通文识字的女子一十二个，去服侍他。因闻知扬州人才好，昨行文到此，要我老爷替他选买，故唤你们来分付。不拘乡村城市，大家小户，凡有年近十一二岁、通文识字的女子，都细细报来，本府不惜重价聘买。如隐匿不报，重责不饶。限三日内即报。"众媒人出来，各自寻访，陆续来报。

第二日，内中一个王媒婆来报："江都县七都八图香锦里冷新的女儿冷绛雪，年正一十二岁，实有才学。媒人不敢不报，听老爷选用。"窦知府见了道："这个名字便取得有些学问，一定可观。"准了，就叫一个差人分付道："你可同这媒婆到冷新家去，说当朝山阁老闻知你女儿有才，不惜重聘，要讨去陪伴他家小姐。可问明他要多少财礼，本府即如数送来。此乃美事，故不出牌。他若推脱留难，本府就要委江都县官来拿了。"

差人应了，不敢怠慢，随即同王媒婆到冷大户家说知此事。吓得冷大户魂不附体，慌忙接郑秀才来商议道："这祸事从那里说起？竟是从天吊下来的！"郑秀才道："不必说了，一定是前日宋信受了甥女之辱，他与窦府尊相好，故作此恶，以相报也。"冷大户道："若是宋信作恶，如何王媒婆开报？"一面治酒款待差人，一面就扯住王媒婆乱打道："我与你往日无仇，近日无冤，你为甚开报我女儿名字？"

王媒婆先还支吾，后被打急了，只得直说道："冷老爹不消打我，这都是别人做成圈套，叫我报的。我也是出于无奈。"冷大户道："那个别人？"王媒婆道："你想那个曾受你的羞辱，便是那个了。"郑秀才听了道："何如？我就说是这个小人！不妨事，待我去见窦府尊，讲明这个缘故，看他如何。他若党护[1]，我便到都察院去告。那有宰相人家，无故倚势讨良善人家女儿为侍妾的道理！"冷大户道："须得如此方好。"

郑秀才倚着自有前程，便兴抖抖取了衣巾，同差人来见府尊。正值知府在堂，忙上前禀说道："生员的甥女，虽是村庄人家，又不少穿，又不少吃，为甚么肯卖与人家为侍妾？此皆山人宋信，为做诗受了甥女之辱，

[1] 党护：偏袒。

故在公祖老爷面前进谗言以起衅端。乞公祖老爷明镜，察出狡谋，以安良善。"窦知府道："此事乃山阁下有文书到本府，托本府买侍妾，与宋山人何干？你说宋信进此谗言，难道本府是听信谗言之人？这等胡讲！若不看斯文面上，就该惩治才是。还不快去劝冷新将你甥女速速献与山府！虽说是为侍妾，只怕在阁老人家为侍妾，还强似在你乡下作村姑田妇多矣！"郑秀才道："'宁为鸡口，勿为牛后'，凡有志者皆然。况甥女虽系一小小村女，然读书识字，通文达礼，有才有德，不减古之列女，岂有上以白璧之姿，下就青衣之列？还求公祖老爷扶持名教，开一面之网，勿趋奉权门，听信谗言，以致烧琴煮鹤[1]。"窦知府听了，拍案大怒道："甚么权门！甚么谗言！你一个青衿，在我公堂之上这等放肆。他堂堂宰相，用聘财讨一女子，也不为过。"叫库吏："在库上支三百两聘金，同差人交付冷新，限三日内送冷绛雪到府。如若抗违，带冷新来回话。再放生员来缠扰，差人重责四十。——将郑生员逐出去！"

郑秀才还要争论，当不得皂隶甲首乱推乱攘，直赶出二门，连衣巾都扯破了。郑秀才气狠狠大嚷说道："这里任你作得威福，明日到军门、按院、三司[2]各上台，少不得要讲出理来。那有个为民公祖，强买民间子女之事！"遂一径回家，与冷大户说知府尊强买之事，就要约两学秀才同动公呈，到南京都察院去告。

此时冷绛雪已闻知此事，因请了父亲与母舅进去说道："此事若说宋信借势陷人，窦知府买良献媚，与他到各上司理论，也理论得他过。但孩儿自思，蒙父亲、母舅教养，有此才美，断不肯明珠暗投，轻适于人。孩儿已曾对父亲说过，必才美过于孩儿者，方许结丝萝。你想，此穷乡下邑，那有才美之人？孩儿想京师天子之都，才人辐辏之地，每思一游，苦于无因。今既有此便，正中孩儿之意。何不将错就错，前往一游，以为立身扬名之地？"冷大户道："我儿，你差了。若是自家去游，东南西北，便由得你我；此行若受了他三百两聘金，就是卖与他了。到了京师，

---

[1] 烧琴煮鹤：又作"焚琴煮鹤"或"煮鹤焚琴"，比喻糟踏美好的事物。
[2] 三司：明代官职，指各省之都指挥司、布政司、按察司，分主军事、民政、司法，合称为"三司"。清初曾为布政使司、按察使司、都转盐运使司合称。

送入山府，就如笼中之鸟，为婢为妾，听他所为，岂得由你作主？他潭潭相府，莫说选才择婿万万不能，恐怕就要见父亲一面，也是难的。"一面说，一面就掉下泪来。

冷绛雪笑道："父亲不必悲伤。不是孩儿在父亲面前夸口，孩儿既有如此才学，就是面见天子，也不致相慢，甚么宰相，敢以我为妾，以我为婢？"冷大户道："我儿，这个大话难说。俗语说得好：'铁怕落炉，人怕落套。'从古英雄豪杰，到了落难之时，皆受人之制。况你一十二岁的小女子，到他相府之中，闺阁之内，纵有泼天本事，恐也不能跳出。"冷绛雪道："若是跳不出，便算不得英雄好汉了。父亲请放心，试看孩儿的作用，断不致玷辱家门。"

冷大户道："就是如你所言，万无一失，教我怎生放心得下？"冷绛雪道："父亲若不放心，可央母舅送我到京，便知端的。"冷大户道："自母亲亡后，你在膝下顷刻不离，今此一去，知到何日再见？"冷绛雪道："孩儿此去，多则十年，少则五年，定当衣锦还乡如男子，与父亲争气，然后谢轻抛父亲之罪。"

郑秀才道："甥女若有大志，即自具车马，我同你一往，能费几何？何必借山家之便？"冷绛雪道："母舅有所不知，甥女久闻山家有一小才女，诗文秀美，为天子所重。甥女不信天下女子更有胜于冷绛雪的，意欲与他一较。我若自至京师，他宰相闺阁，安能易遇？今借山家之车马以往山家，岂不甚便？"郑秀才道："甥女怎么这等算得定？倘行到其间，又有变头，则将如之何？"冷绛雪道："任他有变，吾才足以应之。父亲与母舅但请放心。不必过虑。"

冷大户见女儿坚意要去，没奈何，只得听从。郑秀才因同了出来，对差人道："这等没理之事，本当到上司与他讲明，不期我甥女转情愿自去，到叫我没法。"差人道："既是冷姑娘愿去，这是绝美之事了。"库吏随将三百两交上道："请冷老爹收下，我们好回复官府。"冷大户道："去是去，聘金尚收不得，且寄在库上。"库吏道："冷姑娘既肯去，为何不收聘金[1]？"冷大户道："此去不知果是山家之人否。"库吏笑道："既是

---
[1] 聘金：聘请人做事所付的钱。

山家要去，怎么不是山家之人？"冷大户道："这也未必。你拿去禀老爷，且寄在库上，候京中信出来，再受也不迟。"差人道："这个使得。但冷姑娘几时可去？"冷大户道："这个听凭窦老爷择日便了。"

差人得了口信，便同库吏回复窦知府。窦知府听见肯去，满心大喜。又与宋信商量，起了献婢的文书；又叫宋信写一封书，内叙感恩谢罪并献媚望升之意；又差出四个的当人役，一路护送；又讨了两个小丫头伏侍；又做了许多衣服，拿一只大浪船，直送至张家湾。择了吉日，叫轿迎冷绛雪到府，亲送起身。

却说冷家亲亲眷眷，闻知冷绛雪卖与山府，俱走来拦住道："冷老爹也就没主意，你家又不少柴少米，为甚把如花似玉亲生女儿远迢迢卖到京中去？冷姑娘有这等才学，怕没有大人家娶去？就嫁个门当户对的农庄人家，也强似离乡背井去吃苦。"又有的说道："冷姑娘年纪小，不知世事，看得来去就如儿戏。明日到了其中，上不得，下不得，那时悔是迟了。"你一句，我一句，说得个冷大户只是哭。冷绛雪但怡怡然说道："只有笼中鹦鹉，那有笼中凤凰？我到山府，若是他小姐果有几分才情，与他相聚两年，也不可知；倘或也是宋信一样虚名，只消我一两首诗，出他之丑，他急急请我出来，还怕迟了，焉敢留我？"众亲闻说，也有笑的，也有劝的，乱了两日。

到了临行这日，窦知府差人鼓乐轿子来迎，冷绛雪妆束了，拜辞父亲道："孩儿此行，不过是暂往燕京一游，不是婚姻嫁娶，不必悲伤。"冷大户道："得能如你之言，便是万幸。娘舅送你到京，有甚消息，可即打发他回来，免我挂心。"冷绛雪领诺，竟自上轿去了。正是：

> 藕丝欲缚鸐鹏翅，黄鸟偏怀鸿鹄心。
>
> 莫道闺中儿女小，一双俊眼海般深。

冷绛雪迎到府门，窦知府正在堂上，等送他下船。忽见他走上堂来，虽年尚髫小[1]，却翩翩然若仙子临凡，看其举止行动，宛然又是一个山黛，心下先有几分惊异；及走到面前，只道他下拜，将要出位还礼优待，不期冷绛雪只深深一个万福，便立住不动。窦知府不好意思，只得问道："你

---

[1] 髫（tiáo）小：幼小。

就是冷绛雪么？"冷绛雪朗朗答应道："贱妾正是。"窦知府道："我闻你自擅小才女之名，既有才，则有学，既有学，则知礼，怎么见我一个公祖，竟不下拜？"冷绛雪答道："大人既知讲礼，则当达权。贱妾若不为山府买去，以扬州子民论，安敢不拜见府尊？今既为山相府之人，岂有相府之人而拜太守之堂者乎？"窦知府听了，竦然道："难道相府之人便大些么？"冷绛雪道："相府之人原不大，奈趋奉相府之人多，不得不大耳。"窦知府道："你虽为相府之人，尚未入相府，则为祸为福，尚我为政，怎便挺触于我？"冷绛雪道："未入相府，妾之祸福，大人为政。——妾以良家子女，陷为婢妾，既闻大人之命矣。明日妾入山府，若无所短长，则大人献犹不献；妾若稍蒙青目，则大人之祸福，又妾为政矣。妾敢实告，为恩为怨，大人亦当熟思！"窦知府闻言，大惊失色道："据汝这等说起来，是我欲结一人之恩，反招一人之怨了？结恩未必深，而招怨已切齿，这如何使得！"因低头沉吟，有个欲要改悔之意。

冷绛雪见了，微微笑道："大人不必沉吟。妾原知此意不出之大人，大人只是过于信谗耳。妾不报谗人而报大人，非女子也。大人请放心，从前功罪，可以两忘。今与大人约，敢以父兄门户为托：父兄门户安，则贱妾顶踵可捐；倘再鱼肉，则仇不共天。断不失言，惟大人图之。"窦知府听了，方喜动颜色道："听汝言谈，观汝举止，不独才情独步一时，而侠气直接千古，真可爱可敬！到京自有大遇。本府误听谗言，今日悔无及矣。父兄之托，谨当如教。倘可吹嘘，幸勿忘今日之约。"冷绛雪道："既蒙明谕，妾虽草木，亦有知恩。"窦知府大喜，遂邀入后堂，叫夫人盛设留饯。饯罢，方用鼓乐送上船。闻知郑秀才送上京，又另是二十两下程。正是：

> 献媚虽云得计，逢迎实费周全。
>
> 荣辱到底由命，何不听之自然。

窦知府送了冷绛雪下船，随即差人飞个名帖，拜冷大户。就分付说道："如有甚事情，不妨私衙相见。"冷大户见女儿与知府直立着对答了半晌，知府转加意奉承，晓得女儿有些作用，方稍稍放心。直看女儿开了船，方才回去，不题。

却说冷绛雪，自别父亲，慨然而行，全无离别之色。一路上逢山看山，遇水观水，凡遇古人形迹所在，无不凭吊留题。

一日，行到了山东汶上县，见一簇林木苍秀，林木中隐隐露出两个庙宇的兽头脊角。冷绛雪在舟中望见，便问是甚么所在。船上人答道："这是汶上县地方，前面红庙叫做闵子[1]祠，是个古迹。"冷绛雪道："既是汶子骞大贤古迹，不可不到。"因叫船家拢船，要上去看看。船家道："日已向西，又是顺风，要赶路，不上去罢？"冷绛雪道："那有不上去之理！"船家拗不过，只得落了篷，将船湾近庙前，说道："赶路要紧，庙中景致甚多，只好略看看就下船，千万不可担搁。"冷绛雪应了，随同郑秀才，带着两个丫头，携了笔砚跟随，两个差役前面引路。

冷绛雪到了庙门一看，只见入去的径路都是随山曲折的，由径路走到大殿，足有半箭多路。殿上庙貌虽不甚齐整，却还不甚荒凉。冷绛雪瞻拜一回，因对郑秀才说道："昔日闵子不仕权门，欲逃汶上以辞，遂成了千古大贤。我冷绛雪年虽幼，也是个有才女子，怎反趋入权门？其中是非，正自难言。"郑秀才道："他一个圣门大贤，你一个女子，怎与他比较起来？"冷绛雪道："舜何人？予何人？有为者，亦若是。"叹息了两声，因取丫头携来笔砚，在西楹傍边粉壁上题诗一首道：

　　千古权门贵善辞，娥眉[2]何事反趋之？

　　只因深信尼山语，磨不磷兮涅不缁。

后题"维扬十二龄小才女冷绛雪题"。

冷绛雪题罢，就同郑秀才入庙后各处去游玩。不期事有凑巧，冷绛雪才转得身，忽庙外又走进一个小秀才来。

你道这小秀才是谁？原来姓平名如衡，表字子持，是河南洛阳人。自幼父母双亡。他生得面如美玉，体若兼金。年才一十六岁，而聪明天纵，读书过目不忘，作文不假思索，十三岁上就以案首进学，屡考不是第一，定是第二，决不出三名。

这年到了一个宗师，专好贿赂，案首就是一个大乡宦的子弟，第二至第十，皆是大富之家，一窍不通之人，将平如衡直列到第十一名上。

---

[1] 闵子：闵损，字子骞，春秋时鲁国人，孔子弟子。

[2] 娥眉：女子的秀眉，借指美女。

平如衡胸中不忿，当堂将宗师顶撞了几句。宗师大怒，要责罚他，他就将衣巾脱下，交还宗师道："我平如衡要做洛阳秀才，便听宗师责罚；这讲不明论不公的穷秀才，我平如衡不愿做他，宗师须管我不着！"宗师道："我考你在一等十一名，也不为低了。"平如衡道："若是前面十人文章果然好似我平如衡，莫说一等十一名，便考到六等，也不敢生怨；倘一个不如我，纵列第二，终不能服。"宗师道："小小年纪，怎这等放肆！那见前面十人便不如你？"平如衡道："'文章千古事，得失寸心知。'这也难辩。只是我平如衡不愿做这生员了。"宗师："学校乃斯文出身之地，你为一时名次，弃了衣巾而去，岂不误了终身？"平如衡笑道："人生只患无才，若毛羽已丰，则何天不可以高飞！"因长揖而去。

宗师十分惭愧，还叫教官留他，当不得他执意不回。他恐怕住在洛阳被宗师缠扰，因有一个亲叔是个贡生，在京选官，遂收拾行李，带一老仆，进京去寻他。不想到得京中，叔子已选松江教官，上任去了。因京中别无熟识，只得一路起旱出京，要往松江去寻叔子。

这日到了汶上县，虽天色尚早，还去得几里，因身子倦怠，便寻个洁净歇店住下。闻知闵子庙不远，遂步入庙中来闲散。才走到庙楹之前，忽见粉壁上墨迹淋漓，龙蛇飞舞，心下惊异，忙近前一看，见诗意又感慨、又自负，又见有"娥眉"之句，心下想道："难道是个女子？"及看到后边，见写着"十二龄小才女"，惊得满身汗下道："大奇事，大奇事！怎么十二岁女子有此杰作？不信，不信！"再定睛细看时，见墨迹尚然未干，后面题名"冷绛雪"，心下想道："既有名姓，这是真了。"因叹息道："我平如衡自恃十六岁少年有此才学，往往骄傲，将人不看在眼中，谁知十二岁女子诗才如此高美，真令人愧死！"又朗吟了数遍，愈觉警拔[1]，因想道："此乃千秋仅见之事，便冒续貂[2]之丑，也说不得，须和他一首。"因到殿上香座前，寻了一枝烂头笔，在石砚里掭得饱饱，走到壁边，依韵和诗一首道：

又见千秋绝妙辞，怜才真性孰无之？

[1] 警拔：警策拔俗。
[2] 续貂：比喻续加的不如原有的，前后不相称。又可作"狗尾续貂"。

　　　倘容秣马明吾好，愿得人间衣尽缯。

后写"洛阳十六岁书生平如衡，将往云间，道过汶上，偶瞻壁翰，欣慕执鞭，草草题和。"

　　平如衡题完，放了笔，又痴痴想道："此乡僻村野之地，如何得有才女？除非过往仕客家眷。"忽想起道："方才入庙时，看见庙门前河岸口有一只大船泊着，莫非就是船中起来游赏的？"因忙忙赶出庙来一看，只见那只船正撑着跳板，踏着扶手，几个人立着，勤勤张望庙中，在那里等候。平如衡暗道："是了，是了，想在庙中，尚未出来。"欲要进庙迎看，又恐怕迎错了，遂只在庙前船边走来走去的等候。

　　却说冷绛雪在庙后各处游览完，方才出来，走到殿前，自家爱自家的题咏，舍不得丢下，心中暗想道："我这首诗题在此处，真是明珠暗投，有谁鉴赏？"又走近壁间去看看，忽见后边已有人和诗在上，不胜惊讶道："怎么刚转得一转，就有人和在上面？"再细细一看，见词意深婉，俱寓称扬不尽之意；又见笔墨纵横，如千军万马；又看到署名，愈加惊喜道："尝谓天下无才，谁知转眼间便遇了知己。但当面遇之，又当面失之，殊可痛恨！"只管立住沉吟。船上人早赶进庙来催促道："天色将晚了，快下船，还要赶宿头哩。"

　　冷绛雪无奈，只得走出庙来。出得庙门，只见一个少年书生，俊俏风流，在那里伸头缩脑的张望。欲待停足回眸，争奈母舅与差人围簇而行，少留不得。刚上了船，跨得入舱，船家早将船撑离岸，曳起篷，如飞的一般去了。只因这一去，有分教：相思两地无头绪，缘分三生有脚跟。不知此后如何，且听下回分解。

第八回

争礼论才惊宰相　代题应旨动佳人

词曰：

青青杨柳，更有桃花红欲剖。紫燕翩翩，黄莺又啭弦。

凤祥麟瑞，不信人间还有对。休叹才难，试展雕龙绣虎看。

右调《减字木兰花》

话说平如衡立在庙前探望题诗女子，立不多时，只见庙中果然许多人簇拥着一个垂髫女子走了出来。陡然四目一视，见眉宇清妍，容光飞舞，真不啻遇了西子、毛嫱[1]，把一个平如衡惊喜得如痴如狂，心魂俱把捉不定。及再要一看，那女子已被众人催逼上船，登时开去。

平如衡立在河口，就如石人一般，向北而望，只望得船影都不见，方才垂下眼来。及要转身，争奈四肢俱瘫软，半步也移不动。没奈何强挣到庙前石墩上坐下，心中暗想道："再不想天下有这等风流标致的小才女，要我平如衡这样嗤嗤[2]男子何用！若是传闻，尚恐不真。今日人物是亲眼见的，壁上诗，年纪与其人相对，自然是他亲题，千真万实，怎教我平如衡不想杀、愧杀！又不知方才这首和诗，美人可曾看见，若是看见我后面题名，方才出庙门，觌面[3]相觑，定然知道是我。我的诗虽不及美人，或者怜我一段殷勤欣慕之情，稍加青盼，尚不枉了一番奇遇；若是美人眼高，未免笑我书生唐突，则为之奈何？"又想道："他署名冷绛雪，定然是冷家女子了。但不知是何等样人家？我看方才家人侍妾围绕，自然是宦家小姐了。但恨匆匆不曾问得一个明白。"

一霎时，心中就有千思百虑，肠回九转，直坐到傍黑，方才归客店去。

---

[1] 毛嫱：古美女名。一说是越王美姬。

[2] 嗤嗤（chī chī）：敦厚的样子。

[3] 觌（dí）面：当面，迎面。

真个是捣枕捶床，一夜不曾合眼。捱到天明，浑身发热如火，就在客店中直病了半月方好。欲待进京访问消息，料如大海浮萍，绝无踪迹；又且行李萧条，艰于往返，没奈何只得硬着心，忍着苦，往松江访叔子而去。正是：

　　　无定风飘絮，难留浪滚沙。

　　　若寻来去迹，明月与芦花。

平如衡往松江寻访叔子，且按下不题。却说冷绛雪刚上得船，船便撑开，挂帆而去，急向篷窗一望，早已不知何处。心下暗想道："此生仓卒之间，能依韵和诗，又且词意深婉，情致兼到，真可儿也！但恨庙前匆匆一盼，不能停舟相问。只记得他名字叫做平如衡，是洛阳人。我冷绛雪虽才十二岁，然博览今昔，眼中、意中不见有人，不意道途中到邂逅此可儿。怎能与他争奇角险，尽情酬和，令我胸中才学稍稍舒展，亦人生快事也。还记得他说将往云间。云间是松江府，他南我北，不知可还有相见之期？"以心问心，终日踌躇，一路上看山水的情兴早减了一半。

不一日，到了京师，差人先将文书、书信送入山府。山显仁接见了，乃知是窦国一买婢送来。此时已在近地买了十数个，各分职事，编名掌管。见是扬州买来，又见书上称能诗能文，也觉欢喜，就与女儿山黛说知，发轿去接。不多时接到，因命几个仆妇，将他领入后厅来见。山显仁与罗夫人并坐在上面，只见冷绛雪不慌不忙，走将进来。山显仁仔细一看，只见：

　　　风流情态许多般，漫说生成画也难。

　　　身截巫山云一段，眉分银汉月双湾。

　　　行来只道花移步，看去方知玉作颜。

　　　莫讶芳年才十二，五车七步只如闲。

山显仁见他一路走来，举止端详，就与女儿山黛一般，心下先有几分骇异；及走到面前，又见容貌端庄秀媚，更加欢喜。领他的仆妇，见他到面前端立不拜，因说道："老爷、夫人在上，快些磕头！"冷绛雪听了，只做不知，全然不动。

山显仁见他异样，因问道："你既到我府中，便是府中之人了，怎么不拜？"冷绛雪答道："妾闻贵贱尊卑，相见以礼。冷绛雪既见太师、夫人，安敢不拜？但今日乃冷绛雪进身之始，不知该以何礼相见，故立而待命。"

山显仁见他出语凌厉，因笑问道："你且说相见之礼有那几种？"冷绛雪道："女子入门，有妇礼，有保母礼，有傅母礼，有宾礼，有记室礼，有妾礼，有婢礼，种种不同，焉敢混施。"山显仁道："你自揣该以何礼相见？"冷绛雪道："《关雎》风化之首，既无百两之迎，又无钟鼓之设，不宜妇礼明矣。保母、傅母贵于老成，妾年十二，礼更不宜。太师寿考南山，冷绛雪齿发未燥，妾礼之非，又不待言。太师若能略去富贵，而以翰墨见推，则宾礼为宜。然当今之世，略去富贵者能有几人？或者富贵虽不能尽忘，犹知怜念斯文，委之记室，则记室礼亦宜。甚之贵贵轻才，尊爵贱士，以献来为足辱，以柔弱为可欺，则污之泥中，厕之爨下，敢不惟命，则当以婢礼见。然恐非太师四远求才之意也。——此贱妾自揣者如此，幸太师明示。"

山显仁听了这许多议论，心下暗喜道："此女齿牙伶利，词语慷慨，不独才高，且有侠气，真可爱也！"因又笑问道："你说宾礼相见为宜，且问你：宾礼如何行？"冷绛雪道："行宾礼，则太师起而西向立，夫人起而东向立，冷绛雪北面再拜，每拜太师答以半礼，夫人回以一福；四拜毕，太师、夫人命侍妾掖之起，太师、夫人北向坐，冷绛雪傍坐；赐茶，问以笔墨之事。此宾礼也。"山显仁又问道："记室之礼如何行？"冷绛雪道："论记室礼，受职有属，则太师、夫人高坐于上，冷绛雪趋拜于下；拜毕，赐座于旁，有问则起立而对。此记室礼也。"山显仁道："婢礼如何？"冷绛雪道："婢则匍伏叩头而已，何礼之有！"

山显仁笑道："行宾礼亦不难。但宾者，主之朋也。必见闻深远、议论风生，方足与主人酬酢[1]。你小小女子，亦能之乎？"冷绛雪道："若酬酢不能，安敢自称才女，而轻数千里，远献于相府？"山显仁道："你既自称才女，且问你：何以谓之才？"冷绛雪道："才之道甚大，其论甚长。若草率奉答，又不足以副明问；欲精粗毕陈，恐非立谈之可尽。"

山显仁笑对罗夫人说道："此女小小年纪，口出大言，见我拜也不拜一拜，到思量坐谈，岂不好笑！"罗夫人道："看他姿容举动，不像个下

---

[1] 酬酢（zuò）：饮宴时主客互相敬酒。主敬客曰酬，客敬主曰酢。

人，便与他坐下也不妨。且看他说些甚么。"山显仁道："既夫人这等说，"就叫侍妾移一张椅子在旁边，说道，"你且权坐了，细讲'才'字与我听。"

冷绛雪听了，也不告坐，竟公然坐下道："盖闻天、地、人谓之三才，故一言才而天、地、人在其中矣。以天而论，风云雪月发亘古之光华；以地而论，草木山川结千秋之秀润。此固阴阳二气之良能，而昭著其才于乾坤者也，虽穷日夜语之而不能尽，姑置勿论。且就人才言之：圣人有圣人之才，天子有天子之才，贤人有贤人之才，宰相有宰相之才，英雄豪杰有英雄豪杰之才，学士大夫有学士大夫之才。圣人之才参赞化育，贤人之才敦立纲常，天子之才治平天下，宰相之才黼黻皇猷，英雄豪杰之才斡旋事业，学士大夫之才奋力功名。——以类而推，虽万有不同，皆莫不有一段不磨之才，以自表见于世。然非今日明问之所注也。今日明问之所注，则文人之才、诗人之才也。此种才，谓出之性，性诚有之，而非性之所能尽该；谓出之学，学诚有之，而又非学之所能必至。盖学以引其端，而性以成其灵；苟学足性生，则有渐引渐长、愈出愈奇、倒峡泻河而不能自止者矣。故有时而名成七步，有时而倚马万言，有时而醉草蛮书[1]，有时而织成锦字[2]，有时而高序滕王之阁[3]，有时而静咏池塘之草[4]。至若班姬之管，千古流香；谢女之吟，一时擅美。——此又闺阁之天生，而添香奁之色者也。此盖山川之秀气独锺，天上之星精下降。故心为锦心，口为绣口，构思有神，抒腕有鬼；故挥毫若雨，泼墨如云，谈则风生，吐则珠落。当其得意，一段英英不可磨灭之气，直吐露于王公大人前，而不为少屈，足令卿相失其贵，王侯失其富，而老师宿儒自叹其皓首穷经之无所成也。设非有才，安能凌驾一世哉！虽然，孔子有才难之叹，天后有失才之悲。每凭吊千秋，奇才无几；俯仰一世，未见有人。故冷绛雪不鄙裙钗，自忘幼小，而敢以女才子自负，以上达于太师之前，而作青云之附。不识太师能怜而使得扬眉吐气于前否？"

[1] 醉草蛮书：唐诗人李白醉书答渤海国文书，斥退来使。
[2] 织成锦字：晋苏蕙，字若兰，织锦为回文《璇图诗》寄给被流放的丈夫窦滔，表达思念之情。
[3] 序滕王之阁：唐王勃作《滕王阁序》。滕王，唐宗室李元婴。
[4] 池塘之草：南朝宋谢灵运作诗久不成篇，一日梦中得句"池塘生春草"。

　　山显仁听了，伸眉吐舌，不胜惊喜，因对夫人道："妙论，妙论！我只道闺阁文章之名，独为吾儿山黛所擅，不意又有此女，真奇怪！前日钦天监奏才星下降，当生异人，果不虚矣。此女当如何相待？"罗夫人道："且待见过女儿，看女儿如何相待，再作商量。"山显仁道："夫人之言有理。"因命赐茶。

　　茶罢，就着几个老成侍妾领他入内，去见小姐。临行，山显仁又分付冷绛雪道："我家小姐，乃当今圣上御笔亲书才女之扁，又特赐玉尺，以量天下之才，又赐金如意以择婿，十分宠爱。前日许多翰苑名公都被他考倒。他心性骄傲，你见他须要小心，不比我老夫妻怜你幼小，百般宽恕。"冷绛雪道："但恐小姐才不真耳；若果系真才，那有才不爱才之理？太师、夫人但请放心。"遂同了侍妾，径入内来。到了卧房楼下，侍妾叫冷绛雪立住，先上楼去报知小姐。

　　此时小姐晨妆初罢，正卷起珠帘，焚了一炉好香，在那里看《奇女传》。忽侍妾报说道："扬州窦知府所献女子，已到在楼下，要见小姐。"山黛道："曾见过老爷太太么？"侍妾道："见过了，故叫领来见小姐。"山黛道："老爷见了曾替他另起名、编入职事么？"侍妾道："这个女子与众不同。"就将见老爷不拜、争礼、论才之事，细细说了一遍，道："他问一答十，连老爷也没法奈何，故叫送来见小姐。"山黛听了，又惊又喜道："那有此事！可快唤他上楼来，待我看是怎生样一个人物。"侍妾领命。

　　不多时，只见冷绛雪走上楼来。二人亲面一看，你见我如蕊珠仙子，我见你如月殿嫦娥，两两暗惊。走到面前，山黛心灵，先说道："你身充婢妾而来，则体甚贱；闻你以诗文自负，则道又甚尊。我一时降礼，则恐失体；一时傲物，又恐失才。你且权坐下，可尽吐所长，若微有可观，自当刮目。你意下何如？"冷绛雪道："我冷绛雪肺腑之言，已被小姐一口代为道出，更有何说，只得领命告坐。"遂揽揽衣，坐于对面。

　　山黛道："看你举止不俗，眉目间大有文情，似非徒夸于人者。我若今日单考于你，只道我强主压客；欲与汝同做，又出题不便；莫若公议出题，分阄以咏，何如？"冷绛雪道："我冷绛雪远献而来，底里不知，故小姐宜试其短长。若小姐，则天子为一人知己，翰林名公尽皆避席，才名已满于长安，何必与贱妾共较优劣，得不加贵，失则损名，窃为小姐不取也。"

山黛笑道:"据汝所言,将以我为虚名,恐怕做得不好出丑,最是一团好意。我怎好定要与你并较长短,且试你一篇,如果奇特,再待你考我未迟。"

因提起笔来,思量要写题目,忽侍妾来报:"圣旨下,快到玉尺楼接旨!"山黛闻知,忙将笔放下,立起身,换了大服,要走出来。因对冷绛雪道:"你也同去看看,或有笔墨之命,待我奉诏做与你看,便当你先考我。何如?"冷绛雪微微点首,遂同了出来。

到得玉尺楼下,只见香案已排设端正,圣旨已供在上面。山黛拜毕,开旨一看,却是四幅龙笺,要题诗四首,裱于《圣朝四瑞图》上:一幅是《凤来仪》,一幅是《黄河清》,一幅是《甘露降》,一幅是《麒麟出》。

山黛领了旨,遂将四幅龙笺,命侍妾捧上楼去。一面命中官外厅伺候,一面上楼,叫侍妾磨墨欲书。冷绛雪在旁说道:"方才小姐欲出题,面试贱妾,何不即将此四题,待贱妾呈稿,与小姐改削?"山黛道:"使到使得,只是中官在下面立等回旨,恐怕迟了。"冷绛雪道:"奉旨怎敢迟慢!"

此时楼上纸笔满案,冷绛雪遂取了一枝笔,展开一幅纸,全不思索,信笔而书。但见运腕如风,洒墨如雨,纵横起落,写得笺纸瑯瑯有声。山黛看见他挥毫如此,先喜得眉目都有笑色;及做完了,取来一看,只见第一幅:

凤来仪

岐山鸣后久无声,今日来仪兆太平。
莫认灵禽能五色,盖缘天子见文明。

第二幅:

黄河清

普天有道圣人生,大地山川尽效灵。
尘浊想应淘汰尽,黄河万里一时清。

第三幅:

甘露降

上气氤氲下气和,酿成天地大恩波。
金茎不用云中接,一夜松梢珠万颗。

第四幅:

麒麟出

圣人在位已千秋，圣德如天何待修。

当日尼山求不出，今同鹿豕上林游。

山黛看完，大惊大喜，拍案说道："姐姐仙才也！仙笔也！我山黛有眼不识，得罪多矣！"遂走转下来，欲要与冷绛雪叙礼。冷绛雪止住道："小姐，先请完了圣旨，再讲礼也不迟。"山黛点首道："有理。"遂立住不动，一面取过龙笺书写。

冷绛雪道："小家之句，恐不足以当御览，还须小姐自作；即欲用，亦须小姐改削。"山黛道："点题、颂圣，无不尽美尽善，虽悬之国门，千金不能易一字矣。小妹何敢妄着佛头之粪！"遂展开龙笺，分真、草、隶、篆各书一幅。书完，又信手写短表一道，回复圣旨。冷绛雪在旁，看见他拈弄翰墨，直如游戏，心下已自输服。

不料这边旨意才打发得出门，外边早又报有圣旨到，山黛只得重复下楼接旨。接完开看，却是要赋"三十六宫都是春"诗一首。山黛领旨上楼，与冷绛雪看。

冷绛雪道："待妾再为捉刀何如？"山黛道："方才是要领姐姐大教，故敢相烦；今已心倾，怎敢再劳？容小妹献丑请教罢。"遂展开龙笺，草也不起，挥毫直书，不费半刻工夫，早已四韵俱成。上写着：

　　　　赋得三十六宫都是春

　　圣恩无处不三阳，何况深宫日月光。

　　淑气相通天有道，和风不隔地无疆。

　　阶阶杨柳青同色，院院梨花白共香。

　　寿酒一宫称十献，一时三百六春觞。

山黛写完，递与冷绛雪看，道："草草应诏，姐姐休笑。"冷绛雪接了道："妾已在傍看明，不待读矣。小姐运笔如此之敏，构思如此之精，语语入神，字字惊人，真天才也！圣主宠鉴，信有真矣。妾方才代作之妄，悔无及矣。恐遭圣主之谴，将如之何？"

山黛笑道："姐姐不必谦。"一面说，一面将诗封好，着人交付中官进呈。然后与冷绛雪叙礼道："小妹因谬为圣主所知，薄有浮名，遂不自揣，妄自尊大，以为天下不复有人。不知姐姐仙子降临，遂一概视之。适见挥毫，方知女中之太白也。使小妹愧悔交集，通身汗下，望姐姐恕之。请转，容小妹荆请。"冷绛雪道:"贱妾村野下品,为人买献,偶以枋榆[1]之飞,沾沾自喜;今经沧海[2],尚然夸水,已见巫山,犹尔称云,其遗笑大方为何如!小姐不弃,即就青衣,犹为过分,何敢言宾!"山黛道:"文字相知,最为难得。我与姐姐今幸相逢,可称奇遇,何必泛作谦语。"冷绛雪推辞不得,只得以宾主礼相见。拜毕,分坐。

侍妾献上茶来,山黛便问道:"以姐姐高才,岂无甲第门楣,乃为轻薄至此?"冷绛雪道:"贱妾不幸,幼失先慈,无人训诲。严君过于溺爱,听妾所为。妾又自恃微才,不轻许可,尝与家君约:不论贵贱好丑,但必才足相敌,方可结褵。前日家君访得一宋姓者,诗名大震,以为有才,招与妾较,不意一味夸张,毫无实学,被贱妾嘻笑嫚骂,羞辱极矣。彼故借窦知府之力,而陷妾于此。自分为爨下之桐。岂料小姐怜才,过于刮目,真不幸中之大幸也。"

山黛道:"宋姓者莫非就是宋信?"冷绛雪道:"正是宋信。"山黛道:"他在京曾挑小妹一场是非,幸小妹腕指有灵,不为所困。后来天子知其开衅情由,将他责了四十御棍,押解还乡。已出九死一生,怎尚不知改悔,又在姐姐处如此作恶,真小人也!明日与爹爹说知,将他拿来重处才好。"冷绛雪道:"宋信情固可恶,然贱妾蓬茅荆布,非宋信之恶,又安能得见小姐天上之人?以此而论,则宋信虽罪之首,而又功之魁也。"

山黛笑道:"不念其恶,而反言其功,姐姐存心仁恕矣。但是姐姐既已来矣,为今之计,还是欲归乎?还是暂留京师,而以高才显名乎?"冷绛雪道:"妾蒙小姐一见而即以心膂相待,妾虽草木,安敢不以肝膈相告乎?贱妾虽为宋信所陷,然见窦知府而以危言动之,彼已畏祸而欲中止。贱妾因思家君农村,能识几人?不睹崤函[3]之大,安知天子之尊?故转以甜言开慰,方得劝驾至此。今至此,而又侥幸蒙小姐垂青,正贱妾扬眉吐气之时,安敢以家庭小孝,而作儿女思归之态耶?"山黛鼓掌大快道:"此英雄之言,不当以闺阁论也!"因分付侍妾治酒,与冷绛雪洗尘。

[1] 枋榆:比喻狭小的天地。枋,檀木;榆,榆树。《庄子·逍遥游》:"我决起而飞,抢榆枋。"故云。
[2] 沧海:大海。
[3] 崤(xiáo)函:崤山和函谷。自古为险要的关隘。函谷东自崤山,故以并称。

冷绛雪道：“太师与夫人处，因贱妾初来，恐为富贵所压，故以贫贱自骄，尚未一拜。今既蒙小姐错爱，不以富贵相加，反以垂青优礼，则贱妾贫贱骄人之罪，百口无辞矣！乞小姐先率领于太师、夫人前，匍伏荆请，然后敢领小姐之教。”山黛道：“家严慈因姐姐初来，知之不深，未免唐突。彼此有失，俱可相忘，但宾主岂可无相见之仪？”因起邀冷绛雪在左，并行而往。

此时，山显仁与夫人正闻知冷绛雪代作《四瑞图诗》之事，在房中闲话。忽报小姐同冷家女子来见，山显仁与夫人便笑嘻嘻迎将出来道：“我儿，闻冷家女子果有才情。我就看他言词举动，与众不同。”山黛道：“冷家姐姐之才，直在孩儿之上。今已屈之，与孩儿作闺中朋友，以受切磋之益。特来拜见父亲、母亲。”山显仁道：“以朋友相与，何如以姊妹相与之更亲也？”山黛道：“姊妹固好，但冷家姐姐其才其美自足播其芳香，若结为姊妹，必易山姓，异日显名，只道假力于我。是以无益之荣，掩其有为之实，乌乎可也。故孩儿思之熟矣，还是朋友为宜。”山显仁连连点头道：“我儿所论，大为有理。”冷绛雪遂以通家子侄礼拜山显仁与夫人。

刚拜得完，正欲留茶叙话，忽外面又报圣旨下，山黛遂忙忙趋出接旨。只因这一道旨意，有分教：红颜生色，白屋添荣。不知圣旨又有何说，且听下回分解。

第九回

暗摸索奇文欣有托　误相逢醉笔傲无才

词曰：

薰[1] 自生香，莸[2] 能发臭，欲和为一焉能够。喜声原自鹊居之，恶名还自鸦消受。

非是他肥，不关我瘦，长成骨相生成肉。娇歌终得唱歌人，不须强把眉儿皱。

右调《踏莎行》

话说冷绛雪正拜见山显仁与罗夫人，留茶叙话，忽报圣旨下，山黛忙趋到玉尺楼跪接圣旨。开看，只见御笔亲批道：

览《四瑞图诗》，体裁端穆，意味悠长，闺秀而有大臣之风，殊可嘉也。特赐万瑞彩缎四端，以为润笔。《三十六宫诗》写皇恩普遍如画，且字字警拔，而'天有道'、'地无疆'更为奇特，再赐御酒三十六瓶，以为春觞。庶见朕之无偏。故谕。

读罢，山黛忙令冷绛雪同叩头谢恩毕，随写短表一道，附奏道：

臣妾山黛谨奏，为改正真才，无虚圣恩事：《三十六宫诗》系臣妾山黛自撰，蒙恩赏赐御酒三十六瓶，谨谢恩祗受。《圣瑞》四诗实系幼女冷绛雪代作，今蒙恩鉴赏，特赐彩缎，妾黛不敢蔽才以辜圣恩，谨令冷绛雪望阙谢恩祗受外，特此辨明，伏乞圣恩改正。冷绛雪年十二岁，系扬州府江都县农民冷新之女。其才在臣妾山黛之上，倘令奉御撰述，必有可观。但出自寒贱，奉御不便，伏乞圣恩，赐其父一空衔荣身，则冷绛雪不贵自贵矣。事出要求，不胜惶悚待命之至！

---

[1] 薰（xūn）：香草。

[2] 莸（yóu）：一种臭草。

写完封好，附与中官进呈。天子看了大喜道："怎么又生此年少才女！"
因批本道：

> 览奏方知《四瑞诗》出自冷绛雪手，言论风旨，诚足与卿
> 伯仲。既系寒贱，暂赐女中书之号，以备顾问；并加伊父冷新
> 中书，冠带荣身。俟后诏见撰述称旨，再加升赏。该部知道。

命下了，报到山府，山黛随与冷绛雪贺喜，冷绛雪又再三致谢山黛
荐拔之恩。二人相好，真如胶漆，每日在府中，不是看花分咏，便是赏
月留题，坐卧相随，你敬我爱。冷绛雪因见圣旨赐父亲冠带之事，便写
信打发母舅郑秀才回去报知，不题。

却说天子因见山黛、冷绛雪一时便有两小才女，心下想道："怎么闺
阁女子，无师无友，尚有此异才，而男子日以读书为事，反不见一二奇才，
以副朕望？岂天下无才，大都在下者不能上达，在上者不知下求故耳。"
正踌躇间，忽见吏部一本缺官事："南直[1]缺提学御史，循资该河南道御
史王衮正推，山西道御史张德明陪推，乞圣裁。"天子亲点了正推，即着
面见。

王衮领旨，忙趋入朝。天子亲谕道："朕前屡旨搜求异才，并无一人应诏，
殊属怠玩。今特命尔，须加意为朕访求，不独重制科，必得诗赋奇才，如
李太白、苏东坡其人者，方不负朕眷眷至意。倘得其人，许不时奏闻，当
有不次之赏。如仍前官怠玩之习，罪在不赦！"王衮叩头领旨而出。

这王衮是河间府人，因御笔点出，不敢在京久留，遂辞朝回家。因岁暮，
就在家过了年，新正方起身上任。到了任，因圣谕在心，临考时，便加
意阅卷，指望得一两个真才之士，逢迎天子。不期考来考去，都是肩上
肩下之才，并无一人出类拔萃，心下十分忧惧。

一日，按临松江府，松江府知府晏文物进见，就呈上一封书，说是
吏部张尚书托他代送的，要将他公子张寅考作华亭县案首。王衮看了，
随付与一个门子道："临填案时禀我。"说完，就打发晏知府出去，心下

---

[1] 南直：南直隶的省称。明永乐迁都后设两京（京师、南京），附近地区各府、
州直属两京。直属于南京地区的称南直隶，南直隶相当于今江苏、安徽两省和上
海市。

想道："别个书不听犹可，一个吏部尚书，我的升迁荣辱都在他手里，这些些小事，焉敢不听。"又想道："圣谕谆谆，要求真才，若取了这些人情货，明日如何缴旨？且待考过再处。"

不几日，一府考完，闭门阅卷。看到一卷，真是珠玑满纸，绣口锦心，十分奇特。王衮拍案称赏道："今日方遇着一个奇才！"便提起笔来，写了一等一名。才写完，只见门子禀道："张尚书的书在此。老爷前日分付，叫填案时禀的，小人不敢不禀。"王衮道："是耶！这却如之奈何？"再查出张寅的卷子来一看，却又甚是不通。心下没法，只得勉强填作第二名。一面挂出牌来，限了日期，当面发放。

至期，王宗师自坐在上面，两边列了各学教官，诸生都立在下面。一学学的卷子都发出来，当面拆开唱名。先拆完府学，拆到华亭县第一名，唱名"燕白颔"，只见人丛中走出一个少年秀才来。王宗师定睛仔细一看，只见那秀才生得：

> 垂髫初敛正青年，弱不胜冠长及肩。
>
> 望去风流非色美，行来落拓是文颠。
>
> 凝眸山水皆添秀，倚笑花枝不敢妍。
>
> 莫作寻常珠玉看，前身应是李青莲。

那小秀才走到宗师面前，深深打一恭道："生员有。"王衮看见他人物清秀，年纪又小，满心欢喜，因问道："你就是燕白颔么？"燕白颔道："生员正是。"王衮又问道："你今年十几岁了？"燕白颔应道："生员一十六岁。"王衮又问道："进学几年了？"燕白颔道："三年了。"王衮道："本院历考各府，科甲之才，固自不乏，求一出类拔萃之人，苦不能得。惟汝此卷，天资高旷，异想不群，笔墨纵横，如神龙不可拘束，真奇才也！本院只认做是个老师宿儒，不意汝尚青年，更可喜也。但不知你果有抱负，还是偶然一日之长。"燕白颔道："蒙太宗师作养，过为奖赏，但此制科小艺，不足见才。若太宗师真心怜才，赐以笔札，任是诗词歌赋、鸿篇大章，俱可倚马立试，断不辱命。"王宗师听了大喜道："今日公堂发落，无暇及此，且姑待之。"

唱到第二名，是张寅。只见走出一个人来，肥头胖耳，满脸短须，又矮又丑。走到面前，王宗师问道："你就是张寅么？"张寅道："现任吏部尚书张，就是家父。"王衮见他出口不雅，便不再问。因命与燕白颔各赐酒三杯，簪花二朵，各披了一段红，赏了一个银封，着鼓乐吹打，并迎了出来，然后再唱第三名，发落不题。

却说燕白颔同张寅迎了出来，一路上都赞燕白颔之美，都笑张寅之丑。原来燕白颔虽系真才，却也是个世家。父亲曾做过掌堂都御史，又曾分过两次会试房考，今虽亡过，而门生故吏，尚有无数大臣在朝，家中极其大富。这日迎了回来，早贺客满堂。燕白颔一一备酒款待。

燕白颔年虽少，最喜的是纵酒论文，每游览形胜，必留题于壁。人都道他有才，然见他年少，还恐怕不真。今见宗师考了一个案首，十分优奖，便人人信服，愿与他结交，做酒盟诗社的，终日纷纷不绝。燕白颔虽然酬应，却恨没一个真正才子，可以旗鼓相对，以发胸中之蕴。

忽一日，一个相知朋友——叫做袁隐——同看花饮酒，饮到半酣之际，燕白颔忽叹说道："不是小弟醉后夸口狂言，这松江城里城外，文人墨士数百数千，要寻一个略略可与谈文者，实是没有。"袁隐笑道："紫侯兄不要小觑了天下。我前日曾在一处会见一个少年朋友，生得美如冠玉，眉宇间冷冷有彩色飞跃，拈笔题诗，只如挥尘。小弟看他才情，不在吾兄之下。只是为人骄傲，往往白眼看人。"燕白颔听了，大惊道："有此奇才，吾兄何不早言？只恐还是吾兄戏我。"袁隐道："实有其人，安敢相戏！"燕白颔道："既有其人，乞道姓名。"

袁隐道："此兄姓平，乃是平教官的侄儿。闻说他与宗师相抗，弃了秀才，来依傍叔子。见叔子是个苜蓿腐儒，虽借叔子的资斧，却离城十余里，另寻一个寓所居住。他笑松江无一人可对，每日只是独自寻山问水，题诗作赋而已。虽处贫贱，而王公大人、金紫富贵，直尘土视之。"燕白颔道："小弟与吾兄莫逆，吾兄知小弟爱才如命，既有此奇才，何不招来与小弟一会？"袁隐道："此君常道：富贵人家，决无才子。他知兄宦族，那肯轻易便来。"燕白颔笑道："周公为武王之弟，而才美见称于圣人；子建为曹瞒之儿，而诗才高于七步：岂尽贫贱之人哉？何乃见之偏也！吾兄明日去见他，就将小弟之言相告，他必欣然命驾。"袁隐道："紫侯兄既如此注意，小弟只得一往。"说毕，二人又痛饮了一回方别。到了次日，袁隐果然步出城外，来寻平如衡。

　　却说平如衡，自从汶上遇见冷绛雪，匆匆开船而去，无处寻消问息，在旅邸病了一场，无可奈何，只得捱到松江来见叔子平章。平章是个腐儒，虽爱他才情，却因他出言狂放，每每劝戒。他怕叔子絮聒，便移寓城外，便于吟诵。这日正题了一首《感怀诗》道：

　　　　非无至友与周亲，面目从来谁认真。

　　　　死学古人多笑拙，生逢今世不宜贫。

　　　　已拼白眼同终始，聊许青山递主宾。

　　　　此外更须焚笔砚，漫将文字向人论。

　　平如衡做完，自吟自赏道："我平如衡有才如此，却从不曾遇着一个知己。茫茫宇宙，何知己之难也！"又想道："惟才识才。必须他也是一个才子，方知道我是个才子。今天下并没一个才子，叫他如何知我是个才子？这也难怪世人。只有前日汶上县闵子庙遇的那个题诗的冷绛雪，到是个真正才女，只可惜匆匆一面，踪迹不知。若使稍留，与他酬和，定然要成知己。我看前日舟中封条遍贴，衙役跟随，若不是个显宦的家小，哪有这般光景。但我在缙绅上细查，京中并无一个姓冷的当道，不知此是何故？"

　　正胡思乱想，忽报袁隐来访，就邀了相见。寒温毕，平如衡便指壁上新作的《感怀诗》与他看。袁隐看了笑道："子持兄也太看得天下无人了。莫怪我小弟唐突，天下何尝无才，还是子持兄孤陋寡闻，不曾遇得耳。"平如衡道："小弟固是孤陋寡闻，且请问石交兄曾遇得几个？"袁隐道："小弟足迹不远，天下士不敢妄言，即就松江而言，燕都宪之子燕白颔，岂非一个少年才子乎？"平如衡道："石交兄那些上见他是个才子？"袁隐道："他生得亭亭如阶前玉树，矫矫如云际孤鸿，此一望而知者，外才也，且不须说起。但是他为文若不经思，做诗绝不起草，议论风生，问一答十；也不知他胸中有多少才学，只那一枝笔，拈在手中，便如龙飞凤舞，落在纸上，便如倒峡泻河，真有扫千军万马之势！非真正才子，乌能有此？子持兄既以才子自负，何不与之一较？"

　　平如衡听袁隐讲得津津有味，不觉喜动颜色，道："松江城中有此奇才，怎么我平如衡全不知道？"袁隐道："兄自不知耳，知者甚多。前日王宗师考他一个案首，大加叹赏，那日鼓乐迎回，谁不羡慕！"平如衡笑道："若说案首，到只寻常了。你看那一处富贵人家，那一个不考第一第二？"袁隐道："虽然如此，然真才与人情自是不同。我与兄说，兄也不信，几时与兄同去一会，便自知了。"平如衡道："此兄若果有才，岂不愿见？但小弟素性不欲轻涉富贵之庭。"袁隐道："燕白颔乃天下士也，子持兄若以纨袴一例视之，便小觑矣。"平如衡大笑道："吾过矣，吾过矣！石交兄不妨订期偕往。"袁隐道："文人诗酒无期，有兴便往可也。"两人说得投机，未免草酌三杯，方才别去。正是：

> 家擅文章霸，人争诗酒豪。
>
> 真才慕知己，绝不为名高。

袁隐约定平如衡，复来见燕白颔道："平子持被我激了他几句，方欣然愿交。吾兄几时有暇，小弟当偕之以来。"燕白颔道："小弟爱才如性命，平兄果有真才，恨不能一时把臂，怎延捱得时日？石交兄明晨即望劝驾，小园虽荒寂，尚可为平原十日之饮。"袁隐道："既主人有兴，就是明日可也。"因辞了出来。临行，燕白颔又说道："还有一言，要与兄讲过。平兄若果有才，小弟愿为之执鞭秉马，所不辞也。倘若无才，到不如不来，尚可藏拙；若冒虚名而来，小弟笔不饶人，当场讨一番没趣，却莫怪小弟轻薄朋友。"袁隐笑道："平子持人中鸾凤[1]，文中龙虎，岂有为人轻薄之理？"两人又一笑而别。

到了次日，袁隐果然起个早，步出城外，来见平如衡道："今日天气淡爽，我与兄正好去访燕紫侯。"平如衡欣然道："就去，就去。"遂叫老仆守门，自与袁隐手携手，一路看花，复步入城来。

原来平如衡寓在城外西边，燕白颔却住在城里东边，袁隐步来步去，将有二十余里。一路上看花谈笑，耽耽搁搁，到得城边，日已向午，足力已倦，腹中也觉有饥意，要一径到燕白颔家，尚有一二里，便立住脚踌躇。不期考第二名的张寅，却住在城内西边，恰恰走出来，撞见袁隐与平如衡立在门首，平素也认得袁隐，因笑道："石交兄将欲何往，却在寒舍门前这等踌躇？"

袁隐见是张寅，忙笑答道："小弟与平兄欲访燕紫侯，因远步而来，足倦少停，不期适值府门。"张寅道："平兄莫不就是平老师令侄子持兄么？"

---

[1] 鸾凤：比喻贤俊之士。

平如衡忙答道："小弟正是。长兄为何得知？"张寅笑道："斯文一脉，气自相通，那有不知之理。二兄去访燕紫侯，莫非见他考了第一，便认作才子，难道小弟考第二名，便欺侮我不是才子么，怎就过门不入？二兄既不枉顾，小弟怎好强邀；但二兄若说足倦，何不进去少息，拜奉一茶，何如？"袁隐道："平兄久慕高才，亟欲奉拜，但未及先容，不敢造次。今幸有缘相遇，若不嫌残步，便当登堂晋谒。"张寅见袁隐应承，便拱揖逊行。平如衡尚立住不肯，道："素昧平生，怎好唐突？"袁隐道："总是斯文^[1]一脉，有甚唐突？"便携了入去。到了厅上，施礼毕，张寅不逊坐，便又邀了进去，道："此处不便，小园尚可略坐。"袁隐道："极妙。"遂同到园中。

你道张寅为何这等殷勤？原来他倚着父亲的脚力，要打点考一个案首，不期被燕白颔占了，心下十分不忿；及迎了出来，又见人只赞燕白颔，都又笑他，他不怪自家无才，转怪燕白颔以才欺压他，思量要寻一个出格的奇才来作帮手。他松江遍搜，那里再有一个？因素与平教官往来，偶然露出此意，平教官道："若求奇才，我舍侄如衡到也算得一人。只是他性气高傲，等闲招致不来。"今日无心中恰恰相遇，正中张寅之意，故加意奉承。

这日邀到园中，一面留茶，一面就备出酒来。平如衡虽看张寅的相貌不像个文人，却见他举动豪爽，便也酒至不辞，欢然而饮。袁隐又时时称赞他的才名与燕白颔数一数二，平如衡信以为真，饮到半酣，诗兴发作，因对张寅说道："小弟与兄既以才子自负，安可有酒而无诗？"张寅只认做他自家高兴做诗，便慨然道："知己对饮，若无诗以纪之，便算不得才子了。"因叫家童取文房四宝来，又说道："寸笺尺幅，不足尽兴，便是壁上好。"平如衡道："壁上最妙。但你我分题，未免任情潦草，不如与兄联句，彼此互相照应，更觉有情。如迟慢不工，罚依金谷酒数，不知以为何如？"

张寅听见叫他联诗，心下着忙，却又不好推辞，只得勉强答应道："好是好，只是诗随兴发，子持兄先请起句，小弟临时看兴，若是兴发时，便不打紧。"平如衡道："如此僭了。"遂提起笔来，蘸蘸墨，先将诗题写在壁上道：

　　春日城东访友，忽值伯恭兄留饮，偶尔联句。

---

[1] 斯文：指文化或文人。

写完题目，便题一句道：

　　不记花溪与柳溪，

题了，便将笔递与张寅道："该兄了。"张寅推辞道："起语须一贯而下，若两手，便词意参差。到中联，待小弟续罢。"平如衡道："这也使得。"又写二句道：

　　城东访友忽城西。酒逢大量何容小，

写罢，仍递笔与张寅道："这却该兄对了。"张寅接了笔，只管思想[1]，平如衡催促道："太迟了，该罚！"张寅听见个"罚"字，便说道："若是花鸟山水之句，便容易对。这'大''小'二字，要对实难。小弟情愿罚一杯罢。"平如衡道："该罚三杯。"张寅道："便是三杯，看兄怎生样对。"平如衡取回笔，又写两句道：

　　才遇高人不敢低。客笔似花争起舞，

张寅看完，不待平如衡开口，便先赞说道："对得妙，对得妙！小弟想了半晌想不出，真奇才也！"平如衡笑道："偶尔适情之句，有甚么奇处。兄方才说花鸟之句便容易对，这一联却是花了，且请对来。"张寅道："花便是花，却有'客笔'二字在上面，乃是个假借之花，越发难了。到不如照旧还是三杯，平兄一发完了罢。"平如衡道："既要小弟完，老袁也该罚三杯。"袁隐笑道："怎么罚起小弟来？"平如衡道："罚三杯还便宜了你。快快吃，若诗完不干，还要罚！"袁隐笑一笑，只得举杯而饮。平如衡仍提起笔，卒完三句道：

　　主情如鸟倦于啼。三章有约联成咏，依旧诗人独自题。

平如衡题罢大笑，投笔而起，道："多扰了！"遂往外走。张寅苦留道："天色尚早，主人诗虽不足，酒尚有余，何不再为少留？"平如衡道："张兄既不以杜陵诗人自居，小弟又安敢以高阳酒徒自待！"袁隐道："主人情重，将奈之何？"平如衡道："归兴甚浓，实不得已。"将手一拱，往外径走。张寅见留不住，赶到门前，平如衡已去远了。只因这一去，有分教：高山流水，弹出知音；牝牡骊黄，相成识者。不知平如衡此去，还肯来见燕白颔否，且听下回分解。

――――――――
[1] 思想：思忖，考虑。

第十回

薄粪土甘心高卧　聆金玉挜 [1] 面联吟

词曰：

> 风流情态骄心性，自负文章贤圣。凉凉踽踽成蹊径，害出千秋病。不知有物焉知佞，漫道文人无行。胡为柔弱胡为硬，盖以才为命。

右调《桃源忆故人》

话说平如衡在张寅园中饮酒，见张寅做诗不来，知是假才，心下艴然 [2]，遂拱拱手一径去了。袁隐与张寅忙赶出来送他，不料他头也不回，竟去远了。

袁隐恐怕张寅没趣，因说道："平子持才是有些，只是酒后狂妄可厌。"张寅百分奉承，指望收罗平如衡，不期被平如衡看破行藏，便一味骄讥，全不为礼，弄得张寅一场扫兴，只得发话道："我原不认得小畜生，只因推石交兄之面，好意款他，怎做出这个模样。真是不识抬举！"袁隐道："他自恃有才，往往如此，得罪朋友。到是小弟同行的不是了。"张寅道："论才当以举业为主，首把歪诗，算甚么才！若以诗当才，前日在晏府尊席上，会见个姓宋的朋友，斗酒百篇，十分有趣。小弟也只在数日内要请他，吾兄有兴，可来一会，方知大方家不像这小家子装腔做势！"袁隐道："有此高人，愿得一见。"说完，就作别了。

按下张寅一场扫兴不题。却说袁隐见平如衡回去了，只得来回复燕白颔。此时燕白颔已等得不耐烦，忽见袁隐独来，因问道："平兄为何不来？"袁隐道："已同来进城了，不期撞见张伯恭，抵死要留进去小酌。平子持因闻他考在第二，只道他也有些才情，便欢然而饮。及到要做诗，

---

[1] 挜（yà）：强行使人接受。

[2] 艴（fú）然：恼怒的样子。

见他一句做不出，便讥诮了几句，竟飘然走了回去，弄得老张十分扫兴
没趣。"燕白颔大笑道："扫得他好！扫得他好！他一字不通，倚着父亲
的声势，考个第二，也算侥幸了，为何又要到诗人中来讨苦吃？且问你：
平子持怎生样讥诮他？"袁隐就将题壁诗念与燕白颔听。燕白颔听了，
又大笑道："妙得极！这等看起来，平子持实是有才。吾兄可速致之来，
以慰饥渴。"袁隐应道："明日准邀他来。"二人别了。

到了次日，袁隐果又步出城外，来寻平如衡。往时袁隐一来，平如
衡便欢然而迎，今日袁隐在客座中坐了半日，平如衡竟高卧不出。袁隐
知道其意，便高声说道："子持兄，有何不悦，不妨面言，为甚讪讪[1]拒人？"
平如衡听见，方披衣出来道："小弟虽贫，决不图贵家哺啜[2]，兄再三说
是才子，小弟方才入去。谁知竟是粪土，使小弟锦心绣口，因贪杯酒而
置于粪土之中，可辱孰甚！"袁隐道："昨日之饮，原非小弟本意，不过
偶遇耳。"平如衡道："虽是偶遇，兄就不该称赞了。"袁隐笑道："朋友家，
难道好当面说他不通？今日同往访燕白颔，若是不通，便是小弟之罪了。"
平如衡道："小弟从来不轻身登富贵之堂，一之已甚，岂可再乎！"袁隐道：
"燕白颔方今才子，为何目以富贵？"

平如衡道："你昨日说张寅与燕白颔数一数二，第二的如此，则第一的
可想而知也。兄之见不能超出富贵之外，故往往为富贵人所惑。富贵人行径，
小弟知之最详：大约富贵中人，没个真才，不是倚父兄权势，便借孔方之力
向前。你见燕白颔考个案首，便诧以为奇，焉知其不从夤缘[3]中来哉？"袁隐道：
"吾兄所论之富贵，容或有之，但非所论于燕白颔之富贵也。燕白颔虽生于
富贵之家，而了无富贵之习，小弟知之最深。——说也无用，吾兄一见便知。"
平如衡道："兄若知燕白颔甚深，便看得我平如衡太浅了。我平如衡自洛入燕，
又从燕历齐鲁而渡淮涉扬，以至于此，莫说目睹，便是耳中也绝不闻有一才
子。吾兄足迹不出境外，相知一张寅，便道张寅是才子，相处一燕白颔，便
道燕白颔是才子，何兄相遇才子之多乎？"袁隐道："据兄所言，则是天下

---

[1] 讪讪（dàn dàn）：自满的样子。

[2] 哺啜（chuò）：吃喝。

[3] 夤（yín）缘：拉拢关系，阿上钻营。

断断乎无一才人矣。"平如衡道:"怎说天下无才?只是这些纨袴中,那能得有!"袁隐道:"纨袴中既无,却是何处有?"

平如衡见问何处有,忽不觉长叹一声道:"这种道理,实是奇怪,难与兄言。就与兄言,兄也不信。"袁隐道:"有甚奇怪,说来小弟为何不信?"平如衡道:"须眉如戟的男子,小弟也不知见了多少,从不见一个出类奇才。前日在闵子祠,遇见一个十二岁的女子,且莫说他的标致异常,只看见题壁的那首诗,何等蕴藉风流,真令人想杀!天下有这等男子,我便日日跪拜他,也是情愿。那些富贵不通之人,吾兄万万不必来辱我。"一头说,一头口里唧唧哝哝的吟诵道:"'只因深信尼山语,磨不磷兮涅不缁'。"

袁隐见他这般光景,忍不住笑道:"子持兄着魔了。兄既不肯来,小弟如何强得。只是兄这等爱才,咫尺间遇着才子,却又抵死不肯相晤,异日有时会着,方知小弟之言不谬。小弟别了。"平如衡似听不听,见他说别,也只答应一声"请了"。

袁隐出来回去,一路上再四寻思,忽然有悟道:"我有主意。"遂一径来见燕白颔,将他不肯来见这段光景,细细说了一遍。燕白颔道:"似此如之奈何?"袁隐道:"我一路上已想有主意在此了。"燕白颔问是何主意,袁隐道:"他为人虽若痴痴,然爱才如命,只有'才'之一字,可以动他。"因附燕白颔之耳说道:"除非如此如此,这般这般。"燕白颔听了,微笑道:"便是这等行行看。"遂一面分付心腹人去打点。不题。

却说平如衡见袁隐去了,心下快活道:"我不是这等淡薄他,他还要在此缠扰哩。昨日被他误了,今后切记不可轻登富贵之堂。宁可孤生独死,若贪图富贵,与这些纨裤交结,岂不令文人之品扫地!"自算得意,又独酌一壶,又将冷绛雪《题壁诗》吟诵一回,方才歇息。

到了次日傍午,只见一个相好朋友——叫做计成——来访他,留坐闲叙。那计成忽问道:"连日袁石交曾来看兄么?"平如衡笑道:"来是来的,只是来得可笑。"计成道:"有甚可笑?"平如衡遂将引他张寅家去、题诗不出、昨日又要哄他去拜燕白颔之事,说了一遍,道:"这等没品,岂不可笑!"计成道:"原来如此。这样没品之人,专在富贵人家着脚。我闻知他今日又同一个假才子在迁柳庄听莺,说要题诗饮酒,继金谷之游。不知又做些甚么,哄骗愚人。"平如衡闻说迁柳庄莺声好听,因问道:"不知去此有许多路?"

计成道："离此向南，不过三四里。兄若有兴，我们也去走走。一来听莺，二来看老袁哄甚么人在那里装腔。倘有虚假之处，就取笑他一场，到也有趣。"平如衡笑道："妙，妙! 我们就去。"二人就携着手儿，向南缓步而来。一路上说说笑笑，不多时，早见一带柳林青青在望。

原来这带柳林约有里余，也有疏处，也有密处，也有几株近水，也有几株依山，也有几株拂石，也有几株垂桥，最深茂处盖了一座大亭子，供人游赏。到春深时，莺声如织，时时有游人来顽耍：也有铺毡席地的，也有设桌柳下的，贵介官长方在亭子上摆酒。

这日平如衡同计成走到树下，早见有许多人，各适其适，在那里取乐。再走近亭子边一看，只见袁隐同着一个少年，在亭子上盛设对饮，上面又虚设着两桌，若有待尊客未至的一般。席边行酒，都是美妓，又有六七个歌童，细吹细唱，十分快乐。平如衡远远定睛将那少年一看，只见体如岳立，眉若山横，神清气爽，澄澄如一泓秋水，骨媚声和，飘飘如十里春风，心下暗惊道："这少年与张寅那蠢货大不相同，到像有几分意思的。"因藏身柳下，细细看他行动。

只见袁隐与那少年饮到半酣之际，那少年忽然诗兴发作，叫家人取过笔砚，立起身，走到亭中粉壁上题诗。那字写得有碗口大小，平如衡远远望得分明，道：

千条细雨万条烟，幕绿垂青不辨天。

喜得春风还识路，吹将莺语到尊前。

平如衡看完，心下惊喜道："笔墨风流，文人之作也! "正想不了，只见一个美妓，呈上一幅白绫，要那少年题诗。那少年略不推辞，拈起笔来，将那美妓看了两眼便写。写完一笑，投笔又与袁隐去吃酒。那个美妓拿了那幅绫子，因墨迹未干，走到亭傍，铺在一张空桌上要晾干，便有几个闲人来看。平如衡也就挨到面前一看，只见绫子上写的是一首五言律诗，道：

可怜不独貌，娇弄可怜心。

秋色画两黛，月痕垂一簪。

白堕梨花影，青拖杨柳阴。

情深不肯浅，欲语又沉吟。

平如衡看完，不觉大失声赞道："好诗，好诗，真是奇才！"袁隐与那少年微微听见，只做不知，转呼卢[1]豪饮。

计成慌忙将平如衡扯了下来道："兄不要高声，倘被老袁听见，岂不笑话！"平如衡道："那少年不知是谁，做的诗委实清新俊逸，怎教人按纳得定。"计成道："子持兄，你一向眼睛高，怎见了这两首诗便大惊小怪？"平如衡道："我小弟从不会装假，好则便好，丑则便丑。这两首诗果然可爱，却怪我不得。"计成道："这两首诗，知他是假是真，是旧作是新题？"平如衡道："俱是即景题情，怎么是假是旧？"计成道："这也未必。待我试他一试，与兄看。"平如衡道："兄如何试他？"计成道："我有道理。"因有一个歌童是计成认得的，等他唱完，便点点头，招他到面前说道："我看那少年相公写作甚好，我有一把扇子，你可拿去，替我求他写一首诗儿。"那歌童道："计相公要写，可拿扇子来。"计成遂在袖中摸出一把白纸扇儿，递与那歌童。因对平如衡说道："须出一题目，要他去求方好。"平如衡道："就是'赠歌者'罢。"

计成还要分付，那歌童早会意，说道："小的知道了。"遂拿了扇子，走到那少年身边说道："小的有一把粗扇，要求相公赏赐一首诗儿。"那少年笑嘻嘻说道："你也要写诗，却要写甚么诗？"歌童道："小的以歌为名，求相公赏一首歌诗罢。"那少年又笑笑道："这到也好。"因将扇子展开，提起笔来就写。就像做现成的一般，想也不略想一想，不上半盏茶时，早已写完，付与歌童。

歌童谢了，持将下来，悄悄掩到计成面前，将扇子送还道："计相公，你看写得好么？"平如衡先接了去看，只见上面写着一首七言律诗，道：

> 破声节促曼声长，移得宫音悄换商。
>
> 几字脆来牙欲冷，一声松去舌生香。
>
> 细如嫩柳悠扬送，滑似新莺宛转将。
>
> 山水清音新入谱，遏云旧调只寻常。

平如衡看完，忍不住大声对计成说道："我就说是个真才子，何如？不可当面错过，须要会他一会。"计成道："素不相识，怎好过去相会？"平

---

[1] 呼卢：一种博戏。通常作"呼卢喝雉"。

如衡道:"这不难,待我叫老袁来说明,叫他去先容。"计成道:"除非如此。"

平如衡因走近亭子边,高声叫道:"老袁,老袁。"那老袁就像聋子一般,全不答应,只与那少年高谈阔论的吃酒。平如衡只道他真不听见,只得又走近一步叫道:"袁石交,我平如衡在此!"袁隐因筛了一大犀杯放在桌上,低了头只是吃,几乎连头都浸入杯里,那里还听见有人叫。平如衡再叫得急了,他越吃得眼都闭了,竟伏着酒杯,酣酣睡去。

平如衡还只管叫,计成见叫得不像样,连扯他下来道:"太觉没品了!"平如衡道:"才子遇见才子,怎忍当面错过?"叫袁隐不应,便急了,竟自走到席前,对着那少年举举手道:"长兄请了。小弟洛阳才子平如衡。"那少年坐着,身也不动,手也不举,白着眼问道:"你是甚么人?"平如衡道:"小弟洛阳才子平如衡。"那少年笑道:"我松江府不闻有甚么平不平。"平如衡道:"小弟是洛阳人,兄或者不知。只问老袁就知道了。"

此时袁隐已伏在席上睡着了。那少年道:"我看你的意思,想是要吃酒了。"平如衡道:"我平如衡以才子自负,平生未遇奇才。今见兄纵横翰墨,大有可观,故欲一会,以展胸中所负,岂为杯酒?"那少年笑道:"据你这等说起来,你想是也晓得做两句歪诗了。但我这里做诗,与那些山人词客慕虚名、应故事的不同,须要有真才实学,如七步成诗的曹子建、醉草《清平》的李青莲,方许登坛捉笔。我看你年虽少,只怕出身寒俭,纵能挥写,也不免郊寒岛瘦。"平如衡笑道:"长兄若以寒俭视小弟,则小弟将无以纨袴虑仁兄乎?今说也无用,请教一篇,妍媸立辨矣。"燕白额道:"你既有胆气要做诗,难道我到没胆气考你?但是你我初遇,不知深浅,做诗须要有罚例,今袁石交又醉了,谁为证见?"平如衡道:"小弟有个朋友同来,就是兄松江人,何不邀他作证?"燕白额道:"使得,使得。"

计成听见,便自走到席边说道:"二兄既有兴分韵角胜,小弟愿司旗鼓。"燕白额道:"既要做诗,便没个不饮酒的道理。兄虽不为杯酒而来,也须少润枯肠。"便将手一拱,邀二人坐下,左右送上酒来。

平如衡吃不得三五杯,便说道:"小弟诗兴勃勃,乞兄速速命题,再迟一刻,小弟的十指俱欲化龙飞去矣。"燕白额道:"我欲单单考你,只道我骄贤慢客;欲与你分韵各作,又恐怕难于较量美恶。莫若与你联句:

如一句成，着美人奉酒一觞，命歌者歌一小曲；歌完酒干，接咏要成。如接咏不成，罚立饮三大杯；如成，奉酒歌曲如前。如遇精工警拔之句，大家共庆一觞；如诗成，全篇不佳，当用黑墨涂面，叫人叉出，那时莫怪小弟轻薄。兄须要细细商量，有胆气便做，没胆气便请回，莫要到临时拗悔。"平如衡听了大笑道："妙得紧，妙得紧！小弟从不曾搽过花脸，今日搽一个顽顽，到也有趣。只怕天下不容易有此魁星之笔！快请出题！"燕白颔道："何必另寻，今日迁柳庄听莺便是题目了。"因命取过一幅长绫，横铺在一张长桌上，令美人磨墨捧砚伺候。

燕白颔立起身，提起笔说道："小弟得罪，起韵了。"遂写下题目，先起一句道：

春日迁柳庄听莺

春承天春雨烟和，

燕白颔写完，放笔坐下。美人随捧酒一觞，歌童便笙箫唱曲。曲完，平如衡也起身提笔写两句道：

无数长条着地拖。几日绿阴添嫩色，

平如衡写完，也放笔入座。燕白颔看了，点点头道："也通，也通。"就叫美人奉酒，歌童唱曲；曲完，随又起身题二句道：

一时黄鸟占乔柯。飞来如得青云路，

平如衡在傍看见，也不等燕白颔放笔入座，便赞道："好一个'飞来如得青云路'！"燕白颔欣然道："平兄平兄，只要你对得这一句来，便算你一个才子了。"说完，正要吃酒唱曲，平如衡拦住道："且慢，且慢，待我对了一同吃罢。"遂拿起笔，如飞的写了两句道：

听去疑闻红雪歌。袅袅风前张翠幕，

燕白颔看了，拍掌大喜道："以'红雪'对'青云'，真匪夷所思。奇才也，奇才！"美人同捧上三杯酒来共庆。计成因问道："'青云路'从'柳间黄鸟路'句中化出，小弟还想得来。但不知'红雪歌'出于何典？"燕白颔笑道："'红儿'、'雪儿'，古之善歌女子。平兄借假对真，诗人之妙，非兄所知也。"说完，随又提笔写二句道：

交交枝上度金梭。从朝啼暮声谁巧，

平如衡道："谁耐烦起起落落，索性题完了吃酒罢！"燕白颔笑笑道：

"也使得。"平如衡便又写二句道：

　　　　自北垂南影槲多。几缕依稀迷汉苑，

燕白颔又题二句道：

　　　　一声仿佛忆秦娥。但容韵逸持柑听，

平如衡又题二句道：

　　　　不许粗豪走马过。娇滑如珠生舌底，

燕白颔又题二句道：

　　　　柔肠似线结眉窝。浓光映目真生受，

平如衡又题二句道：

　　　　雏语消魂若死何。顾影却疑声断续，

燕白颔又题二句道：

　　　　闻声还认影婆娑^[1]。相将何以酬今日，

平如衡收一句道：

　　　　倒尽尊前金叵罗^[2]。

　　二人题罢，俱欢然大笑。燕白颔方整衣重新与平如衡讲礼道："久闻吾兄大名，果然名下无虚。"平如衡道："今日既成文字相知，高姓大名，只得要请教了。"那少年微笑道："小弟不通名姓罢。"平如衡道："知己既逢，岂有不通姓名之理？"那少年又笑道："通了姓名，又恐怕为兄所轻。"平如衡："长兄高才如此，无论富贵，便是寒贱，也不敢相轻。"那少年笑道："吾兄说过不相轻，小弟只得直告了：小弟不是别人，便是袁石交所说的燕白颔。"平如衡听了大笑道："原来就是燕兄，久仰，久仰！"又打恭致敬。

　　平如衡正打恭，忽见袁隐睁开眼立起来，扯着他乱嚷道："老平好没志气！你前日笑燕紫侯纨袴无才，又说他考第一是夤缘，又说止认得燕紫侯作才子，千邀你一会，也不肯来，万叫你一拜，也不肯往。今日又无人来请你，你为何自家捱将来，与我袁石交一般样奉承？"平如衡大笑道："我被张寅误了，只道燕兄也是一流人，故尔狂言。不知紫侯兄乃天下才也。小弟狂妄之罪，固所不免，但小弟之罪，实又石交兄之罪也。"袁隐一发乱嚷道："怎

[1] 婆娑：盘旋舞动的样子。
[2] 叵（pǒ）罗：酒卮，敞口的浅杯。

么到说是我之罪？"平如衡道："若不是兄引我见张寅一阻，此时会燕兄久矣。"袁隐反大笑起来道："兄毕竟是个才子，前日是那等说来，念日又是这等说去，文机可谓圆熟矣。"说罢，大家一齐笑将起来。燕白颔道："不消闲讲，请坐了罢。"遂叫左右将残席撤去，把留下的正席摆开。

平如衡看见，忙起身辞谢道："今日既幸识荆，少不得还要登堂奉谒，且请别过。"燕白颔一手携住道："不容易请兄到此，为何薄敬未申，就要别去？"平如衡道："不是小弟定要别去，兄有盛设，必有尊客，小弟不速之客，恐不稳便，故先告辞。"燕白颔笑道："兄道小弟今日有尊客么，请试猜一猜尊客是谁？"平如衡道："吾兄交游遍于天下，小弟如何猜得着。"袁隐笑说道："小弟代猜了罢。我猜尊客就是平子持。"平如衡笑道："石交休得相戏，果然是谁？"燕白颔道："实实就是台兄。"平如衡着惊道："长兄盛席先设于此，小弟后来，怎么说是小弟？"燕白颔笑道："待小弟直说了罢。小弟自闻石交道及长兄高才，小弟寤寐[1]不忘，急欲一晤，不期兄疑小弟不才，执意不肯枉顾。小弟与石交再四商量，石交道兄避富如仇，爱才如命，故不得已薄治一尊于此，托计兄作渔父之引，聊题鄙句，倾动长兄。不意果蒙青眼，遂不惜下交。方才石交佯作醉容，小弟故为唐突，皆与兄游戏耳。一段真诚，已托杯酒。尊客非子持兄，再有何人？"

平如衡听了，如梦初醒道："这一段爱才高谊，求之古昔，亦难其人。不意紫侯兄直加于小弟，高谊又在古人之上矣。"因顾袁隐说道："不独紫侯兄高情不可及，即仁兄为朋友周旋，一段高情，也不可及。"袁隐笑道："甚么高情不可及，这叫做请将不如激将。"平如衡又对计成说道："燕兄既有此高义，吾兄何不直言？又费许多宛转。"计成道："我若直说破，兄又不道相戏？"大家鼓掌称快。

道罢，方才重新送酒逊席，笙歌吹唱而饮。二人才情既相敬重，义气又甚感激，彼此欢然；又有袁隐诙谐，计成韵趣，四人直饮到兴尽，方才起身。正欲作别，忽见张寅同着一个朋友，兴兴头头的走上亭来。只因这一来，有分教：君子流不尽芳香，小人献不了遗丑。不知大家相会又是何如，且听下回分解。

---

[1] 寤寐：醒与睡。常用以指日夜。

第十一回

窃他诗占尽假风光　恨傍口露出真消息

词曰：

世事唯唯还否否，若问先生，姓字称乌有。偷天换日出予手，
谁敢笑予夸大口？　岂独尊前香美酒，满面春风，都是花和柳。
而今空燥一时皮，终须要出千秋丑。

右调《蝶恋花》

话说燕白颔与平如衡、袁隐、计成饮酒完，正起身回去，忽撞见张
寅，同着一个朋友，高方巾，阔领大袖华服，走入亭来。彼此俱是相认的，
因拱一拱手。张寅就开口说道："天色尚早，小弟们才来，诸兄为何到要
回去？"燕白颔答道："春游小饮，不能久于留客，故欲归耳。"袁隐因
指着那戴高方巾的朋友问张寅道："此位尊兄高姓？"张寅答道："此乃
山左宋子成兄，乃当今诗人第一，为晏府尊贵客。今日招饮于此，故命
小弟奉陪而来。"宋信就问四人姓名，也是张寅答道："此位袁石交，此
位计子谋，此位平子持，此位燕紫侯。紫侯兄就是所说华亭冠军，王宗
师极其称赞之人。"宋信听了，便足恭道："原来就是燕兄，久仰，久仰！"
遂上前作揖。燕白颔忙还礼道："宋兄天下诗人，小弟失敬。"作完揖，
宋信正要攀谈叙话，忽听得林下喝道声响，知是晏知府来了，大家遂匆
匆要别。宋信对着燕白颔刚说得一声"改日还要竭诚奉拜"，燕白颔便拱
拱手，同平如衡、袁隐、计成同下亭子去了，不题。

原来宋信在扬州被冷绛雪在陶进士、柳孝廉面前出了他的丑，后面
传出来，人人嘲笑，故立身不牢。因想晏文物在松江做知府，旧有一脉，
故走来寻他。晏知府果念为他受廷杖之苦，十分优待。故宋信依然又阔
起来，自称诗翁，到处结交。这日，晏知府请在迁柳庄听莺，故同张寅
先来，恰与燕白颔相遇。

燕白颔与众人才下得亭子，晏知府的轿早到了。晏知府一眼看见，

便问张寅道："那少年象是燕生员。"张寅答道："正是。"晏知府便对宋信说道："这个燕生员，乃是本郡燕都堂之子，叫做燕白额。年虽少，大有才望。前日宗师考他个案首，闻得说还要特荐他哩。"宋信道："生员从无特荐之例，宗师为何忽有此意？"晏知府道："闻得是圣上见山黛有才，因思女子中尚然有才人，岂男人中反无佳士。故面谕各省宗师，加意搜求，如不得其人，便要重处。所以王宗师急于寻访。前日得了燕白额，十分大喜，又对本府说：一人不好独荐，须再得一人，同荐方妙。再三托本府搜求。兄若不为前番之事，本府报名荐去，到也是一桩美事。"

宋信恐怕张寅听见前番之事，慌忙罩说道："晚生乃山中之人，如孤云野鹤，何天不可以高飞，乃欲又入樊笼耶？老先生既受宗师之托，何不就荐了张兄？况张兄又宗师之高等，去燕兄止一间耳。"晏知府听了，连忙笑说道："本府岂不知张兄高才当荐，但科甲自有正途，若以此相浼[1]，恐非令尊公老先生期望之意也。"宋信连连点首道："老先生爱惜张兄，可谓至矣。"张寅道："门生蒙公祖大人培植，感激不尽！"说罢，方才上席饮酒。

饮了半晌，晏知府又问道："方才我看见与燕生员同走，还有一少年，可知是谁？"张寅答道："那少年不是松江人，乃是平教官的侄儿，叫做平如衡。虽也薄薄有些才情，只是性情骄傲，不堪作养。"晏知府道："原来如此。"就不再问了。大家直饮到傍晚方散。晏知府先上轿去了，张寅与宋信携手缓步而归。

一路上，张寅说道："小弟因遵家严之教，笃志时艺，故一切诗文不曾留意。近日燕白额与平如衡，略做得两句歪诗，便往往欺侮小弟。今闻宋兄诗文高于天下，几时设一酌，兄怎生做两首好诗，压倒他二人，便可吐小弟不平之气。"宋信道："若论时艺，小弟荒疏久了，不敢狂言；若说做诗，或可为仁兄效一臂之力。"张寅大喜道："得兄相助，足感高谊。"二人走入城，方别了。

过了数日，宋信闻知燕白额是个富贵之家，又是当今少年名士，思量结交于他。遂买了一柄金扇，要写一首诗，做赘见礼送他。再三在自

[1] 浼（měi）：请托、央求。

家诗稿上寻，并无一首拿掇得出。欲待不写，却又不像个诗人行径；欲要信手写一篇，又恐被他笑话。想了半日，忽然想起道："有了，何不将山黛的《白燕诗》偷写了，只说是自家做的，燥一燥皮，有何不可！"

主意定了，遂展开扇子，写在上面。又写了个名帖，叫人拿着，一径来拜燕白颔。到了门上，将名帖投入。一个家人回道："相公出门了。"宋信问道："那里去了？"家人回道："王宗师老爷请去了。"宋信又问道："今日不是考期，请去做甚么？"家人道："听得说是要做诗，不知是也不是。"宋信道："既是不在家，拜上罢。"就将名帖同扇子交付家人收下，去了。

原来燕白颔自与平如衡会过，便彼此谈论，依依不舍，遂移了平如衡在燕白颔书房中住下，以便朝夕盘桓。这日燕白颔虽被宗师请去，平如衡却在书房中看书。家人接了名帖并扇子，遂送到书房中来。平如衡看见，就问道："是谁人的？家人道："是一位宋相公来拜送的。"平如衡遂接过去一看，看见名帖是宋信，心下暗道："想必就是前日迁柳庄遇见的那人了。"再将扇子上诗一看，见题是《咏白燕》，因想道："白燕诗自有了时大本与袁凯二作，后来从无人敢继，怎么他也想续貂，不知胡说些甚么？"因细细读去，才读得头两句，便肃然改容；再读到首联"鸦借色"、"雪添肥"，不觉大惊道："此警句也！"再细细读完，因拍案叹息道："怎便说天下无才？似此一诗，风流刻画，又在时、袁之上。我不料宋信那等一个人品，有此美才！"因拿在手中，吟咏不绝。只吟到午后，燕白颔方回到书房来，对平如衡说道："今日宗师请我去，要我做燕台八景诗，又要做祝山相公的寿文。见我一挥而就，不胜之喜，破格优待，又要特疏荐我为天下才子第一。又不知谁将吾兄才名吹到宗师耳朵里，今日再三问小弟可曾会兄，其才果是何如。小弟对道：最是相知，其才十倍于己。宗师听了，大喜之极，还要请兄一会，要将兄与小弟同荐。荐与不荐，虽无甚荣辱，然亦一知己也。"

平如衡道："宗师特荐天下才子，虽亦一时荣遇，然有其实而当其名则荣，若无其实而徒处其名，其辱莫大焉。此举，吾兄高才，当之固宜，小弟实是不敢。"燕白颔道："吾兄忝在相知，故底里言之。兄乃作此套言，岂相知之意哉？"平知衡道："小弟实实不是套言。天下才子甚多，特吾辈不及见耳。今若虚冒其名，而被召进京，京师都会，人才聚集，那时彼一才子，此一才子，岂不羞死！"燕白颔笑道："吾兄平素眼空四海，今日为何这等谦让？"平如衡道："小弟不是谦让，争奈一时便有许多才子，故不敢复作旧时狂态。"燕白颔道："一时便有许多，且请问兄见了几个？"平如衡道："小弟从离洛阳，自负天下才子无两。不意到了山东汶上县，便遇了一个小才女，便令小弟瞠然自失；到了松江，又遇见吾兄，又令小弟拜于下风；不意今日又遇见一个才子，读其诗百遍，真令人口舌俱香。小弟若再缅颜号称才子，岂非无耻。"燕白颔道："汶上者，道远无征，且姑无论；小弟不足比数，亦当置之；且请问今日又遇何人？"平如衡遂将扇子递与燕白颔看，道："此不又是一才子乎？"

燕白颔展开读了一遍，不觉惊讶道："大奇大奇，前日遇见那个宋信，难道会做这样好诗？我不信，我不信。"平如衡道："他明明写着'咏白燕小作，书似紫侯词兄郢政'，怎说不是他做的？"燕白颔道："若果系他的笔，清新俊逸，真又一才子也。但细观其诗，再细想其人，实是大相悬绝。"平如衡道："他既来拜兄，兄须答拜。相见时细加盘驳，便可知其真伪矣。"燕白颔道："这也有理。明日就同兄一往何如？"平如衡道："小弟就同去也无妨。"二人算计定了，燕白颔便叫取酒，二人对饮，细细将《白燕诗》赏玩，俱吃得大醉方歇。

到了次日，燕白颔果然写了名帖，拉平如衡同去回拜。寻到寓处，适值宋信不在，只得投了一个名帖便回。二人甚是踌躇，以为不巧。不期回到门前，忽见一个家人，手中捧了一个拜盒，在那里等候。看见燕白颔与平如衡回来，便迎着说道："家相公拜上二位相公：明日薄酌，奉屈一叙。"就揭开拜匣，将两个请帖送上。

燕白颔接了一看，见是张寅的名字，心中暗想道："他为甚请我？"因问道："明日还有何客？"家人答道："并无杂客，止有山东宋相公与二位相公。"燕白颔又问道："山东宋相公，可就是与府里晏老爷相好的么？"家人道："正是他。"燕白颔道："既是他，可拜上相公，说我明日同平相公来领盛情。"家人应诺去了。

燕白颔因与平如衡商量道："兄可知老张请你我之意么？"平如衡道："无非是广结交以博名高耳。"燕白颔道："非也。老张一向见你我名重，十分妒忌。今因宋信有些才情，欲借他之力，以强压你我二人耳。"平如衡道："这也无谓。如宋信果有才，你我北面事之，亦所甘心。怎遮得张寅一字不通之丑？"燕白颔道："正是这等说。况宋信《白燕诗》，小弟尚有几分疑心，明日且同兄去，一会便知。"平如衡道："若论前日小弟骄傲了他，本不该去。既要会宋信，只得同去走走。"

二人算计定了，到了次日过午，张家人来邀酒，燕白颔同平如衡欣然而往。到门，张寅迎入。此时宋信已先在厅上。四人相见，礼毕分坐。宋信是山东人，又年长，坐了首位；平如衡年虽幼，是河南人，坐了二位；燕白颔第三；张寅主人下陪。

坐定，先是宋信与燕白颔各道相拜不遇之情，燕白颔又谢金扇之惠，又盛称《白燕诗》之妙，平如衡亦赞《白燕诗》。宋信见二人交口称赞，便忘记是窃他人之物，竟认做自己的一般，眉宇扬扬说道："拙作颇为众赏，不意二兄亦有同心。"燕白颔道："不知子都之姣者，是无目者也。天下共赏，方足称天下之才。"大家闲叙了一回，张寅就请入席饮酒。

饮到半酣，又谈起做诗，燕白颔有意要盘驳他，忽问道："宋兄遨游天下，当今才子，还数何人？"宋信道："当今诗人，莫不共推王、李；然以小弟论之，亦以一时显贵得名耳。若求清新俊逸之真才，往往散见于天下。如今日三兄高雅，岂非天下才子？"平如衡道："小弟辈元不敢多让，今遇宋兄，不觉瞠乎后矣[1]。"说罢，彼此大笑。

张寅道："三兄俱当今才子，不必互相谦让。且再请数杯，必须求领大教，方不虚今日。"燕、平二人道："少不得要抛砖引玉。"宋信正说得高兴，又吃得高兴，忽听得要做诗，心下着忙，便说道："既蒙三兄见爱，领教政自有日，何必在此一时？"

事有凑巧，正说不完，忽见一个家人，抱着一个四五岁的小学生，从外入来。众问何人，张寅答道："是小舍弟。"宋信道："好个清秀学生。"忙叫抱到面前顽耍。忽见他手中拿着一把扇子，上面画着一株桐树，飘下一叶，落款是《新秋梧桐一叶落图》。宋信看见，触想起山黛做的"梧桐一叶落"的诗，便弄乖说道："三兄要小弟即席做诗，虽亦文人美事，但小弟才迟，又不喜为人缚束，今见小令弟扇上图画甚佳，不觉情动。

---

[1] 瞠（chēng）乎后矣：在后面干瞪眼，想赶也赶不上。形容落后而无可奈何。

待小弟妄题一首请教，何如？"张寅听了，连声道："妙，妙，妙！"遂叫左右取出笔砚送上。宋信拈笔，欣然一挥而就。

燕、平二人见他落笔敏捷，已先惊讶；及接到手一看，见词意蕴藉，更加叹赏；再读到结句："正如衰盛际，先有一人愁。"不觉彼此相视，向宋信称赞道："宋兄高才如此，小弟辈甘拜下风矣。"宋信听了，喜得抓耳挠腮，满心奇痒，只是哈哈大笑。

张寅见宋信一诗压倒燕、平，不胜欢喜。因将扇子付与小兄弟去了，就筛了一大犀杯酒，送与宋信道："宋兄有此佳作，可满饮此杯，聊为庆贺。"宋信道："信笔请教，有何佳处。"张寅笑道："小弟不是诗人，也不知诗中趣味。但平兄自负诗人，眼空一世，今日这等称赞，定有妙处了。"

平如衡是个直人，先见了《白燕诗》，已有八九分怜爱，今又见当面题咏，便信以为真，真心输服，一味赞羡，那里还顾张寅讥诮？燕白额又再三交誉，弄得个宋信身子都没处安放。大家欢欢喜喜，直吃到傍晚方散。张寅就留宋信在书房中宿了。张寅以为出了他的气，满心快畅，不题。

却说燕白额同平如衡回到家里，因相与叹息道："'以貌取人，失之子羽。'我看老宋那个人物，万万不道他有此美才。"平如衡道:"昨日《白燕诗》，兄尚有疑。今日《梧桐一叶落诗》，当面挥毫，更有何疑？岂非天下才子原多，特吾辈不及尽见耳？"燕白额道："人才难忽如此，今后遇卖菜佣，亦当物色之。"二人又谈了半晌，方各歇息。

到了次早，平如衡睡尚未起，忽见叔子平教官差斋夫来，立等请去说话。平如衡不知为何，只得与燕白额说知，别了来见叔子。

平教官接着，就说道："昨日晏府尊将两个名帖来，要请我与你去一会，不知为何。我故着人来接你商量，还是去好不去好？"平如衡道:"若论侄儿是河南人，他管我不着，可以不去；但尊叔在此为官，不去恐他见怪。"平教官道："我也是这等想。还是同去走走，看他有甚话说。"就留侄儿吃了饭。只见昨日送帖儿的差人又来催促，平教官只得同了侄儿，坐轿到府前。差人禀知晏府尊，便叫先请在迎宾馆中坐下，随即自家落馆，以宾主礼相见，逊坐待茶。

茶罢，晏知府便先开口说道："今日请二位到此，别无话说。只因王宗师大人，奉圣旨要格外搜求奇才，前日于考试中自取了燕生员，不便独荐，意欲再求一人，以为正副。在三学中细细搜罗，并无当意之人，屡屡托本府格外搜求。本府不敢不遵，因再三访问，方知令侄子持兄是个奇才。又因隔省，不属本府所辖，不便唐突，故转烦贤契招致。今蒙降重，得睹丰姿，果系青年英俊，其为奇才，不问而可知矣。"平教官道："舍侄末学小子，过蒙公祖大人作养，感激不尽。但以草茅寒贱，达之天子之庭，实非小事，还求公祖大人慎重。"晏知府道："本府亦非妄举。就是平兄与燕生员迁柳庄听莺所联佳句，本府俱已览过，故作此想，不必过谦。"平如衡因说道："生员虽异乡菲葑，今随家叔隶于帡幪[1]之下，即系门墙桃李。蒙公祖大人培植，安敢自外。但生员薄有才名，不过稍胜驽骀，实非绝尘而奔之骏足也。"晏知府笑道："平兄不必过逊。当今才人，岂尚有过于二兄者哉？"平如衡道："不必远求，即公祖太宗师之贵相知宋子成，便胜于生员辈多矣。"

晏知府听了，大笑道："宋子成与本府至交，本府岂不知之？平兄不要为虚名所惑。"平如衡道："生员到未必惑于虚名，只恐公祖太宗师转舍近而求远。公祖太宗师既见生员辈的《听莺诗》，则宋子成的《白燕诗》，未有不见之理。"晏知府笑道："宋子成有甚《白燕诗》！"平如衡道："怎说没有？待生员诵与公祖太宗师听。"因高吟两句道："'淡额羞从鸦借色，瘦襟止许雪添肥。'此岂非宋子成《白燕诗》么？难道公祖太宗师竟不曾见？"晏知府听了笑道："此乃山小姐所作，与宋子成甚相干！"平如衡大惊道："莫非偶然相同？待生员再诵后联与公祖太宗师听。"因又高吟二句道："'飞来夜黑还留影，衔尽春红不浣衣。'"晏知府听了，一发大笑道："正是山小姐所作。结尾二句，待本府念了罢：'多少艳魂迷画栋，卷帘惟我洁身归。'是也不是？"

平如衡听了，呆了半晌，心下暗想道："原来是抄别人的。只是《梧桐一叶落诗》当面做的，难道也是抄袭不成？"因又说道："宋子成昨日新作《梧桐一叶落诗》，十分警拔，待生员再诵与公祖太宗师听。"晏知府想一想道："《梧桐一叶落诗》，莫非末句是'正如衰盛际，先有一人愁'

---

[1] 帡幪（píng méng）：庇荫，庇护。

么？"平如衡见晏府尊念出，连连点首道："正是，正是。"晏知府道："这一发是山小姐所作了。"平如衡忙打恭道："且请问公祖太宗师：这山小姐却是何人？"

晏知府正打帐说出山小姐是何人，忽许多衙役慌慌张张跑来报道："按院老爷私行入境，两县并刑厅四爷，俱飞马去迎接了。老爷亦须速去候见。"晏知府听了，便立起身辞说道："按君入境，不得奉陪。二位且请回，改日再请相会。"说罢，竟匆匆去了。平教官与平如衡只等晏府尊去后，方才上轿回来。平教官竟回学里，不题。

平如衡依旧望燕白颔家来。寻见燕白颔，将前事细细说了一遍，道："你道此事奇也不奇？"燕白颔听了道："《白燕诗》小弟原说他有抄袭之弊，但不料《梧桐一叶落诗》也是抄袭。怎偏生这等凑巧，真是奇事！"平如衡道："这也罢了。但不知山小姐是何人？怎生样做《白燕诗》与《梧桐一叶落诗》都被他窃了？只可惜方才匆匆，未曾问个明白。"燕白颔道："既有了山小姐之名，就容易访问了。"平如衡道："纵有其人而知其名，也不知其中委曲，还须要问晏公，方才得其详细。"燕白颔道："问晏公，不若原问宋。"平如衡道："怎生样问他？"燕白颔道："这不难。老张既请了你我，也须复他一席。待明日请他来，你我在席上慢慢敲打他，再以山小姐之名勾挑他，他自己心虚，自然要露出马脚来。"平如衡大笑道："这也有理。"

二人算计定了，到次日，便发帖来请。张寅与宋信接了帖子，以为被他压倒，此来定要燥一场脾胃，便欣然答应。只因这一来，有分教：雪消山见，洗不尽西江之羞；水落石出，流不尽当场之丑。不知后事如何，且听下回分解。

第十二回

虚心病陡发苦莫能医　盗贼赃被拿妙于直认

词曰：

　　死尸雪里谁遮护，到头马脚终须露。漫说没人知，行人口似碑。　　求君莫说破，说破如何过？可笑复可怜，方知不值钱。

右调《菩萨蛮》

却说燕白颔与平如衡欲要问山小姐《白燕诗》消息，遂发帖请宋信与张寅吃酒。宋信与张寅不知其意，只道敬他才美，十分快活，满口应允。到了正日，欣然而来。燕白颔迎入，与平如衡相见，礼毕叙坐。谈了许多闲话，然后坐席饮酒。

饮到半酣之际，燕白颔忽然赞道："宋兄之才，真可称天下第一人矣！"宋信笑道："燕兄不要把才子二字看轻了。这才子之名，有好几种论不得。"燕白颔道："请问有那几种？"宋信道："第一是乡绅中才子论不得：他从科甲出身，又居显宦，人人景仰，若有得一分才，便要算他十分才，所以论不得。第二是大富家才子论不得：他货财广有，易于交结，故人人作曹丘之誉，无才往往邀有才之名，所以也论不得。"燕、平二人听了，微微冷笑道："宋兄所论，最为有理。"张寅遂大声说道："宋兄高论，曲尽人情，痛快之极！"

宋信道："不独富贵，第三便是闺阁之才也论不得：他娥眉皓齿，杏脸桃腮，人望之先已销魂，若再能成咏，便是千古之慧心香口矣，所以也论不得。惟小弟山人之才，既无乌纱象简以压人，又无黄金白璧以结客，以蓬荜之卑，而遨游于王公大人之上，若非薄有微长，谁肯垂青刮目？"张寅大笑道："果然，果然！"燕、平二人只是笑。

宋信道："不说山人个个便是才子，内中原有不肖。"燕白颔道："为何又有不肖？"宋信道："求显者之书而干谒富室，假他人之作而冒为己才，见人一味足恭，逢财不论非义，如此之辈，岂非不肖？若我小弟，在长安时，交游间无不识之公卿，从不曾假其片纸只字以为先容；至于分题刻烛，纵使撚断髭须、呕出心血，绝不盗袭他人残唾。所以遍游天下，皆蒙同人过誉。此虽恶谈，不宜自述，因三兄见爱，出于寻常，故不禁狂言琐琐。"

燕白颔道："宋兄不独知人甚切，而自知尤明。且请问宋兄：这《白燕诗》清新俊逸，压倒前人，不知还是自作，还是与人酬和？"宋信不曾打点，突然被问，心下恍惚，欲要说是与人酬和，恐怕追究其人，因答道："此不过一时有感自作耳。"燕白颔又问道："不知还是在贵省所作，不知还是游燕京所作？"宋信一时摸不着所问情由，只得漫应道："是游燕时所作。"燕白颔道："闻得京中山小姐亦有《白燕诗》，独步一时，不知宋兄曾见过么？"

宋信听见问出"山小姐"三字，打着自家的虚心病，不觉一急，满脸通红，一时答不来，只得转问道："这山小姐燕兄为何也知道？"燕白颔见宋信面色有异，知有情弊，一发大言惊吓他道："昨有一敝友从京中来，小弟因将宋兄的《白燕诗》与他看，他说在京中曾见山小姐的《白燕诗》，正与此相同。不知还是山小姐同了宋兄的，又不知宋兄同了山小姐的？"宋信着了急，红着脸，左不是，右不是，只得勉强说道："各人的诗，那有个相同之理？"燕白颔道："敝友不但说《白燕诗》相同，连《梧桐一叶落诗》，也说是相同的。却是为何？"宋信没奈何，转笑嘻嘻说道："这也奇了……"张寅见宋信光景不好，只得帮说道："同与不同且勿论，但说山小姐是个女子，那有个女子能做如此妙诗之理？只怕贵友之言有些荒唐。"燕白颔道："荒唐与不荒唐，小弟也不知，只有宋兄心下明白，必求讲明。"宋信说不出，只是嘻嘻而笑。

平如衡见宋信欲说难于改口，因正色说道："吾辈初不相知，往来应酬，抄录他人之作，偶然题扇，亦是常事。宋兄昨日初遇紫侯，尚未相知，便录山小姐之作以为己作，不过一时应酬，这也无碍。今日尔我既成至交，肝胆相向，若再如前隐晦，便不是相知了。"燕白颔听了，因拍掌道："子持此论，大为有理。"宋信见事已泄漏，料瞒不得，只得借平如衡之言，便老着脸哈哈大笑道："子持兄深知我心。昨日与诸兄初会，未免有三分客套，今已成莫逆，定当实告。只是这山小姐之事，说来甚奇，三兄须痛饮而听。"平如衡与燕白颔俱大喜道："宋兄快士也！小弟辈愿饮。"随叫左右筛起大犀杯，各各送上。

大家吃了两杯，燕白颔便开口道："山小姐果为何人，望宋兄见教。"宋信无法，只得直说道："这山小姐，乃当朝山显仁相公之女，名唤山黛，如今想也有十四五岁了，做《白燕诗》时年方十岁。生得娇倩如花，轻盈似燕，且不必论，只说他做的诗，不独时人中少有，真足令汉唐减色，所以当今天子十分宠爱。"

燕白颔道："小小年纪，天子为何得知？"宋信道："因天子大宴群臣，偶见白燕，诏翰林赋诗，翰林一时应诏不来，天子不悦，山相公因献上此诗，圣心览之甚喜，故特特诏见。又面试《天子有道》三章，援笔立就，龙颜大悦。因赐玉尺一柄，着他量度天下之才；又御书'弘文才女'四字，其余金帛不论。山相公因盖了一座玉尺楼，将御书横作扁额，供在上面，叫他女儿坐卧其中，拈弄笔墨。长安求诗求文者，日填于门。"

燕白颔道："宋兄曾面见其人，果是真才么？"宋信道："怎么不见？怎么不真？也曾有人疑他是假，动疏参论。天子敕尚宝少卿周公梦、翰林庶吉士夏之忠、礼部主事卜其通、行人穆礼、中书颜贵五臣与他考较。此一举，人人替他耽忧，道一个小小女子，怎当得五个名臣考较？谁知真正才子，实系天生，不论男女，不论年纪。这山小姐接了题目，信笔一挥，无不立就，将五个科甲名公惊得哑口无言，笔不敢下。"

燕白颔与平如衡听见说得津津有味，不觉神情起舞，眉宇开张，道："我不信天下有此等才女。且请问：考较的是几首甚么诗？"宋信道："诗值甚么？只亏他一首《五色云赋》，约有六七百言，草也不起，下笔立成，内中含规颂圣，大有意味，真令人爱杀。"平如衡道："《五色云赋》宋兄记得么？"宋信道："文长那记得许多，只记得内中警句道：'绮南丽北，彩凤垂蔽天之翼；艳高冶下，龙女散漫空之花。'又一联道：'不线不针，阴阳刺乾坤之绣；非毫非楮，烟霞绘天地之图。'你道好么？"

燕白颔叹息道："若非遇兄，几不知天地间有此闺阁之秀。"平如衡道："我辈男子，稍有寸长，便夸于人曰才子，视此岂不颜厚！"宋信道："天子也是此意，说道：女子中且有如此美才，岂可以天下之大，无一出类才人？故严督学臣，格外搜求。昨闻得王督学要特荐二兄，也正为山小姐而起也。"

燕白颔道："这山小姐如今有人家聘了么？"宋信道："小弟出京时，一来他年纪尚小，二来山相公也难于说话，三来山小姐为天子所知，等闲无才之人，也不敢轻求，所以不曾受聘。"张寅道："这等看起来，若非公侯大臣家子弟，万万不能了。"燕白颔道："山小姐既是才女，定然选才。大臣子弟，若是无才，岂能动其心？"大家说说笑笑，直饮到酣然，宋信与张寅方才别去。
正是：

> 小人颜厚不知羞，一个哈哈便罢休。

> 若是面红兼汗下，尚能算做圣贤俦。

张寅与宋信本欲燥皮，到讨了一场没趣而去，不题。且说燕白颔与平如
衡，自闻了山小姐之名，便终日痴痴呆呆，只是思想。燕白颔忽说道："这山
小姐之事，我终有几分疑心。"平如衡道："兄疑何事？"燕白颔道："小弟终
疑宋信之言不确。那有小小女儿，有如此才美之理？"

平如衡道："据小弟看来，此事一痕不爽。"燕白颔道："子持兄何所据
而知其不爽？"平如衡道："前日太兄不曾说完。小弟曾在汶上县闵子祠遇一
女子，也只一十二岁，题壁之诗，美如金玉。此系小弟目击，难道也有甚么
疑心？由此看来，则山小姐之事不虚矣。"燕白颔道："此女曾知其姓名么？"
平如衡道："他自署名'维扬十二岁才女冷绛雪'。看他行径，像个显宦人家
宅眷。但在《缙绅》上细查，扬州并无一个姓冷的官宦。不知为何。"燕白颔道："据
兄之言，参之宋信所说，则是当今一时而有两才女矣。以弟与兄而论，也算
做一时两才子。但男子生而愿为之有室，女子生而愿为之有家。任是公卿，
任是有才，未有不愿得才美兼全而结婚姻者。若苍天有意，得以山、冷二小
姐配兄与弟，岂非一时快事，千秋佳话！但恨天各一方，浮萍大海，纵使三
生有幸，亦会合无由，殊令人怅惘。"

平如衡道："兄生于富贵之家，从未出户，看得道路艰难，便作此想。
若以小弟而论，只身四海，何处不可追寻？但患无其人耳。今既有山黛、冷
绛雪之名，则上天下地，皆踪影之乡。小弟在汶上时，即欲追随，徒以资斧
不继，故至此耳。"燕白颔听了，大喜道："吾兄高论，开弟茅塞。富贵功名，
吾与兄自有，何必拘拘于此？冷绛雪虽不知消息，难于物色，而山黛为当朝
宰相之女，岂有访求不得之理？若论道路行李，小弟自足供之。行当与兄寻
访，若有所遇，也不枉你我一生名实。"平如衡道："莫说他是两个美人，尚
有婚姻之想，即使是两个朋友，有如此才美，亦不可当吾身而失之。"燕白
颔连声道"是"。

二人算计定了。又过得数日，忽报房来报说："王学院老爷已特疏荐松
江府燕白颔、河南府平如衡为天下奇才，若使黼黻皇猷，必有可观。伏乞敕

下有司，优礼征诏，以彰崇文之化。"燕白颔看了，与平如衡商量道："你我既为宗师荐了，明日旨意下时，少不得要征诏入京，便可乘机去访山小姐了。"平如衡道："若待征诏入京去访，便有许多不妙。"燕白颔道："有何不妙？"平如衡道："山小姐之才，既上为天子所知，下为公卿所服，必非等闲可及。你我被荐为天下才子，倘圣上诏与考较，莫说全不及他，即稍有短长，便是辽东白豕，岂不惹人笑死？"燕白颔道："似此如之奈何？"

平如衡道："据小弟愚意，莫若乘荐本才入，圣旨未下，兄与小弟改易姓名，潜走入京。山小姐既有玉尺楼度天下之才，求诗求文者日填于门，料不避人，你我且私去与他一较，看是如何。若是其才与我辈仿佛，不至大相径庭，明日旨意下了，便可赴阙应诏；若是万分不及，便好埋名隐姓，作世外之游，也免得当场出丑。"燕白颔笑道："兄的算计到也万全。只是看得山小姐太高，将你我自视太低了。你我一个男子，胸中有万卷书，口中有三寸舌，一枝笔从来纵横无敌，难道见了一个小小女子，便死了不成？"平如衡笑道："兄不要过于自夸。李太白唐时一人，曾见崔颢《黄鹤楼》诗[1]而不敢再题。小弟岂让人之人？天下事最难料，前日在闵子祠看了冷绛雪之诗，小弟几乎搁笔。何况山黛名重一时，岂可轻觑？"燕白颔笑道："也罢，这都依你。只是还有一件，也要讲过。"平如衡道："有何事要讲？"燕白颔笑道："山小姐只一人，你我却是两个。倘到彼时，他要选才择婿，却莫要怪小弟不让。"平如衡也笑道："好，好，一发与兄讲明：你我俱擅才子之名，一时也难分伯仲。若要与兄同考，以兄门第，自然要拔头筹；就是今日同应征诏而去，当事者必定要首取于兄。何也？兄为都宪之后，门生故吏，满于长安，岂有不为兄先容者？小弟虽逊一筹，而私心窃有不服。今日山小姐既有玉尺量才之称，兄若肯与小弟变易姓名，大家无有依傍，止凭文字，若有长短，弟所甘心。"燕白颔道："以小弟为人，岂靠门第作声价？"平如衡道："兄虽不靠门第，而世情未免以声价取门第，惟有无名寒士之取与最公。吾兄若肯一往，则你我二人之文品定矣。"燕白颔道："既然如此，当变姓名，与兄同往。"平如衡道："要行须索早行。

---

[1] 崔颢《黄鹤楼》诗：崔颢，唐代诗人。其《黄鹤楼》诗："昔人已乘黄鹤去，此地空余黄鹤楼。黄鹤一去不复返，白云千载空悠悠。晴川历历汉阳树，芳草萋萋鹦鹉洲。日暮乡关何处是，烟波江上使人愁。"

若迟了，圣旨一下，便有府县拘束，出门不得了。"燕白颔道："作速打点就是。"
二人算计停当，一面收拾起身。不题。

却说张寅只指望借宋信之才压倒燕、平二人，不期被燕白颔搜出底脚，
又出了一场丑，十分没趣；又闻得山小姐才美，心下想道："怎能够娶了山小
姐为妻，则二人不压而自倒矣。"又想道，"若论起门楣，他是宰相之女，我
是天官之儿，也正相当。只怕他倚着有才，不肯轻易便许与我。"心下展转踌
躇。过了几时，忽又闻得王宗师果荐了燕白颔、平如衡为天下才子，要征诏
进京，心下一发着忙道："这两个小畜生，若进了京，他年纪又青，人物又聪
俊，才又高，又是宗师特荐，山家这一头亲事，定要被他占了。却是气他不过！"
心下想道："还是寻老宋来商量。"

元来宋信自从那日在燕家吃酒，弄了没趣，便不好在张家住，只得复回
旧寓。这日被张寅寻了来，就将心上之事，一一说与他知，就要他设个法儿，
以为求亲之地。宋信听了，只是摇头道："这个难，这个难。"张寅道："为甚
有许多难？"宋信道："兄虽说是受了燕、平二人之气，尚不过是朋友间小口
舌，微微讥诮而已，何曾敢十分唐突？你不知那小丫头十分怠懒，拿着一枝笔，
在纸上就似蚕吃桑叶的一般，沙沙沙只是写，全不顾别人死活。你若有一毫
破绽，他便做诗打觑你。兄要去求这头亲事，却从那里讲起？"张寅道："依
兄这等说，难道他一世不嫁人了？"宋信道："岂有不嫁之理？但不知他属意
何人。"张寅道："肯不肯且由他，求不求却在我。莫若写一信与家父，叫他
央媒去求求看。"宋信道："这个万万无用。"张寅道："却是为何？"宋信道：
"一来尊公老先生官高年尊，若去说亲，见他装腔做势，必不肯十分下气去求；
二来山老为人执拗，不见女婿，断然不肯轻易许可；三来山黛这小丫头爱才
如命，若没有两首好诗文动他，如何得他动念？还是兄乘燕、平二人旨意未下，
先自进京，替尊公老先生说明，央一当权大贵人去作伐，一个说不允，再央
一个去说，三番五次，殷勤恳求，他却不过情面，或者肯也不可知。山老若
要相看女婿，兄人物魁伟，料必中意。再抄人几篇好文字、好诗词，刻作兄
的窗稿，送与山小姐去看。他在闺中，那里便知是假的？若看得中意，这事
便有几分稳了。"

张寅听了，满心欢喜道："蒙兄指引，甚是有理。但就是小弟进京，也是初次；
又且家父严肃，出入谋为，恐亦不便。闻兄曾在京久居，请托最熟，得能

借重同往，不独深感，自当重报。"宋信听了，连连摇首道："这个难，这个难。"张寅道："吾兄游于松与游于京，总是一般，为何有许多难处？"宋信道："有些难处，却是对兄说不得。"张寅道："有甚难处？想只是兄虑小弟行李淡薄，不足充兄之费，故设词推脱耳。兄若肯同往，凡有所用，小弟决不敢悭吝[1]。"

宋信见张寅苦苦要他进京，心下暗想道："我离京已有四五年，前事想也冷了，便有人认得，谁与我做冤家？我在松江，光景也只有限，莫若同他进京，乘机取他些用用也好。但须改换姓名方妙。"沉吟了半晌，因说道："小弟懒于进京，也不为别事，只因小弟在京时名太重了，交太广了，日日被人缠扰，不得自由自在，所以怕了。若是吾兄定要同往，小弟除非改了姓名，不甚见客，方才可也。"张寅大喜道："这个尤妙！兄若改名，不甚见客，方于小弟之事有济。"宋信道："若要进京，便不宜迟，恐燕、平二人到了，又要多一番避忌。莫若早进去，做一个高材捷足，他二人来时，任他才貌，也无及了。"

张寅道："有理，有理。别的事都不难，只是要抄好文章、好诗词，却那里得有？"宋信道："这不难。要好文章，只消叫斋夫将各县宗师考的一二名，抄几篇就是了。至于诗词，闻得前日燕白颔与平如衡在迁柳庄听莺的联句甚好，燕白颔还有一首《题壁》，一首《赠妓》，一首《赠歌童》；平如衡还有一首《感怀诗》，一首《闵子祠题壁诗》，何不托朋友尽数抄来；就是兄园里壁上的这首也好。只消改了题目，刻作兄的。到了京中，相隔三千余里，谁人得知真假？"

张寅听了，不胜之喜，果然叫人各处去抄。又托袁隐将燕白颔与平如衡平日所作的好诗文，又偷了好几首。共着人刻作一册，起个名叫做《张子新编》。宋信又改了一个姓名，叫做宗言。二人悄悄进京去了。不题。

却说燕白颔，父亲燕都堂虽已亡过，母亲赵夫人尚然在堂，他将前事禀过母亲，将家事都交付母亲掌管。自收拾了许多路费行李，又带了三四个得力家人；又与平如衡商量，燕白颔依母姓改名赵纵，平如衡就依赵纵二字，取纵横之义，改名钱横，扮做两个寒士，也悄悄进京而去。只因这一去，有分教：锦为心，绣为口，才无双而有双；花解语，玉生香，美无赛而有赛。毕竟不知后事如何，且听下回分解。

***

[1] 悭吝：吝啬，小气。

第十三回

窦知府结贵交趋势利　冷绛雪观旧句害相思

词曰：

人在念，事关心，消瘦到而今。开缄忽接旧时吟，铁石也难禁。

情恻恻，泪溋溋，魂梦费追寻。鱼书杳杳雁沉沉，最苦是无音。

右调《喜迁莺》

话说燕白颔与平如衡扮做贫士，改名赵纵、钱横，瞒了宗师，悄悄雇船，从苏州、常州、镇江一路而来。在路上，遇着名胜所在，二人定要流览题诗，发泄其风流才学，甚是快乐。

一日到了扬州，见地方繁华佳丽，转胜江南，因慕名，就在琼花观作了寓所，到各处去游览。闻知府城西北，有一个平山堂，乃宋朝名公欧阳修所建，为一代风流文人胜迹，遂同了去游赏。寻到其地，只见其基址虽存，而屋宇俱已颓败，惟有一带寒山高低遮映，几株残柳前后依依。二人临风凭吊，不胜盛衰今昔之感。因叫家人沽了一壶村酒，寻了一块石上，二人坐着对饮。

燕白颔因说道："我想欧阳公为宋朝文人之巨擘，想其建堂于此，歌姬佐酒，当时何等风流，而今安在哉？惟此遗踪，尚留一片荒凉之色。可见功名富贵，转眼浮云，曾何益于吾身！"平如衡道："富贵虽不耐久，而芳名自在天地。今日欧阳公虽往，而平山堂一段诗酒风流，俨然未散。吾兄试看此寒山衰柳，景色虽甚荒凉，然断续低回，何处不是永叔之文章，动人留连感叹！"

二人论到妙处，忽见两个燕子，呢呢喃喃，飞来飞去，若有所言，若有所听。二人见了，不禁诗兴勃勃，遂叫家人取过笔砚，拂拭开一堵残壁，先是燕白颔题一首词儿在上面，道：

闻说当年初建，诗酒风流堪羡。曾去几多时，惟剩晚山一片。

谁见，谁见，试问平山冷燕。

右调《如梦令》云间赵纵题。

燕白颔题完，平如衡接过笔来，也题一首，道：

芍药过春无艳，杨柳临秋非线。时事尽更移，惟有芳名不变。

休怨，休怨，尚有平山冷燕。

右调《如梦令》洛阳钱横题和。

二人题罢，相顾而笑。又谈今论古，欢饮了半晌，方携手缓步而回。

回到观前，天色昏黑，只见许多衙役轿马，拥挤观前，甚是热闹。问人，方知是太守在大殿上做戏请客。二人见天晚人杂，因混于众人中，悄悄走到殿前一张，只见上面两席酒，坐着二客，不是别人，恰正是张寅与宋信，心下暗惊道："他二人为何到此？"再看下席，却是府尊奉陪。恐怕被人看见，不敢久立，遂走回寓所，私相商量。

燕白颔道："我们在家时，不曾听得他出门，为何反先在此处？"平如衡道："莫非来打秋风？"燕白颔道："若说打秋风，在老宋或者有之，张伯恭家颇富足，岂肯为此离家远涉至此？依小弟想来，只怕听见山小姐之事，亦作痴想，故暗拉老宋同北上，以为先下手计耳。"平如衡道："兄此想甚是有理。他倚着父亲吏部之势，故有此想耳。"我们却是怎样个算计方妙？"燕白颔道："我们也没甚算计。此事乃各人心事，说又说不出，争执又争执不得，只好早早去了，且到京中再看机缘如何。"平如衡道："既要去，明早就行，莫与他看见。知我二人进京，他一发要争先了。"燕白颔道："有理，有理。明日须索早行。"二人睡过夜，到了次早，果然收拾行李，谢了主人，竟自雇船北去。不题。

你说宋信与张寅为何在此吃酒？原来宋信到了扬州，因与窦知府有旧，要在张寅面前卖弄他相识多，遂去拜见。又在窦知府面前夸说张寅是吏部尚书之子，与他相厚，同了进京。窦知府听见"吏部"二字，未免势利，故做戏请他二人。

戏到半本之时，攒盒小饮，窦知府因问道："张兄进京，还是定省尊公老大人，还是别有他事？"张寅道："止为看看老父，并无别事。"窦知府又问道："子成兄为何又有兴进京？"宋信道："这且慢说。且请问窦老先生：可曾闻得冷绛雪进京之后，光景怎么了？还是为妾，还是为婢？"窦知府笑道："冷绛雪的事情，可谓奇闻。兄难道还不知道？"宋

信道："冷绛雪进京之后，晚生就往游云间，其实不知。"窦知府道："山
小姐自恃才高，又倚天子宠眷，一味骄矜，旁若无人，此乃兄所知者。
不期冷绛雪这小小女子，到有些作用。到他府中，一见面就争礼不拜；
山小姐出题考他，他援笔立就。竟将一个眼空四海的山小姐压服定了，
不但不敢以婢妾相待，闻说山相公欲要将他拜为义女，山小姐犹恐辱了
他，竟以宾客礼相待，又替他题疏加官号。天子听从，加他个女学士之衔，
又将他父亲冷新赐与中书冠带荣身。你道奇也不奇？兄前日原为要处他
出兄之气，不知他的造化，到因祸而得福。"

　　宋信听得呆了半晌，又问道："果是真么？"窦知府道："命下，冷
新的冠带是本府亲送去的，怎说不真？"宋信道："这等看来，山府之事，
冷绛雪到也主持得几分了？"窦知府道："闻得山小姐于冷绛雪之言无有
不听，他怎主持不得？"宋信听了，又沉吟半晌，因以目视张寅道："这
到是吾兄一个好机会。"张寅惊问道："怎么是小弟的好机会？"宋信道：
"这个机会，全要在窦老先生身上，须瞒不得。"张寅道："既蒙窦宗师错
爱，门生心事，不妨直告。"窦知府因问道："张兄有甚心事？"宋信道：
"张兄此行，虽为趋事尊公大人，然实实为闻得山小姐之名，意欲求以为
配。到了京中，央求几个大老作伐，他两家门当户对，自有可成的道理。
但以山小姐之才，必定爱才。张兄美才，一时未必得知。方才听得冷绛
雪这等得时，连父亲冷大户俱加了冠带，何不借重窦老先生鼎力，央冷
大户写一封书与冷绛雪，说知张兄求婚之意，托他于中周旋；再将张兄
所刻佳篇，寄一册进去，使他知张兄美才。内中之心一动，外面之事便
好做了。岂非一个好机会？"

　　张寅听了，满脸堆笑，因连连打恭，向窦知府道："若蒙太宗师高谊
玉成，门生断断不敢忘报。"窦知府道："要冷中翰写书进京，这也容易。
本府自当为尊兄效一臂之力。"张寅称谢道："既蒙慨允，明日再当造府
拜求。"说完，又上席，完了下半本戏方散。

　　到了次日，张寅与宋信商量，备了一副厚礼，来拜送窦知府，求他
转央冷大户写书进京，托冷绛雪宛转作伐；又将《张子新编》一册，求
他并附寄进京，以见张寅有如此之才。窦知府接了礼物说道："本府若不
受厚礼，尊兄只说推辞了。"遂全全受了。因发一名帖，请冷中书来，面

与他说知此事。冷中书怎敢违府尊之命，遂央郑秀才婉婉转转写了一封书，将《张子新编》并封在内，叫女儿周全其事。写完封好，送与窦知府。窦知府遂当一个大分上送与张寅。张寅得了，如获至宝。因辞谢窦知府，与宋信二人，连夜赶了进京。及到了京中，见过父亲，访问方知山相公已不在朝。

原来山显仁为因女儿才高得宠，压倒朝臣，未免招许多妒忌，遂连疏告病，要辞归故乡。天子不准。当不得山显仁苦苦疏求，天子因面谕道："卿既苦辞，朕也不好强留。但卿女山黛，朕深爱其著作，时有所命。卿若辞归，必尽室而行，便有许多不便，为之奈何？"山显仁奏道："圣恩如此隆重，微臣安敢过辞。但臣积劳成病，阁务繁殷，实难支持，故敢屡渎。"天子道："卿既不耐烦剧，城南二十里有皇庄一所，甚是幽僻，赐卿移居于内调理。卿既得以静养，朕有所顾问，又可不时召见；即卿女山黛，时有诗文，亦可进呈，岂不两便。"山显仁叩头感谢道："圣恩念臣如此，真天高地厚矣！"遂领旨移居于皇庄之内。

这皇庄离城虽只一二十里，却山水隔绝，另是一天。内中山水秀美，树木扶疏，溪径幽折，花鸟奇异，风景不减王维之辋川，何殊石崇之金谷。山显仁领了家眷，移居于内，十分快意。仍旧盖了一座玉尺楼，与女儿山黛同冷绛雪，以为拈弄笔墨之所。皇庄是个总名，却有十余处园亭，可以随意游赏。山显仁虽然快乐，却因女儿已是十五六岁，未免要为他择婿。在阁内时，因山黛之名满于长安，人人思量要求，却都知道他为天子所宠，岂肯轻易嫁人，故人人又不敢来求。所以至今一十六岁，尚然待字[1]。山显仁留心在公卿子弟中访看，并无一个略略可观，因暗想道："只看明年春榜下，看有青年进士，招一个为妙。"不料张寅一到京，闻知山相公住在皇庄，一面与父亲说知，央大老来求，一面就差人将冷中翰的家书送至皇庄。

且说冷绛雪接了父亲的家信，拆开来看，知是张寅要求山小姐为婚，托他周全之意。又见内有《张子新编》一册，因展开一看，见《迁柳庄听莺》、《题壁》诸作风流秀美，不禁喜动颜色道："好诗，好诗！何处有此美才！"

---

[1] 待字：女子待嫁。

正看不了，忽山黛走来道："冷姐姐看甚么？"冷绛雪看见是山黛，因回身笑说道："小姐，恭喜贺喜！"山黛也笑道："何忽出此奇语？小妹有何喜可贺？"冷绛雪道："贱妾为小姐觅得一佳偶在此，岂不可贺？"山黛道："姐姐谈何容易！漫道无婿，纵使有婿，又安得佳？"冷绛雪道："若无婿，又何足言喜？若有婿不佳，又何足言贺？小姐请看此编便见。"遂将《张子新编》递与山黛。

山黛接了，先看名字是"云间张寅著"，因说道："云间是松江了。"因再看诗，一连看了三两首，遂大惊道："此等诗，方是才子之笔！不知姐姐从何处得来？"冷绛雪道："是家父寄来，托贱妾与小姐作伐。贱妾常叹小姐才美如此，恐怕天地间没有个配得小姐来的丈夫，不期今日忽得此人，方信至奇至美之事，未尝无对。"山黛道："才虽美，未卜其人何如。"冷绛雪道："人第患无才耳。若果有才，任是丑陋，定有一种风流，断断不赋一村愚面目。此可想而知也。"山黛笑道："姐姐高论，不独知才，兼通于知相矣。"二人大笑。再将《张子新编》细细而看，看一首，爱一首，二人十分欢喜，不胜击节。忽看到后面，见一首诗，题目是《题闵子祠壁，和维扬十二龄才女冷小姐原韵》：

又见千秋绝妙辞，怜才真性孰无之？倘容秣马明吾好，愿得人间衣尽缁。

冷绛雪看见这首诗，忽然大惊道："这又作怪了！"山黛问道："姐姐为何惊讶？"冷绛雪道："此事一向要对小姐说，无因说起，故不曾说得。贱妾到尊府来时，路过闵子祠，因上去游览，一时有感，遂题了一首绝句在壁上。刚转得一转身，不知谁人就和了一首在上面，就是此诗，一字不差。贱妾还记得后面落款是'洛阳十六岁小书生平如衡奉和'。贱妾出庙门时，恰遇见一个小书生，止好十五六岁，衣履虽是个寒士，却生得昂藏俊秀，皎皎出尘。见贱妾出庙，十分徘徊顾盼，欲诉和诗之意。贱妾因匆匆上船，不及返视。至今常依依梦魂间，以为此生定然是个才子。不知今日何故，这个张子又刻作他诗。莫非那日所遇，即是此人？为何又改了姓名？岂不作怪！"山黛道："原来有此一段缘故。或者为寄籍改名，也未可知。要见明白，却也不难：这张生既要求亲，定然要来拜谒。姐姐既识其面，待他来时，悄悄窥视，若原是其人，则改移姓名不消说了。"

冷绛雪道："除非如此，方见明白。"

二人说罢，又将余诗看去，只见下一首即写着：

　　　有怀闵子祠题壁诗人，仍用前韵

　　　相逢无语别无辞，流水行云何所之？

　　　若有蓝桥消息访，任教尘染马蹄缁。

冷绛雪看了，默然良久，暗想道："看他这一首诗意，分明是因壁间之诗，有怀于我。"又暗自沉吟半晌道："你既有怀于我，为何又央我求婚于小姐？"心下是这等想，便不觉神情惨淡，颜色变异。

山黛看见，早已会意，因宽慰说道："细观此诗，前一首尚是怜才，而表其缁衣之好，后一首则蓝桥消息，明明有婚姻之求了。诗意既有所属，岂有复求小妹之理？其中尚有差悮。"冷绛雪道："家君书中写得明明白白，安得差悮？"山黛道："尊翁之书固然明白，而此生之诗却也不甚糊涂。若无差误，定有讹传。此时悬解不出，久当自知。"冷绛雪道："有差误，无差误，且听之。只就诗论诗，诗才如此之美，有令人忘情不得。"山黛道："才人以才为命，有才如此，情岂能忘？然亦不可太多，太多则自苦矣。此生既有美才，必有深情。观《题壁》与《有怀》二作，其情之所锺，已见大概。姐姐何必过于踟蹰，令情不自安。"冷绛雪道："小姐之言，固虽甚透，但情之生灭，亦不由人。闵祠一面，见怀二诗，此情之所不能忘；而消息难寻，此又情之所以多也。安禁而能不踟蹰？"山黛道："消息难寻，此特没情蠢汉之言，若深情人，决不作此语。蓝桥岂易寻消息者耶？而至今何以传焉？此生引以明志，情有在也，姐姐又何虑焉？"冷绛雪无语，俯首而笑。二人再将余诗看完，十分爱慕。山黛与冷绛雪商议道："尊公寄诗之事，且莫要说起。且看他怎生样来求。"二小姐在闺中商议。不题。

却说张寅见冷大户的家信送了入去，定然有效，迟了数日，遂与父亲讲明，央了一个礼部孙尚书，来与山显仁说亲。山显仁见女儿已是一十六岁，年已及笄，遂不拒绝，只回道："小女薄有微才，为圣主所知，必须才足相当，方敢领教。张老先生令郎果有大才，乞过舍一会，再商许可。"

孙尚书即以此言回复张寅，张寅遂欣然欲往。宋信闻知，连忙拦住道："去不得，去不得，一去便要决撒[1]。"张寅问道："这是为何？"宋信道："你还不知山小姐之为人。他才又高，眼又毒。你若不去，他道你是个吏部尚书之子，又兼媒人称扬，或者一时姻缘有分，糊涂许了；兄若自去，倘或一时问答间有甚差错，被他看破，莫说尚书，便是皇帝为媒，那丫头也未必肯。兄肯听依小弟之意，只是推托不去为妙。"张寅道："不去固妙，但将何辞推托？"宋信道："只说途中劳顿有恙，若要看才，但将《张子新编》送去。如此便有几分指望。"张寅欢喜道："有理，有理。"随央孙尚书写书，回说："途中辛苦，抱恙不能晋谒，先呈诗稿一册请政。伏乞怜才，许谐秦晋，庶不失门楣之庆。"

山显仁接了《张子新编》一看，见诗甚清新，十分欢喜，因面付与山黛道："我连年留心选才，公侯子弟遍满长安，并无一个略略中意。今看张寅的《新编》，到甚是风流香艳。我儿你可细细一看，你若中意，我便有处。"山黛道："诗虽甚好，但人不肯来，其中未必无抄誊盗袭之弊。"山显仁道："我儿所虑亦是。但看此诗俱是新题，自非前人之作；若说时人，我想时人中那里又有这等一个才子与他抄袭？"山黛道："天地生才，那里限得？孩儿之才，自夸无对，谁知又遇了冷家姐姐。张寅之外，安知更没张寅？只是索来一见为真。"山显仁拗不过山黛，只得又写信回孙尚书，定要张寅一见。

孙尚书报知张寅，张寅着忙，又与宋信商议。宋信道："前日还在可去不可去之间，今日则万万不可去矣。"张寅道："这是为何？"宋信道："前日若去，泛然一见，彼此出于无心，还在可考不考之间；今日屡逼而后去，彼此俱各留意，虽元无意要考，也要考一考矣。"张寅道："若果要考，这是万万去不得了。且再捱几日看机会。"宋信道："有甚机会看得？只是再另央一位当权大老去作伐，便是好机会。"张寅听信，只得与父亲说知，又央一个首相去求亲。不题。

却说冷绛雪自从见了平如衡怀他之诗，便不觉朝思暮想，茶饭都不喜吃。每常与山小姐花前联句，月下唱酬，百般韵趣。今日遇着良辰美景，情景都觉索然，虽勉强为言，终不欢畅。山小姐再三开慰，口虽听

---

[1] 决撒：败露。

从，而心只痴迷，每日只是恹恹[1]思睡。山小姐欲致张寅一见，以决前疑，而张寅又苦辞不来。冷绛雪渐渐形容消瘦，山小姐十分着急。欲与父亲说知，却又不便启齿；欲再含忍，又怕冷绛雪成病。正没法处，忽闻圣旨遣一中贵召父亲入朝见驾。此时山显仁病已痊了，便不敢推辞，遂同中贵肩舆入朝，朝见于文华殿。

朝见毕，天子赐坐，因问道："朕许久不见卿，不知卿女山黛曾择有佳婿否？"山显仁忙顿首谢道："蒙圣恩垂念，实尚未曾择得。"天子道："以卿门第，岂无求者？"山显仁道："求者虽多，但臣女山黛蒙圣恩加以才女之名，不肯苟且托之匪人，有辜圣眷，故犹然待字也。"天子道："卿既未曾选得，朕到为卿选得二人在此。"山显仁奏道："微臣儿女之私，怎敢上费圣心。但不知选者是何人？"天子道："南直学臣王衮，昨有疏特荐两个才子，头一个是松江燕白颔，第二个是洛阳平如衡，年俱不满二十。疏称他才高雕绣，学贯天人，悬笔万言可以立就。又献燕白颔的《燕台八景诗》。朕览之，果是奇才。昨已有旨征召去了。待征诏到时，朕当于二人中择一佳者，为卿女山黛主婚。"山显仁连连叩头谢恩。天子又赐酒饭，留连了半日，方放还家。

山显仁一到家，就与女儿一一说知此事。山黛听见说两个才子，一个是洛阳平如衡，心下暗惊道："原来果另有一个平如衡，则张寅此诗的系窃取无疑矣！"一时尚未敢与父亲说明，只含糊答应道："圣恩隆重如此，何以报答！"一面说罢，一面就走到冷绛雪卧房中来说道："姐姐不必过虑，小妹有一桩喜事来报你知道。"冷绛雪忙惊问道："小姐有何喜事报我？"山小姐不慌不忙，细细而说。只因这一说，有分教：柳中鹦鹉语，雪里鹭鸶飞。不知说出甚么来，且听下回分解。

---

[1] 恹恹：精神萎靡的样子。

第十四回

乍见芳香投臭味　互争才美费商量

词曰：

> 只怕不春光，若是春光自媚。试看莺莺燕燕，来去浑如醉。
>
> 饶他金屋好花枝，莫不恹恹睡。但愿芳香艳冶，填满河洲内。
>
> 右调《好事近》

话说山小姐闻知平如衡消息，连忙报知冷绛雪说道："今日圣上特召爹爹进朝，说南直隶学臣疏荐两个才子。你道是谁？"冷绛雪道："贱妾如何得知，乞小姐明言。"山小姐道："一个是松江人，叫做燕白颔；那一个，你道奇也不奇，恰正是姐姐所说的洛阳平如衡。"冷绛雪道："平如衡既另有一人，这张寅却又是谁？莫非一人而有两名？"山小姐道："这个未必。圣上说燕白颔与平如衡才批旨去征召，这张寅已在京师，岂有是一人之理。"冷绛雪道："若非一人，为何张子之诗竟是平子之作？"山小姐道："以小妹看来，这个张寅定非端士。"冷绛雪道："小姐何以得知？"山小姐道："他既要求亲，若果有真才，自宜挺然面谒。为何只要权贵称扬，而绝不敢登门？若非丑陋，定是无才。这《张子新编》，大约是他人旧作，而窃取以作嫁衣裳也。"冷绛雪道："小姐此论，甚是有理。"山小姐道："平如衡既为姐姐刮目，又为学臣特荐，闵祠二诗又见一斑，其为才子无疑矣。天子欲为小妹择婿，小妹当为姐姐成全闵子祠之一段奇缘，以作千秋佳话。"冷绛雪道："闵庙奇缘虽尚未可知，而小姐美意亦已不朽矣。但妾想学臣所荐二人，平生既实系才子，则那燕子定是可儿。小姐原以白燕得名，那生又名燕白颔，互为颠倒，此中似有天意。今又蒙圣主垂怜，倘能如愿，岂非人生快事！"山小姐道："姻缘分定，且自由他。今得姐姐开怀，大是乐事。"就扯了冷绛雪，同到玉尺楼去闲耍。正是：

> 鸟长便能语，花开自有香。
>
> 旧时小儿女，渐渐转柔肠。

　　按下山小姐与冷绛雪闺中闲论不题。且说燕白颔与平如衡,自离扬州,虽说要赶到京师,然二人都是少年心性,逢山要看山,逢水要看水,故一路耽耽搁搁,直度过了岁,方才到京。到京之日,转在张寅之后。

　　二人到了京师,寻了一个寓所,在玉河桥住下,就叫一个家人去问山阁老的相府在那里。家人去问了来回道:"山阁老已告病回去多时了。"燕白颔与平如衡听了大惊道:"怎你我二人这等无缘!千山万水来到此处,指望一见山小姐,量量尔我之才,不期不遇。他又是个秦人,这一告病去了,便远隔山河,怎能得见?"燕白颔还不肯信,又叫家人买了一本新《缙绅》来看。揭开第一叶,见宰相内并无山显仁之名,知道是真,使情兴索然。平如衡虽也不快,却拿着《缙绅》,颠来倒去,只管翻看。

　　燕白颔道:"人已去矣,看之何益?"平如衡道:"有意栽花,既已无成;无心插柳,或庶几一遇。向日与兄曾说的冷绛雪,想在京中,故查一查看。"燕白颔笑道:"偌大京师,如大海浮萍,吾兄向何处寻起?"平如衡道:"兄不要管我,待小弟自查。"因再四捡来捡去,忽捡着一个鸿胪少卿[1]姓冷,因大喜道:"这不是!"燕白颔又笑道:"兄痴了?天下有名姓尽同,尚然不是,那有仅一冷姓相同,便确确乎以为绛雪之家。天下事那有如此凑巧!"平如衡道:"天下事,要难则难,要容易便容易。兄不要管我,待小弟自去一访。是不是,也可尽小弟爱才之心。"大家又笑笑,各自安歇。

　　到次日清晨,燕白颔尚未起身,平如衡早已自去寻访了。燕白颔起来闻知,因大笑道:"'情之所锺,正在我辈。'千古名语!"吃了早饭,尚不见来家,又听得城南梅花盛开,自家坐不住,遂带了一个小家人,独自出城南闲耍去。

　　出了城,因天气清明,暖而不寒,一路上断断续续有梅花可看,遂不觉信步行有十数余里。忽到一处,就象水尽山穷一般,因问土人道:"前面想是无路了?"土人笑道:"转入山去,好处尽多,怎说无路?"燕白颔依他转过山脚,往里一望,只见树木扶疏幽秀,又是一天,心甚爱之,只得又走了入去。一步一步,皆有风景可观,不觉又行了二三余里。心虽要看,争奈足力不继,行到一座花园门首,遂坐下歇息。歇息稍定,

---

[1] 鸿胪(lú)少卿:官名。北齐始置,为鸿胪寺次官。历代沿置,亦称鸿胪寺少卿。

再将那花园一看，只见：

上下尽甃碧瓦，周遭都是红墙。雕甍[1]画栋吐龙光，凤阁斜
张朱网。娇鸟枝头百啭，名花栏内群芳。风流富贵不寻常，大
有侯王气象。

燕白颔看见那花园规模宏丽，制度深沉，像个大贵人庄院，不敢轻
易进去。又坐了一歇，不见一个人出入，心下想道："纵是公侯园囿，在
此郊外，料无人管。便进去看看，也无妨碍。"遂叫家人立在门外，自家
信步走了入去。园内气象虽然阔大，然溪径布置，却甚逶迤有致。燕白
颔走一步爱一步，便不觉由着曲径迴廊，直走到一间阁下。阶下几树梅花，
开得甚盛，遂绕着梅花步来步去，引领香韵。

正徘徊间，忽听得阁上窗子开响，忙抬头一看，只见一个少年美女子，
生得眉目秀美，如仙子一般，无心中推窗看梅，忽见燕白颔在阁下，彼
此觌面一看，各各吃了一惊。那美女连忙避入半面，把窗子斜掩。燕白
颔看得呆了，还仰脸痴痴而望。只见阁上走下两个仆妇来问道："你是甚
么人？擅自走到这个所在来。"燕白颔道："我是远方秀士，偶因看梅到此。"
那妇人道："这是甚么所在，你也不问声，竟撞了进来。若不看你年纪小，
又是远方人，叫人来捉住才好。还不快走出去！"

燕白颔见势头不好，不敢回言，只得急急走出园外来，心下想道："天
下怎有这样标致女子！我燕白颔空长了二十岁，实未曾见。"因坐在园门
前，只管呆想。跟来的家人见他痴痴坐着不动身，因说道："日已沉西了。
还有许多路，再耽搁不得了。"燕白颔因问道："带得有笔砚么？"家人道：
"有。在拜匣里。"燕白颔遂叫取了出来，就在园门外旁边粉壁上，题诗
一首道：

闲寻春色辨媸妍，尽道梅花独占先。
天际忽垂倾国影，梅花春色总堪怜。

燕白颔才写完，正要写诗柄落款，忽园外走了一个童子来看见，大
声骂道："该死的贼囚根子！这是甚么所在，又不是庵观寺院，许你写诗
在墙上。待我叫人来拿你！"遂一径飞跑了进去。家人见说慌了，忙说道：

[1] 甍（méng）：屋脊。

"相公快去了罢！这一定是公侯大人家，我们孤身，怎敌得他过。"燕白颔着了急，也不敢停留，遂叫家人收了笔砚，忙忙照旧路一直走了回去，不题。

你道这园是什么所在？原来就是天子赐与山显仁住的皇庄数内的花园。皇庄正屋虽只一所，园亭到有五六处，有桃园、李园、柳园、竹园，这却叫做梅园。那一座阁，叫做先春阁。山显仁因春初正是梅花开放时节，故暂住于内赏玩。这日因偶然感了些微寒，心下不爽，故山小姐来看父亲。见父亲没甚大病，放了心，遂走到先春阁上来看梅。忽推窗看见了燕白颔，人物俊秀，年纪又青，此时山黛已是一十六岁，有美如此，有才如此，岂有无情之理？未免生怜，忙而视。不料忽被仆妇看见，赶了出去，心下甚是依依。正倚着窗子沉吟想像，忽见童子跑了进来，口里乱嚷道："甚么人在园门墙上写得花花绿绿，还不叫人去捉住他！"山小姐听了，情知就是那生，因喝住道："不要乱嚷，待我去看。"童子见小姐分付，不敢再言，竟走了进去。

小姐因见此园是山中僻地，无人来往，遂带了两个侍妾，亲步到园门边。远远望去，便见园门外粉壁上写得龙蛇飞舞，体骨非常，心下先已惊讶道："字到写得遒劲，不知写些甚？"及走到面前一看，却是一首诗，忙读一遍，知就是方才遇我感兴之作，心下十分喜爱，道："好诗，好诗！借'梅花春色'赞我，寓意微婉，大有风人之旨。我只道此生貌有可观，不期才更过之。我阅人多矣，从未见才貌兼全如此生者。但可恨不曾留得名姓，叫我知他是谁……"因沉吟了半晌，忽想道："我看此诗之意，大有眷恋，此生定然还要来寻访。莫若和他一首，通个消息与他，也可作一线机缘。"一面就分付侍儿去取笔砚，一面又想道："我若和在上面，二诗相并，情景宛然，明日父亲见了，岂不嗔怪？"又想想道："我有主意了。"因叫侍儿去唤一个大家人，用石灰将壁上诗字涂去，却自于旁边照他一般样的大字，也纵纵横横和了一首在上面，也不写出诗柄，也不落款。自家题完，又自家读了两遍，自家又叹了几口气，依旧进园中去了。

到晚间，山显仁病已好了。罗夫人放心不下，叫家人立逼着将山相公与小姐都接了回大庄上去了。不题。

　　且说燕白颔被童子一惊，急急奔回，直走出山口，见后面无人追赶，方才放心。心下想道："古称美人沉鱼落雁，眉似远山，眼横秋水，我只道是个名色，那能实实如此。今看阁上美人，比花解语，似玉生香，只觉前言尚摹写不尽。我燕白颔平生爱才如命，今睹兹绝色，虽百才子吾不与易矣！"心上想念美人，情兴勃勃，竟忘却劳倦，一径欢欢喜喜，走回寓所。进门便问："平相公回来了么？"家人道："回来久了。"燕白颔一路叫了进来道："子持兄，访得玉人消息何如？"

　　平如衡睡在床上，竟不答应。燕白颔走到床前，笑问道："吾兄高卧不应，大约是寻访不着，胸中气苦了。"平如衡方坐起来道："白白走了许多路，又受了一肚皮气，那人毕竟寻访不着。你道苦也不苦！"燕白颔道："寻不着便罢了，有甚么气？"平如衡道："那冷鸿胪山西人，粗恶异常，说我问了他家小姐，坏伊的闺门，叫出许多衙役与恶仆，只是要打。幸亏旁人见我年少，再三劝解，放我走了。不然，鸡肋已饱尊拳矣。如何不气？"燕白颔笑道："吾兄不得而空访，小弟不访而自得。岂非快事！"平如衡听了，大惊道："难道兄在那里遇见了绛雪么？"燕白颔道："弟虽未遇绛雪，而所遇之美者，恐绛雪不及也。"平如衡笑道："美或有之，若谓过于绛雪，则未必然。且请问在何处相遇？"

　　燕白颔道："小弟候兄不回，独步城南，因风景可爱，不觉信步行远。偶因力倦少憩，忽见一所花园富丽，遂入去一观。到了一座阁下，梅花甚盛。小弟正尔贪看，忽阁上窗子开响，露出一位少年女子，其眉目之秀媚，容色之鲜妍，真是描不成画不就，虽西子、毛嫱，谅不过此！那女子见了小弟，却也不甚退避。小弟正要饱看，忽被两个家人媳妇恶狠狠的赶了出来。小弟被他赶出，情无所寄，因题了一首绝句，大书在他园门墙上。本要落个款，通个姓名，使他知道，不期诗才写完，款尚未落，又被一个小恶仆看见，说我涂坏了他家墙壁，恶声骂詈[1]，跑进去叫人来拿我。我想那等样一个园子，定是势要公卿人家。我一个远方寒士，怎敢得他过？只得急急走了回来。小弟虽也吃了些虚惊，却遇平生所未遇，胜于吾兄多矣。"

---

[1] 骂詈（lì）：骂，斥骂。

平如衡笑道："吾兄只知论美，不知千古之美，又千古之才美之也。女子眉目秀媚，固云美矣；若无才情发其精神，便不过是花耳、柳耳、莺耳、燕耳、珠耳、玉耳，纵为人宠爱，不过一时。至于花谢柳枯、莺衰燕老、珠黄玉碎，当斯时也，则其美安在哉？必也美而又有文人之才，则虽犹花柳，而花则名花，柳则异柳，而眉目顾盼之间，别有一种幽悄思致，默默动人。虽至莺燕过时，珠玉毁败，而诗书之气、风雅之姿固自在也。小弟不能忘情绛雪者，才与美兼耳。若兄纯以色言，则锦绣脂粉中，尚或有人，以供吾兄之饿眼。"

燕白颔一团高兴，被平如衡扫灭一半，因说道："吾兄之论，未尝不是。小弟亦非不知以才为美。但觉阁上女子，容光色泽，泠泠[1] 欲飞，非具百分才美，不能赋此面目。使弟一见，心折魂消，宛若天地间山水烟云俱不足道。以小弟推测想之，如是美女，定有异才。即使其父兄明明告我道无才，我看其举止幽闲静淑，若无才，必不能及此也。"平如衡笑道："弟所论者，乃天下共见之公才；兄所言者，则一人溺爱之私才也。未登泰山，自见天下之大，这也难与兄争执。只可惜兄未及见吾绛雪耳。如见绛雪，当不作如是观。"燕白颔道："冷绛雪已作明月芦花，任兄高抬声价，谁辨兄之是非？至于阁上美人，相去不过咫尺，虽侯门似海，有心伺之，尚可一见。兄若有福睹其丰姿，方知小弟为闺中之碧眼胡[2] 也。"二人争说谈笑不已。家人备了夜宵，二人对酌，直到夜深，方才歇息。

到了次日，燕白颔吃了早饭，就要邀平如衡到城南同去访问。昨日跟去的家人说道："相公不要去罢。那个园子定是大乡绅人家。昨日相公题诗在他墙上，他家人不知好歹，就乱骂，还要叫家人拿我们。幸亏走得快，不曾被他凌辱。今日若再去，倘若看见，岂不又惹是非？况这个地方，比不得在松江，人都是知道的。倘为人所算，叫谁解救？不如同平相公到别处去顽耍罢。"平如衡听了，连连点首道："说得有理。我昨日受了冷鸿胪之气，便是榜样。"燕白颔口虽不言，心下只是要去访问。大家又混了一会，燕白颔竟悄悄换了一件青衣，私自去了。

---

[1] 泠泠（líng líng）：形容声音清越。
[2] 碧眼胡：古代指西、北方少数民族。

又过了一会，平如衡寻燕白颔讲话，各处都不见，家人想道："定然又到城南去了。"平如衡着慌道："大家同去犹恐不妙，他独自一人走去，倘惹出事来，一发无解。我们快赶了去方妙。"遂带了三四个家人，一径出城赶来，不题。

却说燕白颔心心念念想着阁上美人，要去访问，见平如衡与家人拦阻，遂独自奔出城来，心下暗想道："我再入他园内去，便恐怕有是非；我只在园外访问，他怎好管我？就是昨日题诗，也只一个童子看见。我今日换了衣服，他也未必认得；就是认得，我也可与他胡赖。"主意定了，遂欣然出了城，向南而走。昨日是一路看花看柳，缓步而行，遂不觉路远。今日是无心观景，低着头只是走，心上巴不得一步就到，只觉越走越远。心上急了一会，见走不到，只能转放下心道："想昨日之事，妙在他见了我不慌忙避去，此中大有情景。只可惜我那首诗未落得姓名，他就想我，也没处下手。"又想道："我的诗写在园门外，他居阁中，连诗也未必能见；就是见了，也不知他可识几个字儿。这且由他。如今且去访问他姓名，若是乡宦人家，未曾适人，我先父的门生故吏，朝中尚有许多，说不得去央及几个，与我作媒。若能成就，也不枉我进京一场。"心下是这等胡思乱想，便不知不觉，早已望见花园。

燕白颔虽一时色胆如天，高兴来了，想起昨日受童子骂詈，心下又有几分怯惧，不敢竟走，只一步一步的漫漫的捱将上来，看见园前无人出入，方放胆走到昨日题诗之处。抬头一看，只见字迹照旧在上，心下想道："我便说空费了一番心思。题诗在上，今日美人何处？谁来揪采？岂非明珠暗投，甚为可惜。还是我自家来赏鉴。"因再抬头一看，忽惊讶道："我昨日题的诗不是此诗，怎么变了？"又看看道："这字也不是我写的了。我昨日写的潦潦草草，这字龙蛇有本，大是怪事。莫非做梦？"呆了半晌，复定定神，看那首诗道：

　　　　花枝镜里百般妍，终让才人一着先。
　　　　天只生人情便了，情长情短有谁怜？

燕白颔读完，大惊大喜道："这是那里说起！我昨日明明题的诗，今日为何换了？莫非美人看见，和韵之作？为何我的原唱却又不见？"又读了一遍，因思道："看此诗意，明明是和韵答我昨日之意。我的原倡不见，毕竟是他涂去，恐人看见不雅。"因孜孜叹息道："我那美人呀，我只道你有美如此，谁知你又有才如此，又慧心如此。我想天地生人的精气，生到美人，亦可谓发泄尽矣。"想完，又将诗读了两遍，愈觉有味，道："我昨日以倾国之色赞他，他就以花妍不如才美赞我，末句'情长情短'，大有蕴藉。我燕白颔从来未遇一个知心知意的知己——"因朝着壁诗恭恭敬敬作了两个揖道："今日蒙美人和诗，这等错爱，深谢知己矣！"正立着痴痴呆想，听见园内有人说话出来，恐怕认得，慌忙远远走开。心下又想道："我昨日不落款者，是被那恶奴赶逐。我那美人为何今日也不写个姓名？叫我那里去访问？"又想道："园内不好进去，恐惹是非。园外附近人家去访问一声，却也无碍。"只得从旧路走回来，寻个人家访问。怎奈此山僻之处，虽有几家人家，都四散住开，却不近大路。大路上但有树木，并无人家。

燕白颔正尔踌躇，忽丫路上走出一个老和尚来。燕白颔看见，慌忙上前与他拱手道："老师父请了。"那老和尚看见燕白颔人物俊秀，忙答道："小相公请了。"燕白颔道："请问老师父：前面那一所花园，是甚么乡官人家的？"老和尚笑道："那里有这样大乡官？"燕白颔道："不是乡官，想是公侯人家？"老和尚又笑笑道："那里有这等大公侯？"燕白颔道："不是乡官，又不是公侯，却是甚等人家？"老和尚道："是朝廷的皇庄。你不见房上都是碧瓦，一带都是红墙？甚么公侯乡官，敢用此物？"燕白颔听了，着惊道："原来是皇庄！"又问道："既是皇庄，为何有人家内眷住在里面？"那老和尚道："相公，你年纪青，又是远方人，不知京师中风俗。这样事，是问不得的。他一个皇庄，甚人家内眷敢住在里面？"燕白颔道："我学生明明见来。"老和尚道："就有人住，不是国戚，定是皇亲。你问他做甚？幸而问着老僧，还不打紧，若是问着一个生事的人，便要拿鹅头、扎火囤，骗个不了哩！"

燕白颔听了，惊得吐舌，因谢道："多承老师指教，感激不尽。"老和尚说罢，拱拱手就别去了。燕白颔见老和尚说得利害，便不敢再问，遂一径走了回来。只因这一回去，有分教：酒落欢肠，典衣不惜；友逢知己，情话无休。不知果然就得回去么，且听下回分解。

第十五回

醉逼典衣忽访出山中宰相　高悬彩笔早惊动天上佳人

词曰：

  风流才子凌云笔，无梦也生花。挥毫当陛，目无天子，何有雏娃？ 岂期闺秀，雕龙绣虎，真若涂鸦。始知天锺灵异，蛾眉骏骨，不甚争差。

右调《青衫湿》

  话说燕白颔因访阁上美人姓名，忽遇老和尚，说出皇庄利害，因不敢再问，恐惹是非，遂忙忙走了回来，到了一个村镇市上，方才定了性，立住脚。他出门时，因瞒着平如衡，不曾吃得午饭，到此已是未申之时，肚中微微觉饥。忽见市稍一竿酒旗飘出，满心欢喜，竟走了进去，拣一副好座头坐下。

  此虽是一个村店，窗口种了许多花草，到还幽雅。燕白颔坐下，店主人随即问道："相公还是自饮，还是候朋友？"燕白颔道："自己饮，没有朋友。"店主人道："用甚么肴？"燕白颔道："不拘，有的只管拿来。酒须上好。"店主人看见他人物清秀，衣饰齐整，料是富贵人家，只拣上品肴馔[1]并美酒，搬了出来。

  燕白颔一面吃，一面想美人和诗之妙。因叫店主取笔砚默写出来，放在桌上，读一遍，饮一杯，十分有兴。因想道："昨日平子持还笑我所遇的美人徒有其美，却无真才，不如他遇的冷家女子，才美兼全，叫我无言回答。谁知我的美人，其才又过于其美。今日回去，可以扬眉吐气矣。"想罢，哈哈大笑，又满饮数杯。忽又想道："冷家女子题诗，是自家寄兴，却与子持无干；我那美人题诗，却是明明属和，非与我燕白颔有默默相关，焉肯为此？此又胜于子持多矣。"想罢，又哈哈大笑，又满饮数杯。又想道：

---

[1]肴馔：菜肴。

"但是他遇的美人，虽无踪迹，却有了姓名；我遇的美人，踪迹虽然不远，姓名却无处访问，将如之何？那和尚说，不是国戚，就是皇亲。我想这美人，若生于文臣之家，任是尊贵，斯文一脉，还好访求；若果是皇亲国戚，他倚着椒房[1]之贵，岂肯轻易便许文人？岂不又是遇而不遇了！"因叹一口气道："我那美人，你这一首诗岂不空做了？难道我燕白颔与美人对面无缘？"

燕白颔此时已是半酣，寻思无计，心下一苦，拿着一杯酒，欲饮不饮，忽不觉堕下几点泪来。店主人远远看见，暗笑道："这相公小小年纪，独自一个人，哈哈笑了这半晌，怎么这会子又哭起来，莫非是个呆子？"因上前问道："相公，小店的酒可是好么？"燕白颔道："好是好，也还不算上好。"店主人笑道："若不是上好，怎么连相公的眼泪都吃了出来？"燕白颔道："我自有心事堕泪，与酒何干？快烫热的来，我还要吃。"店主人笑应去了。

燕白颔又饮了几杯，又想道："就是皇亲国戚，他女儿若是想我，思量要嫁我，也不怕他父母不从。他若嫌我寒士，我明年就中个会元状元与他看，那时就不是寒士了，他难道还不肯？"想到快活处，又哈哈大笑起来，不觉又吃了数杯。

店主人见他有七八分醉意，因上前问道："相公尊寓不知在城外，还是城中？若是城中，日色已西，这里到城中还有七八里，也该行了。"燕白颔道："我寓在城中玉河桥，既是晚了，去罢。"遂立起身来，往外竟走。店主人慌忙拦住道："相公慢行，且算还了酒钱着。"燕白颔道："该多少？"店主人道："酒肴共该五钱。"燕白颔道："五钱不为多，只是我今日不曾带来。我赊去，明日叫家人送来还你罢。"说完，又要走。店主人见他只管要走，着了急，因说道："这又是笑话了！我又不认得相公是谁，怎好赊去？"燕白颔道："你若不赊，可跟我回去取了罢。"店主人道："回往一二十里，那有这些闲人跟你去！"燕白颔道："送来你又不肯，跟去取你又不肯，我又不曾带来，难道叫我变出来还你？"店主人道："相公若

---

[1] 椒房：汉代后妃宫室，用椒和泥涂壁，取其温暖有香气，含有多子之意，故名。亦用为后妃的代称。

不曾带来，可随便留下些当头，明日来取，何如？"燕白颔道："我随身只有穿的两件衣服，叫我留甚么作当？"店主人道："就是衣服，脱下来也罢了。"燕白颔已是七八分醉的人，听见说要脱衣服，一时大怒，因骂道："狗奴才，这等可恶！我赵相公的衣服，可是与你脱的？"一面说，一面竟往外走。店主人着了急，也大怒道："莫说你是赵相公，就是山阁老府中的人，来来往往，少了酒钱，也要脱衣服当哩。"

　　燕白颔听见说山阁老，因问道："那个山阁老？"店主人道："朝中能有几个山阁老？要问！"燕白颔道："闻得山显仁已告病回去了，为何有人在你这里往来？"店主人道："大风大雨回那里去？这闲事你且休管，请脱下衣服来要紧。一动粗，相公便没体面[1]了。"一只手扯住，死也不放。

　　燕白颔要动手打他，却又打他不倒。正没奈何，忽见平如衡带了两三个家人赶来。看见燕白颔被店主人扯住，因一齐拥进来道："在这里了！这是为何？"燕白颔看见众人来，方快活道："这奴才可恶！吃了他的酒，就要剥我的衣服。"众家人听了，便发作道："这等可恶！吃了多少酒钱，就要剥衣服？既开了店，也有两只眼看看人，我们相公的衣服，可是与你剥的？"说罢，兜脸一掌。

　　店主人看见不是势头，慌忙放了手道："小人怎敢剥相公的衣服，只说初次不相认，求留下些当头。"平如衡道："要留当头，也须好说，怎动手扯起来？"众家人俱动手要打，转是燕白颔拦住道："罢了，小人不要与他计较。可称还他五钱银子，我还有话问他。"众家人见主人分付，便不敢动手，因称了五钱银子与他。

　　店主人接了银子，千也赔罪，万也赔罪。燕白颔道："这都罢了。只问你：你方才说山阁老不曾回去，可是真么？"店主人道："怎么不真？"平如衡听了，忙插上问道："山阁老既不曾回去，如今在那里住？"店主人道："就住在前面灌木村。"平如衡道："离此还有多远？"店主人道："离此只有七八里远。"燕白颔道："都说他告病回去了，却原来还住在此间。"

　　平如衡因笑对燕白颔道："兄说也不说一声，竟自走了出来，使小弟那里不寻，恐兄落人圈套，故赶了来。不期兄到访出这个好消息。"燕白

―――――――――

[1] 体面：体统；身份。

颔笑道："这个算不得好消息，还有绝妙的好消息，不舍得对兄说。"平如衡道："有甚好消息？无非是阁上之人，有了踪迹下落。"燕白颔笑道："若止是踪迹下落，怎算得好消息？不是气兄说，我这个好消息，连美人心上的下落都打探出来了。"平如衡惊问道："这就奇了！何不明对小弟一说？"燕白颔笑道："若是对兄说了，兄若不妒杀，也要气杀。"

众家人见二人只管说话，因说道："天将晚了，须早早回去罢。"燕白颔还打帐同平如衡吃酒，平如衡道："路远，回去吃罢。"遂同了出来。

一路上，平如衡再三盘问，燕白颔笑道："料也瞒兄不得。"因将袖中抄写的诗递与平如衡道："小弟不消细说，兄只看此诗便知了。"平如衡接了一看，嘻嘻笑道："兄不要骗我，这诗是兄自做的。"燕白颔笑道："兄原来只晓的做诗，却不会看诗。你看这诗，吞吐有情，低徊不已。非出之慧心，谁能有此幽悄？非出之闺秀，谁能有此香艳？兄若认做小弟之笔，岂不失之千里！"平如衡道："小弟只是不信，难道美人中又生一个才子不成？"燕白颔道："兄若不信，明日同兄去看，此诗尚明明写在墙上。"平如衡道："他明明写在墙上和你，岂不虑人看见耻笑？"燕白颔道："美人慧心妙用，比兄更高。兄所虑者，美人已虑之早矣。他将小弟原唱涂去，单单只写他和诗在上：在小弟见了，自然知道是他和诗；他人见之，如何能晓？"

平如衡听了，又惊又喜道："兄这等说来，果是真了？我只道冷绛雪独擅千古之奇，如今却有对了。且问你：曾访着他姓名么？"燕白颔道："姓名却是难访。"平如衡道："为何难访？"燕白颔道："我曾问个老和尚，他说那座园是朝廷的皇庄，来往的都是皇亲国戚。谁敢去问？若问着无赖之人，便要拿鹅头、扎火囤哩。"平如衡道："这等说来，你的阁上美人，与我壁间女子，都是镜花水月，有影无形，只好当做一场春梦。我二人原为山小姐而来，既是山相公还在这里，莫若元去做本来的题目罢。"燕白颔道："山小姐原该去见，但只恐观于海者难为水，今既见了阁上美人，这等风流才美，那山小姐纵然有名，只怕又要减等了。"平如衡道："见了方知，此时亦难悬断。"

二人回到寓所，已是夜了。家人收拾夜宵，二人对酌。说来说去，不是平如衡夸奖冷绛雪，便是燕白颔卖弄阁上美人，直讲到没着落处，只得算计去访山小姐。正是：

　　　　鱼情思得水，蝶意只谋花。

　　　　况是才逢色，相思自不差。

　　燕白颔与平如衡算计要见山小姐不题。却说山小姐自见了阁下书生与园墙上题诗，心下十分想念。因母亲接了回家，遂来见冷绛雪说道："小妹今日侥幸，也似姐姐在闵子庙一般，恰遇见一个少年才子。"冷绛雪道："怎生相遇？"山小姐道："小妹看过父亲，偶到先春阁上去看梅，忽然推开窗子，只见下面梅花边立着一个少年，生得清秀可喜，见小妹在阁上，甚是留盼。不期被仆妇看见，将他恶狠狠赶了出去。"

　　冷绛雪道："少年人物聪俊者有之，但不知小姐何以知他是个才子？"山小姐道："那书生出去，小妹正然寻思，忽见福童一路嚷了进来，说道有人在园外题诗，写污了粉墙，叫人去难为他，被小妹喝住。因走出园门去看，见果然题了一首诗在墙上。小妹再三读之，真是阳春白雪，几令人齿颊生香。故知他是个才子。"冷绛雪道："那书生题的诗，且请小姐念与贱妾听。"山小姐遂将前诗念了一遍，道："姐姐，你道此诗如何？"

　　冷绛雪听了，连连称赞道："好诗，好诗！许多羡慕小姐，只淡淡借'梅花春色'致意，绝不露蝶蜂狂态，风流蕴藉，的系才人，怪不得小姐留意。且请问：此生落款，是何处人？姓甚名谁？"山小姐道："不知为何，竟不落款，并不知他姓名。"冷绛雪道："他既无姓名，小姐又回来了，岂不也是一番空遇？"山小姐道："小妹也是这等想，故和了他一首，也写在墙上，通他一个消息。但不知此生有情无情，还重来一见否？"冷绛雪道："有才之人，定然有情，那有不来重访之理？只是小姐处于相府深闺，他就来访，却也无益。"

　　山小姐道："小妹也是这等想。天下未尝无才，转不幸门第高了，寒门书生，任才高，怎敢来求？爹爹一个宰相，又不好轻易许人。你我深闺处女，又开口不得。到不如小家女子，贵贱求婚，却都无碍。"冷绛雪道："虽如此说，然空谷芳兰，终不如金谷牡丹，为人尊贵。"山小姐道："天下虚名，最误实事。小妹以微才遭逢圣主之眷，名震一时，宜乎关雎荇菜[1]，来君子之求，奈何期及摽梅[2]，人无吉士。就是前日天子所许的燕白颔、平如衡，想亦不虚，不知为何今日尚无消息。就是姐姐所传的《张子新编》，十分可诵，又未见其人，毕竟不知真假。就是小妹今日所遇的书生，其人其才，似乎无疑，然贵贱悬殊，他又无门可求，我又不能自售，至于对面而有千里之隔。岂非门第与虚名误事？"冷绛雪道："此事小姐不必着急。天下只怕不生才子，眼前既有了许多名士，自能物色；况以小姐赫赫才名，内中岂患无一成者？"山小姐道："婚姻事暗如漆，这也料他不定。"

冷绛雪道："以贱妾推之，《张子新编》诗虽佳，而杂以平子之咏，大都假多真少，其人即来，未必如小姐之意。这须阁起[3]。而阁下书生，人才纵然出众，但恐白面书生，又未必如太师之意。这个也须阁起。惟有这个燕白颔，既为学臣首荐，又为天子征召，岂有不来之理？若来，天子既许主婚，岂有不谐之理？则小姐婚姻，一定在此。"山小姐道："据姐姐推论，似乎有理。但未知这个燕白颔，可能如阁下书生。"冷绛雪道："学臣这番荐举，是奉旨搜求，与等闲不同。若非真才实美，倘天子见罪，将如之何？况与平如衡同荐——若果是闵庙题诗之人，此贱妾所知——平如衡且逊一筹，则燕生之为人，可想而知矣。岂有不如阁下书生之理？"

二人正论不了，忽一个侍妾拿了一本报来说道："老爷叫送与小姐看。"山小姐接在手中沉吟道："不知朝中有甚事故。"冷绛雪道："定是燕、平二生征召到京之事了。"山小姐道："或者是此。"因揭开一看，果是学臣王衮回奏："燕白颔、平如衡奉旨征召，不期未奉旨之先，已出境游学，不知何往。今已差人各处追寻，一到即促驾朝见。今恐迟钦命，先此奉闻。"奉圣旨："着该部行文各省抚按行查，倘在其境，火速令其驰驿进京朝见，勿得稽留！"

山小姐看完，默默无语。冷绛雪也沉吟了半晌，方才说道："我只

---

[1] 关雎荇菜：关雎，《诗·周南》篇名，诗中有"参差荇菜，左右流之"等句，全诗歌咏青年男女的爱情。
[2] 摽梅：指梅子成熟后落下，比喻女子已至结婚年龄。《诗·召南·摽有梅》："摽有梅，其实七兮；求我庶士，迨其吉兮。"
[3] 阁起：搁置。

道钦命征召，再无阻滞，平生是假是真，便可立辨。不料又有此变。"山小姐因叹息道："天下事甚是难料。姐姐方才还说小妹婚姻定在于此，今看此报，有定乎？无定乎？"冷绛雪也叹息道："这等看来，事真难料。"又想一想道："天子既着各省行查，二生自然要来，只恐迟速不定耳。"二人虽也勉强言笑，然心下有些不快，未免恹恹搅乱心曲。过了数日，山小姐竟生起病来。山显仁与罗夫人见了，十分着急，慌忙请太医调治。不题。

　　却说燕白颔，因阁上美人难访，无可奈何，终日只是痴痴思想，连饮食都减了，就是平如衡勉强邀他到那里看花饮酒，他只是恹恹没兴。平如衡见燕白颔如此，心下暗想道："除非是以山小姐之情打动他方可。"遂日日劝他去访问。燕白颔道："要去访亦何难？就是访着，料也不能胜于阁上美人；况他又倚着天子宠眷，公卿出身，见你我寒士，未必不装腔做势。见他有何益处？"平如衡道："你我跋涉山川，原为山小姐而来。如今到此，转生退悔，莫非忘了白燕之诗么？就是山小姐骄傲不如，也须一见，方才死心。"燕白颔道："兄既如此说，明日便同去一访。只是小弟意有所属，便觉无勇往之兴。"平如衡道："有兴没兴，必须一往。"燕白颔被逼不过，只得依允。

　　到次日起来，打点同去。平如衡道："我们此去，若说是会做诗，便惊天动地，使他防范。倘有不如，到惹他笑。莫若扮做两个寒士，只说闻名求诗，待他相见，看机会，出其不意做一两首惊动他，看是如何。"燕白颔道："这个使得。"二人都换了些旧巾旧服，穿戴起来；虽带了两个家人，都叫他远远跟随，不要贴身。一径出城。因记得店主人说山阁老住在灌木村，因此不问山阁老，只问灌木村。喜得一望山水幽秀，蹊径曲折，走来便不觉甚远。问到了村口，只见一个小庵儿，甚是幽雅。二人一来也要歇脚，二来就要问信，竟走了进去。

　　庵中一个和尚看见，慌忙迎接，道："二位相公何来？"燕白颔答道："我二人因春光明媚，偶尔寻芳到此，不觉足倦，欲借宝庵少憩片时。"和尚道："既是这等，请里面坐。"遂邀入佛堂，问讯坐下。一面叫小沙弥去煎茶，一面就问："二位相公尊姓？"燕白颔道："学生姓赵。"平如衡道："学生姓钱。"因问："老师大号？"和尚道："小僧贱号普惠。此处离城，约有十数余里。二位相公寻春直步到此，可谓高兴之极。"燕白颔道："不瞒老师说，我二人虽为寻春，却还要问一个人的消息，故远远而来。"普惠道："二位相公要访谁人消息？"燕白颔道："闻得说山显仁相公告病隐居于此，不知果然么？"普惠笑道："我只说相公要访甚么隐人消息，若是山老爷，一个当朝宰相，谁人不知，何须要问？就在这前面大庄上居住。山老爷最爱小庵幽静，时常来闲坐，一日到有半日在此。"平如衡道："这两日曾来么？"普惠道："这两日为他小姐有恙，请医调治，心下不快，不曾来得。"燕白颔道："可知他小姐有甚贵恙？"普惠道："这到不晓得。"

说罢，小沙弥送上茶来。大家吃了，普惠问道："二位相公访山老爷，想是年家故旧，要去拜见了？"平如衡道："我们与他也不是年家，也不是故旧。因闻得他小姐才高，为天子宠贵，不知是真是假，要来试他一试。不期来得不巧，正遇着他病，料想不出来见人，我们去也无益。"普惠道："据相公说，是来的不巧，遇他不着；依小僧看来，因他有病遇不着，正是二位相公的凑巧。"燕白颔笑道："遇不着，为何到是凑巧？"普惠道："遇不着，省了多少气苦，岂不是凑巧？"燕白颔道："就是遇着他，难道有甚么气苦不成。"普惠道："相公不是本地人，不知那山小姐的行事。"平如衡道："我们远方人，实不知道，万望老师指教。"

普惠道："这山小姐，今年十六岁，生得美貌，不消说得；才学高美，也不消说得；只是他的生性骄傲，投得他的机来，百般和气，投不着他的机来，便万般做作。你若是有些才学，看得上眼，或是求他诗文，他还正正经经替你做一两篇；你若是肚中无物，人物粗俗，任是尚书阁老的子孙，金珠玉帛厚礼送他，他俱不放在他心上。你若生得长，他就信笔做一首长诗讥诮你；你若生得矮，他就信笔做一首矮诗讥诮你：不怕你羞杀气杀。这样的恶相知，定要去见他做甚！小僧故此说个不遇他省了许多气苦。"燕白颔道："无才村汉自来取辱，却也怪他不得。只是人去见他，他肯轻易出来相见么？"普惠道："他怕那个，怎么不见？他虽是个百媚女子，却以才子自待，任是何人，他都相见。相见时正色谈论，绝不作一毫羞涩之态；你若一语近于戏谑，他有圣上赐的金如意，就叫人劈头打来，打死勿论。故见他的皆兢兢业业，不敢一毫放肆，听他长长短短，将人取笑作乐。"平如衡道："他取笑，也只好取笑下等之人；

若是缙绅文人，焉敢轻薄？"

　　普惠道："这个他到也不管。二位相公莫疑我小僧说谎，我说一桩有据的实事与你听：前日都察院邬都堂的公子，以恩荫选了儒学正堂，备了一分厚礼，又央了几封书与山老爷，要面求山小姐题一首诗，写作一幅字当画挂。二位相公，你道这山小姐恶也不恶！这日邬公子当面来求时，他问了几句话儿，见邬公子答不来，又见邬公子人物生得丑陋，山小姐竟信笔写了一首诗讥诮他，把一个邬公子几乎气死。你想那邬公子虽是无才，却也是一个都堂之子，受不得这般恶气，未免也当面抢白了几句。山小姐道他戏言相调，就叫人将玉尺楼门关了，取出金如意要打死他。亏山老爷怕邬都堂面上不好看，悄悄分付家人，将邬公子放走了。到次日，山小姐还上了一疏，道邬公子擅入玉尺楼，狂言调戏，无儒家气象。圣上大怒，要加重处。亏了邬都堂内里有人调停，还奉旨道邬都堂教子不严，罚俸三月；邬公子无师儒之望，改了一个主簿。二位相公，你道这山小姐可是轻易惹得的？小僧故说个遇他也好，不遇他也好。"

　　燕白颔道："山小姐做了甚么诗讥诮他，这等动气？"普惠道："这首诗传出来，那个看了不笑！小僧还抄有稿儿在此，我一发取出来与二位相公看看，以发一笑。"燕白颔道："绝妙，绝妙！愿求一观。"普惠果然入内，取了出来，递与二人道："请看。"二人展开一看，只见上写着：

　　　　家世徒然列缙绅，诗书相对不相亲。

　　　　实无点点胸中墨，空戴方方头上巾。

　　　　仿佛魁星真是鬼，分明傀儡却称人。

　　　　若教混作儒坑去，千古奇冤那得伸。

　　燕、平二人看完，不禁拍掌大笑道："果然戏谑得妙！这等看起来，这邬公子吃了大苦了。"普惠道："自从邬公子吃了苦，如今求诗求文的都怕来惹事，没甚要紧，也不敢来了。二位相公还是去也不去？"燕白颔笑道："山小姐这等放肆取笑于人者，只是未遇着一个真正才子耳。待我们明日去，也取笑他一场，与老师看。"普惠摇头道："二位相公虽自然是高才，若说要取笑山小姐，这个却未必。"平如衡道："老师怎见得却未必？"普惠道："我闻得山老爷在朝时，圣上曾命许多翰林官与他较才，也都比他不过。内中有一个宋相公，叫做宋信，说他是天下第一个会做诗的才子，也考山小姐不过。皇帝大怒，将他拿在午门外，打了四十御棍，递解回去。此事喧传长安，人人皆知。二位相公说要取笑他一场，故小僧斗胆说个未必。"

燕白颔听了，笑对平如衡道："原来宋信出了这一场丑！前日却瞒了，并不说起。"平如衡道："他自己出丑，如何肯说？"因对普惠说道："老师宝庵与山小姐相近，只知山小姐之才高，怎知道山小姐不过一闺中女子学涂鸦耳，往往轻薄于人者，皆世无英雄耳。若遇了真正才子，自然要以脂粉乞怜也。此时也难与老师说，待我们明日与他一试，老师自知。"普惠心下暗笑其狂，口中却不好说出，只得含糊答应道："原来二位相公又有这等高才，可喜可敬！"又泡了一壶好茶来吃。

燕白颔一面吃茶，一面见经座上有现成笔墨，遂取了，在旁边壁上题诗一首，道："山小姐，山小姐，不知你的病几时方好，且留为后日之验。"平如衡候燕白颔题完，也接笔续题一首在后，道："山小姐，山小姐，你若见了此二诗，只怕旧病好了，新病又要害起。"二人搁笔，相顾大笑，遂别普惠出来道："多扰了。迟三五日再得相会。"普惠道："多慢二位相公，过数日再奉候。"遂送出门而去。只因这一别，有分教：才子称佣，夫人学婢。不知后事如何，且听下回分解。

第十六回

才情思占胜巧扮青衣　笔墨已输心忸怩白面

词曰：

> 试才无计，转以夫人学婢。灶下挥毫，泥中染翰，夺尽英雄之气。　明锋争利，芥针投，暗暗输心服意。始信真才，举止风流，行藏游戏。
>
> 右调《柳梢青》

话说普惠和尚送了燕、平二人出门，自家回入庵内，看着壁上笑道："这两个小书呆，人物到生得俊秀，怎生这等狂妄！他指望要取笑山小姐，若他说些大话，躲了不来，还是乖的；倘真个再来，纵不受累，也要出一场大丑。"

正想说不完，忽山显仁带领两个童子，闲步入来，看见普惠对着壁上自言自语，因问道："普惠，你看甚么？"普惠忽回头看见道："原来是山老爷。老爷连日不来，闻说是小姐有甚贵恙。如今想是安了？"山显仁道："正是。这两日因小姐有病，故未曾来。今日喜得好了些，我见天色好，故闲步到此。你却自对影壁说些甚么？"普惠道："这事说来也当得一个笑话。"山显仁道："何事？"普惠道："方才不知那里走了两个少年书生来借坐歇脚，一个姓赵，一个姓钱。小僧问道何事到此，他说要访老爷。小僧问他要访老爷做甚，他说闻知山小姐有才，特来要与他一试。小僧回说小姐有恙，因怜他是别处人，年纪小，人物清俊，就将小姐的事迹与他说了，劝他回去，不要来此惹祸出丑。他不知好歹，反说要来出小姐之丑。临去又题了两首诗在壁上，说过三五日还要来见小姐，比较才学。岂不是一个笑话？"山显仁道："这壁上想就是他题的诗了？"普惠道："正是他题的，不知说些甚么？"

山显仁因走近前一看，只见第一首写的是：

> 千古斯文星日垂，岂容私付与蛾眉。

> 青莲未遇相如远，脂粉无端污墨池。

云间赵纵有感题。

第二首写的是：

> 谁家小女发垂垂，窃取天颜展画眉。
>
> 试看斯文今有主，也须还我凤凰池。

洛阳钱横和韵题。

山显仁看了一遍又看一遍，心下又惊又喜，因对普惠说道："此二生出语虽然狂妄，诗思却甚清新。二生不知有多大年纪了？"普惠道："两个人都不满二十岁。"山显仁道："他既要来与小姐较才，为何就回去了？"普惠道："是小僧说小姐有贵恙，未必见人，他故此回去。他说迟两日还要来哩。"山显仁道："他若再来，你须领来见我。"普惠道："二生说话太狂，领来见老爷，老爷量大，还恕得他起；若见小姐，小姐性子高傲，见二生狂妄，未免又要惹出事来。"山显仁道："有我在，这个不妨。"又坐了一歇，山显仁因要与女儿商量，遂抄了二诗，起身回去。

此时，山黛因思想阁下书生，恹恹成病，又见父母忧愁，勉强挣起身来，说道好些，其实寸心中千思百虑，不能消释。此时冷绛雪正在房中宽慰他，忽山显仁走来问道："我儿，这一会心下宽爽些么？"山小姐应道："略觉宽些。"山显仁道："你心下若是宽些，我有一件奇事，与你商量。"山小姐道："有甚奇事，父亲但说不妨。"山显仁道："我方才在接引庵闲步，普惠和尚对我说，有两个少年书生，要来与你较才，口出大言，十分不逊。"山小姐道："为何不来？"山显仁道："因闻知你有病，料不见人，故此回去了。临去，题了两首诗在接引庵壁上，甚是狂妄。我抄了在此，你可一看。"

山小姐接了，与冷绛雪同看。看了一遍，二人彼此相视。冷绛雪说道："二生才虽可观，然语句太傲。何一狂至此？"山小姐道："有才人往往气骄，这也怪他不得。只是他既要来夺凤凰池，没个轻易还他之理。须要奚落[1]他一场，使他抱头鼠窜而去，方知小妹不是窃取天颜，以为声价。"冷绛雪道："这也不难。等他来时，他是二人，贱妾与小姐也是两个，就

---

[1]奚落：用尖刻的话数说别人的短处，使人难堪；讥讽嘲笑。

是真才实学，各分一垒，明明与他旗鼓相当，料也不致输与他。"山小姐又想一想道："我与你若明明与他较才，莫说输与他，就是胜他，也算不得奚落，不足为耻。"

山显仁笑道："我看此生，才情精劲，你二人也不可小视。若与他对试，不损名足矣，怎么还思量要取辱他？"冷绛雪道："这样狂生，若不取辱他一场，使他心服，他未免要在人前卖嘴。只是除了与他明试，再无别法。"山小姐笑道："孩儿到有一法在此。输与他不致损名，胜了他使他受辱。"山显仁道："我儿再有甚法？"山小姐道："待他二人来时，爹爹只说一处考恐怕有代作传递之弊，可分他于东西两花园坐下。待孩儿与冷家姐姐假扮作青衣侍儿，只说小姐前次曾被无才之人缠扰，徒费神思，今又新病初起，不耐烦剧，着我侍妾出来，先考一考。若果有些真才，将我侍儿压倒，然后好请到玉尺楼，优礼相见；倘或无才，连我辈不如，便好请回，免得当面受辱。若是胜他，明日传出去，只说连侍儿也考不过，岂非大辱？就是输与他，不过侍妾，尚好遮饰，或者不致损名。"

山显仁听了大喜道："此法甚妙！"冷绛雪也欢喜道："小姐妙算，真无遗漏矣。这两个狂生如何晓得！"大家算计停当，山显仁又叫人去与普惠说："若题诗书生来，可领他来见。"一面打点等候。不题。

却说燕白颔与平如衡辞了普惠回来，一路上商量。燕白颔道："我们此来，虽说考才，实为婚姻，怎么一时就忘记了？今做此二诗，将他轻薄，少不得要传到山相公与山小姐面前。他见了，岂有不怒之理？就是度量大，不怀恨于我，这婚姻事断断无望了。"平如衡道："做已做了，悔也无益；况婚姻自有定数，强他不得。或者有才女子的心眼与世人不同，见纨袴乞怜，愈加鄙薄，今见了你我有气骨才人，转垂青起敬，也不可知，愁他怎么！且回去与你痛饮快谈以养气，迟两日好与他对垒。"燕白颔笑道："也说得有理。"二人遂欢欢喜喜，同走了回去。

过了三五日，心上放不下，因天气晴明，又收拾了，一径出城，依旧走到接引庵来。普惠看见，笑嘻嘻迎着说道："二位相公，今日来的早，像是真个要与山小姐考试诗文的了？"燕白颔因问道："山小姐病好了么？"普惠道："虽未全愈，想是起得来了。"平如衡道："既是起得来，我们去寻他考一考不妨。"就要起身去。普惠留住道："此时太早，山小姐只怕尚未睡起。且请少坐，奉过茶，收拾素斋用了，待小僧送去。"燕白颔道："斋到不消，领一杯茶罢。得老师一送更感。"普惠果然邀入去，吃了些茶，坐了半晌，将近日午，方才同去。

到了山相公庄门，普惠是熟的，只说得一声，就有人进去通报。不多时，就有人出来说道："请师父与二位相公厅上坐。"三人遂同到厅中坐下。又坐了半晌，山显仁方葛巾野服，走了出来。燕白颔与平如衡忙上前施礼，礼毕，就以师生礼叙坐。普惠恐怕不便，就辞去了。

山显仁一面叫人送茶，一面就开口问道："那一位是赵兄？"燕白颔打一恭道："晚生赵纵。"山显仁因看着平如衡道："此位想是钱兄了？"平如衡也打一恭道："不敢。晚生正是钱横。"山显仁道："前在接引庵见二兄壁上之作，清新俊逸，真可谓相如再世，太白重生。"燕白颔与平如衡同打一恭道："书生寒贱，不能上达紫阁黄扉，故妄言耸听，以为进身之阶。今既蒙援引，狂瞽之罪，尚望老太师宽宥。"山显仁道："文人笔墨游戏，上天下地，无所不可，何罪之有。只是小女闺娃识字，亦无心僭据斯文，实因时无英雄，偶蒙圣恩假借耳。今既有二兄青年高才，焕奎壁之光，润文明之色，凤凰池礼宜奉还，焉敢再以脂粉相污。"燕白颔道："脂粉之言，亦愧男子无人耳。词虽不无过激，而意实欣慕。乞老太师原亮[1]。"平如衡道："凤池亦不望尽还，但容我辈作鸥鹭游翔其中足矣。"

山显仁道："这都罢了。只是二兄今日垂顾，意欲何为？"燕白颔道："晚生二人，俱系远方寒士，虽日事椠铅，实出孤陋，每有所作，往往不知高下。因闻令爱小姐，著作悬于国门，芳名播于天下，兼有玉尺量才之任，故同造楼下，愿竭微才，求小姐玉尺一量。孰短孰长，庶几可定二人之优劣。"山显仁道："二兄大才，到就教小女，可谓以管窥天，以蠡测海。然既辱赐顾，怎好固辞？但考之一途，必须严肃，方别真才。"燕白颔道："晚生二人，短长之学尽在胸中，此外别无一物，听凭老太师如何赐考。"平如衡道："老太师若要搜检，亦不妨。"山显仁笑道："搜检也不必。但二兄分做两处，省了许多顾盼问答，也好。"燕白颔与平如衡同应道："这个听凭。"

---

[1] 原亮：原谅。

山显仁就分付两个家人道："可送赵相公到东花园亭子上坐。"又分付两个家人道："可送钱相公到西花园亭子上坐。"又对燕白颔与平如衡道："老夫不便奉陪，候考过，再领教佳章。"说罢，四个家人遂请二人同入穿堂之后，分路往东西花园而去。正是：

> 东西诸葛八门阵，左右韩侯九里山。
> 莫料闺中小儿女，寸心偏有百机关。

两个家人将平如衡送到西花园亭子上去坐，且不题。且说燕白颔，随着两个家人，竟到东边花园里来。到了亭子上一看，只见鸟啼画阁，花压雕栏，十分富丽。再看亭子中，早已东西对面摆下两张书案，文房四宝端端正正俱在上面。燕白颔心下想道："闻他有个玉尺楼，是奉旨考才之地。怎么不到那里，却在此处？"又想道："想是要分考，楼中一处不便，故在此间。"正沉吟不了，忽见三五侍妾，簇拥着一个青衣女子而来。燕白颔远远望去，宛如仙子，欲认作小姐，却又是侍儿打扮；欲认作侍儿，却又秀媚异常。心下惊疑未定，早已走至面前。燕白颔慌忙出位施礼，那青衣女子略福了一福，便与燕白颔分东西对面坐下。

燕白颔不知是谁，又不好轻问，只得低头偷看。到是青衣女子先开口说道："赵先生不必惊疑。妾非小姐，乃小姐位下掌书记[1]的侍妾，奉小姐之命，特来请教先生。"燕白颔道："原来是一位掌书记的才人。请问：小姐为何不自出，而又劳玉趾？"青衣女子道："前日也是几位贵客，要见小姐试才，小姐勉强应酬，却又一字不通，徒费许多口舌。今辱先生降临，大才固自不同。然小姐私心过虑，恐蹈前辙，今又养病玉尺楼，不耐烦剧，故遣妾先来领教。如果系真才，贱妾辈望风不敢当，便当扫径焚香，延入楼中，以定当今天下斯文之案；倘只寻常，便请回驾，也免一番多事。"

燕白颔听了，心下暗怒道："这小丫头，这等作怪！怎自不出来，却叫一个侍妾辱我？这明明高抬声价！我若不与他考，他便道我无才害怕；若与他对考，我一个文士，怎与一个侍妾同考？"又偷眼将那侍妾一看，只见满面容光，飞舞不定，恍与阁上美人不相上下。心中又想道："山小姐虽说才高，颜色或者转不及此。——莫管他侍妾不侍妾，如此美人，

***

[1] 书记：旧时称办理文书及缮写工作的人员。

便同拈笔砚，也是侥幸；况侍妾之才，料也有限，只消一首诗，打发他回去，便可与小姐相见。"心下主意定了，因说道："既是这等，考也无妨。只是如何考起？"青衣女子道："听凭先生起韵，贱妾奉和。"燕白颔笑一笑道："既蒙尊命，学生僭了。"遂磨墨舒纸，信笔题诗一首道：

　　只画娥眉便可怜，涂鸦识字岂能传？

　　须知才子凌云气，吐出蓬莱五色莲。

燕白颔写完，早有侍妾取过去，与青衣女子看。那女子看了，微笑一笑道："诗虽好，只是太自誉了些。"因拈起笔来，全不思索，就和了一首，叫侍儿送了过来。燕白颔展开一看，只见上写着：

　　一时才调一时怜，千古文章千古传。

　　漫道文章男子事，而今已属女青莲。

燕白颔看了，不觉吐舌道："好美才，好美才，怎这等敏捷！"因立起身来，从新深深作一个揖道："我学生失敬了。"那青衣女子也起身还礼道："先生请尊重。俚句应酬，何足垂誉！请问先生，还有佳作赐教么？"燕白颔道："既蒙不鄙，还要献丑，以将鄙怀。"因又题诗一首道：

　　篥下风光天下怜，心中情事眼中传。

　　河洲若许操舟往，愿剖华峰十丈莲。

燕白颔写完，侍妾又取去与青衣女子看。那女子看了，又笑一笑道："先生何交浅而言深！"因又和了一首，叫侍儿仍送到燕白颔面前。燕白颔再展开一看，只见上写着：

　　思云想月总虚怜，天上人间信怎传？

　　欲为玄霜求玉杵，须从御座撤金莲。

燕白颔看了，不胜大异道："芳姝如此仙才，自是金屋婷婷，怎么沉埋于朱门记室？吾所不解。"那青衣女子道："先生既以才人自负，要来与小姐争衡，理宜千言不屈，万言不休。怎见了贱妾两首微词，便大惊小怪？何江淹才尽之易，而子建七步之外无余地也！"燕白颔道："美人见哂固当。但学生来见小姐之意，原为景仰小姐之才，非慕富贵高名者也。今见捉刀英雄不识，必欲钦魏公雅望，此无目者也。学生虽微才，不足比数，然沉酣时艺，亦已深矣，未闻泰山之上更有泰山，沧海之余复有沧海。才美至于记室，亦才美中之泰山沧海矣，岂更有过者？乃即所传小姐才美高名，或亦记室才美高之也。"因又题诗一首道：

非是才穷甘乞怜，美人词调果堪传。

既能根底成佳藕，何不枝头常见莲？

燕白颔写完，又有侍妾取去。那青衣女子看了又看，因说道："先生佳作，末语寓意微婉，用情深切，苏东坡、太白一流人。自须尊重，不要差了念头。"因又和了一首，叫侍儿送过来。燕白颔接在手中一看，只见上写道：

春光到眼便生怜，那得东风日夜传。

一朵桃花一朵杏，须知不是并头莲。

燕白颔看了，默然半晌，忽叹息道："天只生人情便了，情长情短有谁怜？"那女子隐隐听见，因问道："此先生所吟么？"燕白颔道："非吟也，偶有所思耳。"那女子又不好问，只说道："妾奉小姐之命请教，不知还有甚么见教么？"燕白颔道："记室之美，已侥幸睹矣；记室之才，已安奉教矣；记室之严，亦已闻命矣。再以浮词相请，未免获罪。"青衣女子道："先生既无所命，贱妾告辞。敢再申一言，以代小姐之请。"因又拈笔抒纸，题诗一首，叫侍儿送与燕白颔。因立起身道："先生请慢看。贱妾要复小姐之命，不敢久留矣。"遂带了侍妾，一哄而去。

燕白颔看了，恍然如有所失。呆了半晌，再将那诗一看，只见又写着：

才为人瑞要人怜，莫诋花枝倩蝶传。

脂粉虽然污颜色，何曾污及墨池莲？

燕白颔看完，因连声叹息道："天地既以山川秀气尽付美人，却又生我辈男子何用？我前日题庵壁诗，说'脂粉无端污墨池'，他今日毕竟题诗表白。我想他慧心之灵，文章之利，针针相对，绝不放半分之空，真足使人爱杀！"又想道："小姐既有病，不肯轻易见我，决没个又见老平之理。难道又有一个记室如方才美人的，与他对考？若遇着一个无才的记室，便是他的造化。"只管坐在亭上，痴痴呆想。早有引他进来的两个家人说道："相公坐在此没甚事了，请出去罢。只怕老爷还在厅上候着哩。"燕白颔听见说老爷还在厅上候，心下呆了一呆道："进来时何等兴头，连小姐还思量压倒；如今一个侍妾记室，也奈何他不得，有甚脸嘴出去见人？"只管沉吟不走。当不得两个家人催促，只得随他出来，正是：

眼阔眉扬满面春，头垂肩軃便无神。

只思漫索花枝笑，不料花枝反笑人。

按下燕白颔随着两个家人出来不题。且说平如衡，随着两个家人到西花园来，将到亭子边，早望见亭子上许多侍妾，围绕着一个十五六岁女子，花枝般的，据了一张书案，坐在里面。平如衡只认做小姐，因闻得普惠和尚说他为人厉害，便不敢十分仰视，因低着头走进亭子中，朝着那女子深深一揖，道："学生钱横，洛阳人氏，久闻小姐芳名，如春雷满耳，今幸有缘，得拜谒庭下，愿竭菲才，求小姐赐教。"一面说，一面只管低头作揖不起。那女子含笑道："钱先生请尊重，贱妾不是小姐。"

平如衡听见说不是小姐，忙抬头起来一看，只见那女子生得花嫣柳媚，犹如仙子一般，暗想道："这样标致，那有不是小姐之理？只是穿着青衣，打扮如侍儿模样……"因问道："你既不是小姐，却是何人？"那女子启朱唇，开玉齿，娇滴滴应道："贱妾不是小姐，乃小姐掌书记的侍妾。"平如衡道："你既是侍妾，为何假作小姐，取笑于我？"那女子道："贱妾何曾假作小姐，取笑先生？先生误认作小姐，自取笑耳。"平如衡道："这也罢了。只是小姐为何不出来？"那女子道："小姐虽一女子，然体位尊严。就是天子征召，三次也只有一次入朝；王侯公卿到门求见，也须三番五次，方得一接。先生今日才来，怎么这等性急，就思量要见小姐？就是贱妾出来相接，也是我家太师爷好意，爱先生青年有才，与小姐说了，故有是命。"

平如衡听了许多说话，满腔盛气先挫了一半，因说道："不是学生性急，只是既蒙太师好意，小姐许考，小姐若不出来，却与谁人比试？"那女子道："贱妾出来相接者，正欲代小姐之劳耳。"平如衡笑道："比试是要做诗做文，你一个书记侍妾，如何代得？"那女子道："先生请试一试看。"平如衡道："不必试，还是请小姐出来为妙。"那女子道："小姐掌书记的侍妾，有上、中、下三等，十二人，列成次第。贱妾下等，考不过，然后中等出来；中等考不过，然后上等出来；上等再考不过，那时方请先生到玉尺楼，与小姐相见。此时要见小姐，还尚早。"平如衡听了道："原不有许多琐碎。这也不难，只费我多做两首诗耳。——也罢，就先与你考一考。"那女子将手一举道："既要考，请坐了。"

平如衡回头一看，只见东半边也设下一张书案坐席，纸墨笔砚俱全，因走去坐下，取笔在手，说道："我已晓得你小姐不出来的意思了，无非是藏拙！"遂信笔题诗一首道：

> 名可虚兮才怎虚，深闺深处好藏珠。
>
> 若教并立词坛上，除却娥眉恐不如。

平如衡题完，自读了一遍，因叫众侍儿道："可取了去看。若是读不出，待我读与你听。"侍儿果取了递与那女子。那女子看了一遍，也不做一声，只拈起笔来，轻轻一扫，早已和完一首，命侍儿送来。

平如衡正低头沉想自己诗中之妙，忽抬头见诗送到面前，还只认作是他的原诗，看不出又送了来，因笑说道："我就说你未必读得出！拿来，待我读与你听。"及展开看时，却是那女子的和韵，早吃一惊道："怎么到和完了？大奇，大奇！"因细细读去，只见上写道：

> 心要虚兮腹莫虚，探珠岂易探骊珠。
>
> 漫思王母瑶池奏，一曲双成如不如？

平如衡看完，满心欢喜，喜到极处，竟忘了情，因拍案大叫道："奇才，奇才，我平如衡今日方遇一劲敌矣！"

那女子听见，因惊问道："闻先生尊姓钱，为何又称平如衡，莫非有两姓么？"平如衡见问，方知失言，因胡赖道："那个说平如衡？我说的是钱横。想是你错了。"那女子道："错听也罢。只是贱妾下等书记，怎敢称个劲敌？"平如衡道："你不要哄我，你不是下等。待我与你讲和罢。——再请教一首。"因又磨墨濡毫，题诗一首道：

> 千秋白雪调非虚，万斛倾来字字珠。
>
> 红让桃花青让柳，平分春色意何如？

平如衡题完，双手捧了，叫侍儿送去，道："请教，请教。"那女子接了一看，但微微含笑，也不做一声，只提起笔来和韵相答。平如衡远远看见那女子挥洒如飞，便连声称赞道："罢了，罢了！女子中有如此敏才，吾辈男子要羞死矣！"说不了，诗已写完。送到面前，因朗朗读道：

> 才情无假学无虚，鱼目何尝敢混珠。
>
> 色到娥眉终不让，居才谁是蔺相如？

平如衡读完，因叹一口气道："我钱横来意，原欲求小姐，以争才子之高名。不料遇着一个书记，尚不肯少逊，何况小姐？前日在接引庵壁上题诗，甚是狂妄。今日当谢过矣。"因又拈笔题诗一首道：

一片深心恨不虚，一双明眼愧无珠。

玄黄妄想裳公子，笑杀青衣也不如。

平如衡题完，侍儿取了与那女子看。那女子看完，方笑说道："先生何前倨而后恭！"因又和诗一首道：

人情有实岂无虚，游戏风流盘走珠。

到底文章同一脉，有谁不及有谁如？

那女子写完，命侍儿送了过来。平如衡接在手中，细读一遍，因说道："古人高才，还须七步；今才人落笔便成，又胜古人多矣！我钱横虽承开慰，独不愧于心乎？"遂立起身来辞谢道："烦致谢小姐，请归读十年，再来领教。"因欲走出。那女子道："先生既要行，贱妾还有一言奉赠。"遂又题诗一首，送与平如衡。平如衡已走出亭外，接来一看，只见上写着：

论才须是此心虚，莫认鲛人便有珠。

旧日凤凰池固在，而今已属女相如。

平如衡读完，知是讥诮他前日题壁之妄，便也不答，竟笼在袖中，闷闷的走了出来。刚走到穿堂背后分路的所在，只见燕白颔也从东边走了出来。二人撞见，彼此颜色有异，皆吃了一惊。只因这一惊，有分教：英雄气短，儿女情长。不知后事如何，且听下回分解。

第十七回

他考我求他家人代笔　自说谎先自口里招诬

词曰：

螳螂不量，虾蟆妄想，往往自寻仇。便不伤身，纵能脱祸，也惹一场羞。　佳人性慧心肠巧，惯下倒须钩[1]。吞之不入，吐之不出，不怕不低头。

右调《少年游》

话说平如衡考不过侍妾，走了出来。刚走到穿堂背后分路口，撞见燕白颔也走了出来。二人遇见，彼此惊讶。先是燕白颔问道："你考得如何？"平如衡连连摇头道："今日出丑了。"燕白颔又问道："曾见小姐么？"平如衡道："若见小姐，就考不过，还不算出丑。不料小姐自不出来，却叫一个掌书记的侍妾与我同考。那女子虽说是个侍妾，我看他举止端庄，颜色秀媚，比贵家小姐更胜十分。这且勿论，只说那才情敏捷，落笔便成，何须倚马。小弟刚做得一首，他想也不想，信笔就和一首。小弟又做一首，他又信笔和一首。小弟一连做了三首，他略不少停，也一连和了三首。内中情词，针锋相对，不差一线，到叫小弟不敢再做。我想一个侍妾，不能讨他半点便宜，岂非出丑？吾兄所遇，定不如此，或者为小弟争气。"燕白颔把眉一蹙道："不消说起，与兄一样，也是一个书记侍妾。小弟也做了三首，他也和了三首，弄得小弟没法。他见小弟没法，竟笑了进去。临去，还题诗一首，讥诮于我。我想他家侍妾尚然如此高才可爱，那小姐又不知妙到甚么田地，就是小弟所醉心的阁上美人，也不过相为伯仲。小弟所以垂首丧气。不期吾兄也遇劲敌，讨了没趣。"平如衡道："前边的没趣已过去了，但是出去还要见山相公，倘若问起，何言答之？只怕后面的没趣，更觉难当。"燕白颔道："事既到此，就是难当，也只得当

---

[1] 倒须钩：钩上有旁出的尖锋，方向与钩尖相反，扎进后不易挣脱。

一当。"跟的家人又催,二人立不住脚,只得走了出来。

到了厅上,幸喜得山相公进去,还不曾出来。家人说道:"二位相公请少坐,待我进去禀知老爷。"燕白颔见山相公不在厅上,巴不得要脱身,因说道:"我们自去,不消禀了。"家人道:"不禀老爷,相公去了,恐怕老爷见罪。"平如衡道:"我们又不是来拜你老爷的,无非是要与小姐试才,今已试过,试的诗又都留在里面,好与歹,听凭你老爷小姐慢慢去看,留我们见老爷做甚?"家人道:"二位相公既不要见老爷,小的们怎好强留。但只是二位相公尊寓在何处,也须说下,恐怕内里看得诗好,要来相请,也不可知。"平如衡道:"这也说得有理。我二人同寓在……"正要说出玉河桥来,燕白颔慌忙插说道:"同寓在泡子河吕公堂里。"说罢,二人竟往外走。走离了三五十步,燕白颔埋怨平如衡道:"兄好不知机!你看今日这个局面,怎还要对他说出真下处来?"平如衡道:"正是,小弟差了。幸得还未曾说明,亏兄接得好。"

不多时,走到庵前,只见普惠和尚迎着问道:"二位相公怎就出来,莫非不曾见小姐考试么?"燕白颔道:"小姐虽不曾见,考却考过了。"普惠笑道:"相公又来取笑了!小姐若不曾见,谁与相公对考?"平如衡道:"老师不消细问,少不得要知道的。"普惠道:"且请里面吃茶。"

二人随了进去,走到佛堂,只见前日题的诗明晃晃写在壁上。二人再自读一遍,觉道词语太狂,因索笔各又续一首于后。燕白颔的道:

> 青眼从来不浪垂,而今始信有娥眉。
>
> 再看脂粉为何物,笔竹千竿墨一池。

平如衡也接过笔来续一首道:

> 芳香满耳大名垂,双画千秋才子眉。
>
> 人世凤池何足羡,白云西去是瑶池。

普惠在旁看见,因问道:"相公诗中是何意味?小僧全然不识。"燕白颔笑道:"月色溶溶,花阴寂寂,岂容法聪[1]知道?"平如衡又笑道:"他是普惠,又不是普救,怎说这话?"遂相与大笑,别了普惠出来,一径回去。不题。

---

[1] 法聪:元代杂剧《西厢记》中人物。故事发生在普救寺,写张生和崔莺莺恋爱故事。法聪,普救寺僧人。

　　却说山小姐考完，走回后厅，恰好冷绛雪也考完进来。山小姐先问道："那生才学如何？姐姐考得如何？"冷绛雪道："那生是个真正才子。若非贱妾，几乎被他压倒。"因将原韵三首，与自己和韵四首，都递与山小姐，道："小姐请看便知。"山小姐细细看了，喜动眉宇，因说道："小妹自遭逢圣主垂青，得以诗文遍阅天下才人，于兹五六年，也不为少。若不是庸腐之才，就也是疏狂之笔，却从不曾遇此二生，诗才十分俊爽如此。真一时之俊杰也！"冷绛雪道："这等说来，小姐与考的钱生，想也是个才子了？"山小姐道："才子不必说，还不是寻常才子。落笔如飞，几令小妹应酬不来。"也将原唱三首并和诗四首，递与冷绛雪道："姐姐请看过。小妹还有一桩可疑之事，与姐姐说。"

　　冷绛雪看了，赞叹不绝口道："这赵、钱二生，才美真不相上下。不是夸口说，除了小姐与贱妾，却也无人敌得他来。且请问小姐，又有甚可疑之事？"山小姐道："那生见了小妹'一曲双成如不如'之句，忽然忘了情，拍案大叫道：'我平如衡今日遇一劲敌矣！'小妹听见，就问他：'先生姓钱，为何说平如衡？'他着惊，忙忙遮饰。不知为何？莫非此生就是平如衡？不然天下那有许多才子！"冷绛雪道："那生是怎么样一个人品？"山小姐道："那生年约二十上下，生得面如瓜子，双眉斜飞入鬓，眼若春星，体度修长，虽弱不胜衣，而神情气宇，昂藏如鹤。"冷绛雪道："这等说来，正是平如衡了。只可惜贱妾不曾看见，若是看见，到是一番奇遇。"山小姐道："早知如此，何不姐姐到西园来？"

　　冷绛雪道："贱妾也有一事可疑。"山小姐道："何事？"冷绛雪道："那赵生见贱妾题的'须知不是并头莲'之句，默然良久，忽叹了一声，低低吟诵道：'天只生人情便了，情长情短有谁怜？'贱妾听了，忙问道：'此何人所吟？'他答道：'非吟也，偶有所思耳。'贱妾记得前日小姐和阁下书生，正是此二语。莫非这赵生正是阁下书生？"山小姐听了，因问道："那生生得如何？"冷绛雪道："那生生得圆面方领，身材清秀而丰满，双肩如两山之耸，一笑如百花之开。古称潘安，虽不知如何之美，只觉此生相近。"山小姐道："据姐姐想像说来，恍如阁下书生宛然。若果是他，可谓当面错过。"冷绛雪道："天下事怎这等不凑巧？方才若是小姐在东，贱妾在西，岂不两下对面，真假可以立辨。不意颠颠倒倒，岂非造化弄人？"

二人正踌躇评论，忽山显仁走来问道："你二人与两生对考，不知那两生才学实是如何？"山小姐答道："那两生俱天下奇才，父亲须优礼相待才是。"山显仁道："我正出去留他，不知他为甚，竟不别而去，我故进来问你。既果是真才，还须着人赶转，问他个详细才是。"山小姐道："父亲所言最是。"

山显仁遂走了出来，叫一个家人到接引庵去问："若是赵、钱二相公还在庵中，定然要请转来；若是去了，就问普惠，临去可曾有甚话说。"家人领命，到庵中去问。普惠回说道："已去久了。临去并无说话，只在前题壁诗后又题了二首而去。"家人遂将二诗抄了，来回复山显仁。

山显仁看了，因自来与女儿并冷绛雪看，道："我只恐他匆匆而去，有甚不足之处。今见二诗，十分钦羡于你。不别而去者，大约是怀惭之意也。"山小姐道："此二生不独才高，而又虚心服善如此，真难得！"冷绛雪道："难得两个都是一般高才。"山显仁见女儿与冷绛雪交口称赞，因又分付一个家人道："方才来考试的松江赵、钱二位相公，寓在城中泡子河吕公堂，你可拿我两个名帖去请他，有话说。"

家人领命，到次日起个早，果走到泡子河吕公堂来寻问。燕白颔元是假说，如何寻问得着？不期事有凑巧，宋信因张尚书府中出入不便，故借寓在此。山府家人左问右问，竟问到宋信下处。

宋信见了，问道："你是谁家来的？寻那一个？"家人答道："我是山府来的，要寻松江赵、钱二位相公。"宋信道："山府自然是山相公了。"家人道："正是。现有名帖在此。"宋信看见上面写着"侍生山显仁拜"，因又问道："这赵、钱二相公与你老爷有甚相知，却来请他？"家人道："这二位相公，昨日在我府中与小姐对考，老爷与小姐见他是两个才子，故此请他去，有甚话说。"宋信心下暗想道："此二人一定是考中意的了。此二人若考中了意，老张的事情便无望了。"因打个破头屑[1]道："松江只有张吏部老爷的公子张寅，便是个真才子，那里有甚姓赵姓钱的才子？莫非被人骗了？"家人道："昨日明明两个青年相公，在我府中考试的，怎么是骗？"宋信道："若不是骗，就是你错记了姓名。"家人道："明明一个姓赵，一个姓钱，为何会错？"宋信道："松

---

[1] 破头屑：亦作"破头楔"。因钉破头楔会使木头破开，因此比喻插话作梗破坏别人的好事。

江城中的朋友，我都相交尽了。且莫说才子，就是饱学秀才，也没个姓赵姓钱的。莫非还是张寅相公？"家人道："不曾说姓张。"宋信道："若不是姓张，这里没有。"

家人只得又到各处去寻。寻了一日，并无踪影，只得回复山显仁道："小人到吕公堂遍访，并无二人踪迹。人人说松江才子只有张吏部老爷的公子张寅方是，除他并无别个。"山显仁道："胡说！明明两人在此，你们都是见的，怎么没有？定是不用心访。还不快去细访，若再访不着，便要重责！"家人慌了，只得又央了两个，同进城去访，不题。

却说宋信得了这个消息，忙寻见张寅，将前事说了一遍，道："这事不上心，只管弄冷了。"张寅道："不是我不上心。他那里又定要见我，你又叫我不要去，所以耽延。为今之计，将如之何？"宋信道："他既看中意了赵、钱二人，今虽寻不见，终须寻着。一寻见了，便有成机，便将我们前功尽弃。如今急了，俗语说得好：'丑媳妇少不得要见公婆。'莫若讨两封硬挣书，大着胆，乘他寻不见二人之际，去走一遭。倘侥幸先下手成了，也不可知。若是要考试诗文，待小弟躲在外边，代作一两首，传递与兄，塞塞白儿，包你妥帖。只是事成了，不要忘却小弟。"张寅道："兄如此玉成，自当重报。"

二人算计停当，果然又讨了两封要路的书，先送了去；随即自写了名帖，又备了一副厚礼，自家阔服乘轿来拜；又将宋信悄悄藏在左近人家。山显仁看了书帖，皆都是称赞张寅少年才美、门当户对，求亲之意；又见书帖都是一时权贵；又因是吏部尚书之子；又见许多礼物：不好轻慢，只得叫人请入相见。

张寅倚着自家有势，竟昂然走到厅上，以晚辈礼相见。礼毕，看坐在左首，山显仁下陪。一面奉茶，一面山显仁就问道："久仰贤契青年高才，渴欲一会，怎么许久不蒙下顾？"张寅答道："晚生一到京，老父即欲命晚生趋谒老太师。不意途中劳顿，抱恙未痊，所以羁迟上谒，获罪不胜。"山显仁道："原来有恙。老夫急于领教，也无他事。因见前日书中盛称贤契著述甚富，故欲领教一二。"张寅道："晚生末学，巴人下里 [1] 之词，只好涂饰闾里，怎敢陈

---

[1] 巴人下里：古代楚国流行的民间歌曲。用以称流俗的音乐。通常作"下里巴人"。后亦泛指粗俗的作品。

于老太师山斗之下。今既蒙诱引，敢不献丑。"因向跟的家人取了《张子新编》一册，深深打一恭送上，道："鄙陋之章，敢求老太师转致令爱小姐笔削。"

山显仁接了，展开一看，见《迁柳庄》、《题壁》、《听莺》诸作，字字清新，十分欢喜，道："贤契美才，可谓名下无虚！"又看了两首，津津有味，因叫家人送与小姐，一面就邀张寅到厅后留饮。张寅辞逊不得，只得随到后厅。

小饮数杯，山显仁又问道："云间大郡，人文之邦。前日王督学特荐一个燕白颔，也是松江人，贤契可是相知么？"张寅道："这燕白颔号紫侯，也是敝县华亭人，与晚生是自幼同窗，最为莫逆。凡遇考事，第一第二，每每与晚生不相上下。才是有些，只是为人狂妄，出语往往诋毁前辈，乡里以此薄之。家父常说他：既承宗师荐举，又蒙圣恩征召，就该不俟驾而来，却又不知向何方流荡，竟无踪迹，以辜朝廷德意，岂是上进之人？"山显仁听了，道："原来这燕生如此薄劣。纵使有才，亦不足重。"

正说未完，只见一个家人走在山显仁耳边，低低说了些甚么，山显仁就说道："小女见了佳章，十分欣羡。因内中有甚未解处，要请贤契到玉尺楼一解。不识贤契允否？"张寅道："晚生此来，正要求教小姐。得蒙赐问，是所愿也。"山显仁道："既是这等，可请一往，老夫在此奉候。"就叫几个家人送到玉尺楼去。张寅临行，山显仁又说道："小女赋性端严，又不能容物，比不得老夫。贤契言语须要谨慎。"张寅打一恭道："谨领台命。"遂跟了家人同往。心下暗想道："山老之言，过于自大。他阁老女儿纵然贵重，我尚书之子也不寒贱，难道敢轻薄我不成？——怕他怎的！若要十分小心，到转被他看轻了。"主意定了，遂昂昂然随着家人入去。

不期这玉尺楼直在花园后边，走过了许多亭榭曲廊，方才到了楼下。家人请他坐下，叫侍妾传话上楼。坐不多时，只见楼上走下两个侍妾来，向张寅说道："小姐请问张相公：这《张子新编》还是自作的，还是选集众人的？"张寅见问得突然，不觉当心一拳，急得面皮通红，幸喜得小姐不在面前，只得勉强硬硬说道："上面明明刻着《张子新编》，张子就是我张相公了，怎说是别人做的？"侍妾道："小姐说，既是张相公自做的，为何连平如衡的诗都刻在上面？"张寅听见说出"平如衡"三字，摸着根脚，惊得哑口无言。默然半晌，只得转口说道："你家小姐果然有眼力，果然是个才子！后面有两首是平如衡与我唱和做的，故此连他的都刻在上面。"侍妾道："小姐说，不独平如衡两首，还有别人的哩。"张寅心下暗想道："他既然看出平如衡来，自然连燕白颔都知道，莫若直认了罢。"因说道："除了平如衡，便是燕白颔还有两首，其余都是我的了，再无别人。请小姐只管细看，我张相公是真才实学，决不做那盗袭小人之事。"

侍妾上楼复命。不多时，又走下楼来，手里拿着一幅字，递与张寅道："小姐说《张子新编》既是张相公自做的，定然是一个奇才子。今题诗一首在此，求张相公和韵。"张寅接了，打开一看，只见上写着一首绝句道：

一池野草不成莲，满树杨花岂是绵？

失去燕平旧时句，忽然张子有《新编》。

张寅见了，一时没摆布，只得假推要和，磨墨拈笔，写来写去，悄悄写了一个稿儿，趁人眼不见，递与贴身一个童子，叫他传出去，与宋信代做。自家口里哼哼唧唧的沉吟，一会儿虚写了两句，一会儿又抹去了两句，一会儿又将元稿读两遍，一会儿又起身走两步，两只眼只望着外边。侍儿们看了，俱微微含笑。掩的工夫久了，楼上又走下两个侍妾来催促道："小姐问张相公，方才这首诗，还是和，还是不和？"张寅道："怎么不和？"侍儿道："既然和，为何只管做去？"张寅道："诗妙于工，潦草不得；况诗人之才情不同，李太白斗酒百篇，杜工部吟诗太瘦，如何一样论得？"正然着急不题。

却说小童拿了一张诗稿，忙忙走出，要寻宋信代作，奈房子深远，转折甚多，一时认不得出路，只在东西乱撞。不期冷绛雪听得山小姐在玉尺楼考张寅，要走去看看，正走出房门，忽撞见小童乱走，因叫侍妾捉住问道："你是甚么人，走到内里来？"小童慌了，说道："我是跟张相公的。"冷绛雪道："你跟张相公，为何在此乱走？"小童道："我要出去，因认不得路，错走在此。"冷绛雪见他说话慌张，定有缘故，因说道："你既跟张相公，又出去做甚？定是要做贼了，快拿到老爷处去问！"小童慌了，道："实是相公分付出去有事，并不是做贼。"冷绛雪道："你实说出去做甚，我就饶你；你若说一句谎，我就拿你去。"小童要脱身又脱不得，只得实说道："相公要做甚么诗，叫我传出去，与宋相公代做。"冷绛雪道："要做甚么诗？可拿与我看。"小童没法，只得取出来递与冷绛雪。冷绛雪看了，笑一笑道："这是小姐奈何他了。待我也取笑他一场。"因对小童说道："你不消出去寻人，等我替你做了罢。"小童道："若是小姐肯做得，一发好了。"冷绛雪道："跟我来。"遂带了小童到房中，信笔写了两首，递与他道：“你可拿去，只说是宋相公做的。”小童得了诗，欢喜不过。冷绛雪又叫侍儿送他到楼下。小童掩将进去。

张寅忽然看见，慌忙推小解，走到阶下。那童子近身一混，就将代做的诗递了过来。张寅接诗在手，便胆大气壮，昂昂然走进来坐下道：“凡做诗要有感触，偶下阶有触，不觉诗便成了。”因暗暗将代做的稿儿铺在纸下。原打帐是一首，见是两首，一发快活，因照样誊写。写完，又自念一遍，十分得意。因递与侍妾道：“诗已和成，可拿与小姐去细看。小姐乃有才之人，自识其中趣味。”

侍妾接了，微笑一笑，遂送上楼来与山小姐。山小姐接了一看，只见上面写的是：

> 高才自负落花莲，莫认包儿掉了绵。
>
> 纵是燕平旧时句，云间张子实重编。

又一首是：

> 荷花荷叶总成莲，树长蚕生都是绵。
>
> 莫道春秋齐晋事，一加笔削仲尼编。

山小姐看完，不禁大笑道：“这个白丁，不知央甚人代作，到被他取笑了！”又看一遍道：“诗虽游戏，其实风雅，则代作者到是一个才子。但不知是何人？怎做个法儿，叫他说出方妙。”

正然沉吟，忽冷绛雪从后楼转了出来。山小姐忙迎着笑说道：“姐姐来得好，又有一个才子，可看一个笑话！”冷绛雪笑道：“这个笑话，我已看见；这个才子，我已先知。”山小姐道：“姐姐才来，为何到先知道了？”冷绛雪就将撞见小童出去求人代作，并自己代他作诗之事说了一遍。山小姐拍掌大笑道：“原来就是姐姐耍他！我说那里又有一个才子！”

张寅在楼下听见楼上笑声哑哑，满心以为看诗欢喜，因暗想道：“何不乘他欢喜，赶上楼去调戏，得个趣儿。倘有天缘，彼此爱慕，固是万幸；就是他心下不允，我是一个尚书公子，又是他父亲明明叫我进来的，他也不好难为我。今日若当面错过，明日再央人来求，不知费许多力气，还是隔靴搔痒，不能如此亲切。”主意定了，遂不顾好歹，竟硬着胆撞上楼来。只因这一上楼来，有分教：黄金上公子之头，红粉涂才郎之面。不知此后如何，且听下回分解。

第十八回

痴公子倩佳人画面　乖书生借制科脱身

词曰：

欲留墨迹，尊容何幸充诗壁。分明一片破芦席，点点圈圈，得辱佳人笔。　何郎白面安能及，杨妃粉黛无颜色。若求美对作相识，除是神荼郁垒[1]方堪匹。

右调《醉落魄》

话说张寅在玉尺楼下考诗，听见楼上欢笑，以为山小姐得意，竟大着胆，一直撞上楼来。此时许多侍妾因见山小姐与冷绛雪取笑张寅作乐，都立在旁边观看，楼门口并无人看守，故张寅乘空竟走了上来。

山小姐忽抬头看见，因大怒道：这是甚人，敢上楼来？"张寅已走到面前，望着小姐深深一揖道："学生张寅，拙作蒙小姐见赏，特上楼来拜谢。"众侍妾看见张寅突然走到面前，俱大惊着急，拦的拦，遮的遮，推的推，扯的扯，乱嚷道："好大胆！这是甚么所在，竟撞了上来！"张寅道："我不是自撞来的，是你家太师爷着人送我来的。"山小姐道："好胡说！太师叫你在楼下听考，你怎敢擅上楼来？"因用手指着上面悬的御书扁额说道："你睁开驴眼看一看，这是甚人写的！任是公侯卿相到此，也要叩头。你是一个白丁公子，怎敢欺灭圣上，竟不下拜！"

张寅慌忙抬头一看，只见正当中悬着一个扁额，上面御书"弘文才女"四个大字，中间用一颗御宝，知是皇帝的御笔，方才慌了，撩衣跪下。山小姐道："我虽一女子，乃天子钦定才女之名，赐玉尺一柄，量天下之才；又恐幼弱，为人所欺，敕赐金如意一柄，凡有强求婚姻，及恶言调戏，打死勿论，故不避人。满朝中缙绅大臣、皇亲国戚，以及公子王孙，并四方求诗求文，也不知见了多少，从无一人敢擅登此楼，轻言调戏。你不过是一个

---

[1] 神荼郁垒：传说中能制服恶鬼的神，后世因以为门神。

纨袴之儿，怎敢目无圣旨，小觑于我，将谓吾之金如意不利乎？"因叫侍儿在龙架上取过一柄金如意，亲执在手中，立起身来说道："张寅调戏御赐才女，奉旨打死！"说罢，提起金如意，就照头打来。把一个张寅吓得魂飞天外，欲要立起身来跑了，又被许多侍妾拿住。没奈何，只得磕头如捣蒜，口内连连说道："小姐饶命，小姐饶命！我张寅南边初来，实是不知。求小姐饶命！"

山小姐那里肯听，怒狠狠拿着金如意，只是要打。喜得冷绛雪在旁相劝，山小姐尚不肯依。却亏张寅跟来的家人，听见楼上声息不好，慌忙跑出到后厅，禀知山显仁道："家公子一时狂妄，误上小姐玉尺楼。小姐大怒，要奉旨打死。求太师老爷看家老爷面上，速求饶恕，感恩不浅！"山显仁听说，也着忙道："我叫他谨慎些，他却不听。小姐性如烈火，若打伤了，彼此体面却不好看。"因连叫几个家人媳妇，快跑去说老爷讨饶。

山小姐正要下毒手打死张寅，冷绛雪苦劝不住，忽几替家人媳妇跑来说老爷讨饶，山小姐方才缩住了手，说道："这样狂妄畜生，留他何益，爹爹却来劝止。"冷绛雪道："太师也未必为他，只恐同官面上不好看耳。"此时张寅已吓瘫在地，初犹求饶，后来连话都说不出，只是磕头。山小姐看了，又觉好笑，因说道："父命讨饶，怎敢不遵。只是造化了这畜生！"冷绛雪道："即奉太师之命，恕他无才，可放他去罢。"山小姐道："他胸中虽然无才，却能央人代替，以妆门面，则面上不可无才。"因叫侍儿取过笔墨："与他搽一个花脸去，使人知他是个才子！"

张寅跪在地下，看见放了金如意不打，略放了些心，因说道："若说我张寅见御书不拜，擅登玉尺楼，误犯小姐，罪固该当；若说是央人代替，我张寅便死也不服！"山小姐与冷绛雪听了，俱大笑起来。山小姐道："你代替的人俱已捉了在此，还要嘴强！"张寅听说捉了代替，只说宋信也被他们拿了，心下愈慌，不敢开口。山小姐因叫侍儿将笔墨在他脸上涂得花花绿绿，道："今日且饶你去。你若再来缠扰，我请过圣旨，只怕你还是一死。"张寅听说饶去，连忙扒起来说道："今已吃了许多苦，还来缠些甚么！"冷绛雪在旁插说道："你也不吃苦。你肚里一点墨水不曾带来，今到搽了一脸去，还说吃苦！"说得山小姐忍不住要笑。

张寅得个空，就往楼下走了。走到楼下，众家人接着，看见不像模样，连忙将衣服替他面上揩了。——揩便揩了，然是干衣服，未曾着水，终有些花绿绿，不干净。张寅也顾不得，竟遮掩着往外直走。也没甚脸嘴再见山显仁，遂不到后厅，竟往旁边夹道里一道烟走了。走出大门外，心才定了，因想道："他才说代作人捉住了，定是老宋也拿了去。我便放了出来，不知老宋如何了？"又走不上几步，转过湾来，只见宋信在那里伸头探脑的张望。看见张寅，忙迎上来说道："恭喜！想是不曾要你做诗？"张寅见了，又惊又喜，道："你还是不曾捉去，还是捉了去放出来的？"宋信道："那个捉我？你怎生这样慌獐狼狈，脸上为何花花绿绿的？"张寅跌跌脚道："一言说不尽。且到前边寻个好所在，慢慢去说。"遂同上了轿回来。

　　走了数里，张寅忽见路旁一个酒店，甚是幽雅洁净，遂叫住了轿，同宋信入来。这店中是楼上楼下两处，张寅懒得上楼，遂在楼下靠窗一副大座坐下。先叫取水将面净了，然后吃酒。

　　才吃得一两杯，宋信便问道："你为何这等气苦？"张寅叹口气道："你还要问，都是你害人不浅！"宋信道："我怎的害人？"张寅道："我央你代作诗，指望你做一首好诗，光辉光辉。你不知做些甚，叫他笑我。央你代做，原是隐密瞒人之事，你怎么与他知道，出我之丑？"宋信道："见鬼了！我在此等了半日，人影儿也不见一个出来，是谁叫我做诗？"张寅道："又来胡说了！诗也替我做了，我已写去了，怎赖没有？"宋信道："我做的是甚么？"张寅道："我虽全记不得，还记得些影儿：甚么'落花莲'，甚么'包儿掉了绵'，又是甚么'春秋'，又是甚么'仲尼'。难道不是你做，还要赖到那里去？"宋信道："冤屈死人！是那个来叫我做？"张寅道："是小童来的。"宋信道："可叫小童来对。"张寅忙叫小童。小童却躲在外面，不敢进来，被叫不过，方走到面前。

　　张寅问道："宋相公做的诗，是你拿来的？"宋信道："我做甚么诗与你？"小童见两下对问，慌的呆了，一句也说不出。张寅见小童不则声，颜色有些古怪，因兜脸两掌道："莫非你这小蠢才不曾拿诗与宋相公么？"小童被打，只得直说道："那诗实实不是宋相公做的。"张寅大惊道："不是宋相公做的，却是谁人做的？"小童道："相公叫我出来，我因性急慌忙，走错了路，误撞入他家小姐房里，被他拿住，要做贼打，又搜出相公与我的诗稿。小的瞒他不得，只得直说了。他说：你不消寻别人，我代做了罢。拿起笔来，顷刻就写完了。我恐怕相公等久，只得就便拿来了。"张寅听了，又跌脚道："原来你这小奴才误事！做诗原为要瞒他家小姐，你怎到央他家小姐代做？怪不得他笑说代做的人已捉住了。"

宋信道："如今才明白。且问你：他怎生叫你做起的？"张寅道："我一进去，山相公一团好意，留我小饮。饮了半晌，就叫人送我到玉尺楼下去考。方才坐下，山小姐就叫侍妾下楼问道：《张子新编》是谁人做的？我答是自做的。他又叫侍妾说道：既是自做的，为何有平如衡诗在内？只因这一问打着我的心病，叫我一句也说不出。我想，这件事是你我二人悄悄做的，神鬼也不知，他怎么就知道？"

宋信也吃惊道："这真作怪了！你却怎么回他？"张寅道："我只得认是平如衡与我倡和的两首，故刻在上面。他所以做这一首诗讥诮我，又要我和。我急了，叫这小奴才来央你做，不知又落人圈套，竟将他代作的写了上去。他看了，在楼上大笑。我又不知就里，只认是看诗欢喜，遂大胆跑上楼去。不料他楼上供有御书，说我欺灭圣旨不拜；又有一柄御赐的金如意，凡是强求婚姻与调戏他的，打死勿论，我又不知。被他叫许多侍妾仆妇将我捉住，自取金如意，定要将我打死。是我再三苦求，方才饶了。你道这丫头恶不恶！虽说饶了，临行还搽我一个花脸，方放下楼来。"

宋信听了，吐舌说道："大造化，大造化！玉尺楼可是擅自上去的？一个御赐才女，可是调戏得的？还是看你家尚书分上，若在别个，定然打杀，只好白白送了一条性命。"张寅道："既是这等利害，何不早对我说？"宋信道："他的厉害，人人知道，何消说得？就是不利害，一个相公女儿，也不该撞上楼去调戏他。"张寅道："我一个冢宰公子，难道白白受他凌辱，就是这等罢了？须与老父说知，上他一疏，说他倚朝廷宠眷，凌辱公卿子弟。"宋信道："你若上疏说他凌辱，他就辩疏说你调戏。后来问出真情，毕竟还是你吃亏，如何弄得他倒？"张寅道："若不处他一场，如何气得他过？"宋信道："若是气他不过，小弟到有一个好机会，可以处他。"张寅忙问道："有甚好机会，万望说与我知道。"

宋信道："我方才在接引庵借坐等你，看见壁上有赵纵、钱横二人题的诗，看他诗中情思，都是羡慕山小姐之意。我问庵中和尚，他说二人曾与山小姐对考过。我问他考些甚么，那和尚到也好事，连考的诗都抄的有，遂拿与我看,被我暗暗也抄了来。前日山相公叫人错寻到我下处的,就是此二人。我看他对考的诗,彼此都有勾挑之意。你若要寻他过犯,上疏参论,何不将此倡和之诗呈与圣上,说他借量才之名,勾引少年子弟,在玉尺楼淫词倡和,有辱天子御书并钦赐才女之名。如此加罪,便不怕天子不动心。"

张寅听了,满心欢喜道:"这个妙,这个妙! 待我就与老父说知,叫他动疏。"宋信道:"你若明后日就上疏,他就说你调戏被辱,仇口冤他了。此事不必性急,须缓几日方好。"张寅道:"也说得是。便迟两日,不怕他走上天去! "二人商量停当,方才欢欢喜喜饮酒。饮了半晌,方才起身上轿而去。

俗语说得好:"路上说话,草里有人。"不期这日,燕白颔因放不下阁上美人,遂同平如衡又出城,走到皇庄园边去访问,不但人无踪影,并墙上的和诗都粉去了。二人心下气闷不过,走了回来,也先在这店中楼上饮酒。正饮不多时,忽看见楼下宋信与张寅同了入来,二人大惊道:"他二人原来也到京了!"平如衡就要下楼来相见,燕白颔拦住道:"且听他说些甚么。"

二人遂同伏在阁子边侧耳细听。听见他一五一十、长长短短,都说是要算计山小姐与赵纵、钱横之事,遂悄悄不敢声张。只等他吃完酒去了,方才商量道:"早是不曾看见,若看见,未免又惹是非。"燕白颔道:"我原料他要来山家求亲,只得倚着尚书势头,有几分指望。不期到讨了一场凌辱。"平如衡道:"我二人去考,虽说未讨便宜,却也不致出丑。所可恨者,未见小姐耳。"燕白颔道:"以我论之,小姐不过擅贵名耳。其才美,亦不过至是极矣。小弟初意还指望去谋求小姐一见,今听张寅所谋不善,若再去缠扰,不独带累山小姐,即你我恐亦不能干净。"平如衡道:"就是不去,他明日叫父亲上疏,毕竟有赵纵、钱横之名,如何脱卸?"燕白颔道:"若你我真是赵纵、钱横,考诗自是公器,有无情词挑逗,自然要辨个明白,怕他怎的?只是你我都是假托之名,到了临时,张寅认出真姓名,报知圣上,圣上说学臣荐举,朝廷钦召,都违悖不赴,却更名改姓,潜匿京师,调引钦赐才女,这个罪名便大了。"

平如衡道:"长兄所虑甚是。为今之计,却将奈何?"燕白颔道:"我二人进京本念,实为访山小姐求婚;而这段姻缘,料已无望。小弟遇了阁上美人,可谓万分侥幸;然追求无路,又属渺茫。吾兄之冷绛雪又全无踪影。你我流荡于此,殊觉无谓。沉前日侍妾诗中,已明明说道:'欲为玄霜求玉杵，须从御座撤金莲。'目今乡试不远，莫若归去，取了功名，那时重访蓝桥，或者还有一线之路。"平如衡道："吾兄之论，最为有理。只怕再来时，物是人非，云英已赴裴航之梦矣。"燕白颔道："山小姐年方二八，瓜期尚可有待；况天下富贵才人甚少，那能便有裴航？"平如衡道："山小姐依兄想来还有可待，只怕我那冷绛雪小姐不能待矣。——既是这等，须索早早回去。"二人算计定了，又饮了数杯，便起身回到下处，叫家人收拾行李，雇了轿马，赶次日绝早就出城长行。二人一路上有说有笑，到也不甚辛苦。

一日，行到山东地方，正在一条狭口上，忽撞见一簇官府过来，前面几对执事，后面一乘官轿甚大，又有十余匹马跟随，十分拥挤。燕白颔与平如衡只得下了轿，拣一个略宽处立着，让他们过去。不提防官轿抬到面前，忽听得轿里连叫舍人道："快问道傍立的，可是燕、平二生员！"燕白颔与平如衡听见，忙往轿里一张，方认得是王提学。也不等舍人来问，连忙在轿前打一恭道："生员正是燕白颔、平如衡。"王提学听了大喜，因分付舍人道："快请二位相公前面驿中相见。"说罢，轿就过去了。

听差舍人领命，随即跟定燕白颔、平如衡，请上轿抬了转去。幸喜回去不远，只二三里就到了驿中。王提学连连叫"请"，燕白颔、平如衡只得进去拜见。拜见过，王提学就叫看坐。二人逊称不敢，王提学道："途间不妨。"二人只得坐下。

王提学就问道："本院已有疏特荐，已蒙圣恩批准征召入京。本院奉旨各处追寻，却无踪影。二位贤契为何却在此处？"燕白颔应道："生员与平生员蒙太宗师培植，感恩无地。但生员等游学在先，竟不知征召之事。有辜圣恩，并负太宗师荐拔之盛心，死罪死罪！"王提学道："既是不知，这也罢了。却喜今日凑巧遇着，正好同本院进京复命，就好面圣，定有异擢。"燕、平二人同说道："太宗师欲将生员下士献作嘉宾，一段作养盛心，真足千古。但闻负天下之大名，必有高天下之大才，方足以当之；若碌碌无奇，未免取天下之笑。生员辈虽薄有微才，为太宗师垂怜，然扪心自揣，窃恐天地之大，何地无才，竟以生员二人，概尽天下，实实不敢自信。"王提学道："二位贤契虚心自让，固见谦光。但天下人文，南直首重，本院于南直遍求，惟二位贤契出类拔萃，故本院敢于特荐。天下虽大，纵更有才人，亦未必过于贤契。今姓名已上达宸听，二位贤契大必过逊。"燕白颔道："生员辈之辞，其实是有所见而然，到不是套作谦语。"王提学道："有何所见，不妨直说。"

燕白颔道："生员闻圣上诏求奇才者，盖因山相公之女山黛才美过人，曾在玉尺楼作诗作赋，压倒翰苑群英。故圣上之意，以为女子尚有高才，何况男子？故有此特命。今应诏之人，必才高过于山黛，方不负圣上之求。若生员辈，不过项羽之霸才耳，安敢夺刘邦之秦鹿？是以求太宗师见谅也。"王提学笑道："二位贤契又未遇山小姐，何畏山小姐之深也？"燕白颔道："生员辈虽未遇山小姐，实依稀仿佛于山小姐之左右，非畏之深，实知之深也。"

王提学道："二位贤契既苦苦自诿，本院也不好相强。只是已蒙征召，而坚执不往，恐圣上疑为鄙薄圣朝，诚恐不便。"平如衡道："生员辈若是养高不出，便是鄙薄圣朝；今情愿原从制科出身，总是朝廷之人才，只是不敢当征召耳，实是尊朝廷，与鄙薄者大相悬绝。"王提学道："二位贤契既要归就制科，这便也是一样了。只是到后日辨时便迟了。何不就将此意先出一疏，待本院复命时带上了，使圣上看明，不独无罪，且可见二位才而有让。明日鹿鸣得意，上苑看花，天子定当刮目。"燕、平二人同谢道："蒙太宗师指教，即当出疏。"王提学就留二人在驿中同住了。

驿中备出酒饭，就留二人同吃。饭酒中间，又考他二人些诗文。见二人下笔如神，无不精警，看了十分欢喜，因说道："二位贤契若就制科，定当高发。本院岁考完了，例当复命。科考的新宗师已到任多时，二兄速速回去，还也不迟。本院在京中准望捷音。"燕、平二人再三致谢。又写了一道辞召就试的疏，交付王提学。然后到次日各自别去，王提学进去复命，不题。

且说燕白颔、平如衡二人，一路无辞，到了松江家里。正值新宗师科考，燕白颔是华亭县学，自去赴考，不必言矣。平如衡却是河南人，欲要冒籍松江，又严紧冒不得；与平教官商量，欲要作随任子侄寄考，平教官官又小，又担当不来；欲要回河南去，又迟了。还是燕白颔出主意道："不如纳了南监罢。"平如衡道："纳监固好，只是要许多银子。"燕白颔道："这不打紧，都在小弟身上。"平教官出文书，差一个的当家人，带了银子，到了南京监里，替平如衡加纳了。

过了数日，科举案发了，燕白颔又是一等。有了科举，遂收拾行李，同平如衡到南京来乡试。只因这一来，有分教：龙虎榜中御墨，变作婚姻簿上赤绳。不知此去果能中否，且听下回分解。

第十九回

扬州府求媒消旧想　长安街卖扇觅新知

词曰：

　　道路闻名巧，萍踪得信奇。不须惊喜不须疑，想应三生石上旧相知。　错认侬[1]为我，休争他是谁。一缘一会不差池，大都才情出没最多岐。

右调《南柯子》

话说燕白颔自有了科举，又替平如衡纳了南监，遂同到南京来乡试。真是"学无老少，达者为先"。二人到了三场，场中做的文字，犹如万选青钱，无人不赏。及放榜之期，燕白颔高高中第一名解元，平如衡中了第六名亚魁。二人青年得隽，人物俊美，鹿鸣宴罢迎回，及拜见座师、房师，无不人人羡慕，个个欢喜。凡是乡宦有女儿人家，莫不都来求他二人为婿。二人辞了东家，又辞西家，真个辞得不耐烦。公事一完，就同回松江。不料，松江求亲的也是这等。

燕白颔与平如衡商量道："到不如早早进京，便好省许多唇舌。"平如衡道："我们若早进京，也有许多不妙。"燕白颔道："进京有甚不妙？"平如衡道："功名以才得为荣，若有依傍而成，便觉减色。我与你不幸为王宗师所荐，姓名已达于天子；今又夺了元魁。倘进京早了，为人招摇，哄动天子，倘赐召见，或邀奖誉，那时再就科场，纵登高第，人只道试官迎合上意，岂不令文章减价？莫若对房师、座师只说有病，今科不能进京，使京中望你我者绝望。那时悄悄进去，挨至临期，一到京就入场。若再能抢元夺魁，便可扬眉吐气，不负平生所学矣。"燕白颔听了，大喜道："吾兄高论，深快弟心。但只是松江也难久留，不如推说有病，到那里去养，却同兄一路慢慢游览而去，到临期再入京，岂不两全？"平如衡道："这

_____
[1] 侬：你。

等方妙。"二人商量定了，俟酬应的人事一完，就收拾行李，悄悄进京。分付家人："回人只说同平相公往西湖上养病去了。"

二人暗暗上路，在近处俱不耽搁，只渡过洋子江[1]，方慢慢而行。到了扬州，因繁华之地，打帐多住些时，遂依旧寓在琼花观里。观中道士知道都是新科举人，一个解元，一个亚魁，好不奉承。二人才情发露，又忍不住要东题西咏。住不上五七日，早已惊动地方都知道了。

原来地方里甲规矩，凡有乡绅士宦住于地方，都要暗暗报知官府，以便拜望送礼。琼花观总甲见燕白颔与平如衡都是新科举人，只得暗暗报知府县。不料扬州理刑曾聘做帘官，出场回来，对窦知府盛称解元燕白颔与亚魁平如衡是少年才子，春闱会状，定然有分。窦知府听在肚里，恰恰地方来报他，就动了个延揽结交的念头，随即来拜。燕白颔与平如衡忙回不在。

窦知府去了，燕白颔因商量道："府尊既已知道，县间未免也要来拜。我们原要潜住，既惊动府县，如何住得安稳？"平如衡道："必须移个寓所方妙。"一面就叫人在城外幽僻之处寻个下处，一面叫人打探窦知府出了门，方来答拜。只得投两个帖子，就移到新下处去了。窦知府回来闻知，随即叫吏书下请帖请酒。吏书去请了来回复道："燕、平二位相公，不知是移寓，又不知是进京去了，已不在琼花观里。"窦知府听了，暗想道："进京举人无一毫门路，还要强来打抽丰作盘缠，他二人我去请他，他到躲了，不但有才，更兼有品，殊为难得。可惜不曾会得一面。"十分追悔，不题。

却说燕、平二人移到城外下处，甚是幽静，每日无事，便同往山中去看白云红树。一日走倦了，坐在一个亭子上歇脚，忽见两个脚夫，抬着一盒担礼，后面一个吏人押着，也走到亭子上来歇力。燕、平看见，因与那吏人拱一拱手，问道："这是谁人送的礼物？"那吏人见他二人生得少年清秀，知是贵人，因答道："是府里窦太爷送与前面冷乡宦贺寿的。"平如衡因记得冷绛雪是维扬人，心下暗惊道："莫非这冷乡宦正是他家？"因又问道："这冷乡宦是个甚么官职？"那吏人道："是个钦赐的中书。"平如衡道："老兄曾闻这冷中书家有个才女么？"吏人道："他家若不亏

---

[1] 洋子江：扬子江，系指长江在今仪征、扬州一带之古称，今则通指长江。

这个才女，他的中书却从那里得来？"平如衡还要细问，无奈那脚夫抬了盒担走路，吏人便不敢停留，也拱一拱手去了。

平如衡因对燕白颔说道："小弟那里不寻消问息，却无踪影。不期今日无意中到得了这个下落。"燕白颔道："正所谓'踏破铁鞋无觅处，得来全不费工夫。'但不知这个才女可正是冷绛雪？"平如衡道："天下才女能有几个，那有不是他之理？只是虽然访着，却怎生去求亲？"燕白颔道："若果是他，要求亲却不难。"平如衡道："我在京中冷鸿胪家，只问得一声，受了许多闲气。今要开口求亲，人生面不熟，绝无门路，怎说个不难？"燕白颔道："窦知府既与他贺寿，定与他相知。只窦知府便是门路了。"平如衡听了大喜道："这果是一条门路！"燕白颔道："是便是一条门路，但你我既避了他来，如何又好去亲近？岂不被他笑我们脚跟立不定乎！"平如衡笑道："但能求得冷绛雪之亲，便死亦不辞，何况于笑！"燕白颔也笑道："兄为冷绛雪固不足惜，只是小弟何辜？"平如衡道："兄不要这等分别，兄若访着了阁上美人，有用小弟时，虽蹈汤赴火，岂敢辞乎？"

二人俱各大笑。因同了回来，仍旧搬到琼花观来住。随备了一副赘见礼，叫人访窦知府在衙，重新又来拜起。到了府前，将名帖投入。

窦知府正然追悔，忽见名帖，不胜欢喜。先叫人请在迎宾馆坐，随即出来相见。相见毕，逊坐，待茶。看见燕、平二人年俱是二十上下，人物秀俊异常，满心爱羡，因说道："前日奉拜不遇，又承降失迎，随即具一小束奉屈，回说二兄已命驾矣。正以不能一面为歉，今忽蒙再顾，实出望外。想是吏员打探不实？"平如衡道："前日奉谒不遇后，实移寓行矣。不意偶有一事，要请教老公祖大人，故复来奉求。"因叫家人送上礼帖，道："不腆微礼，少申鄙敬。"窦知府道："薄敬尚未曾申，怎敢反受厚礼。但不知台兄有何事下询？"平如衡道："闻贵治冷中翰有一才女，不知他的尊讳叫做甚么，敢求老公祖大人指教。"窦知府道："他的名字叫做冷绛雪。台兄何以得知而问及？"

平如衡听见说出"冷绛雪"三字，便喜得眉欢眼笑，竟忘了情，不觉手舞足蹈起来。窦知府见了，因问道："平兄何闻名而狂喜至此？"燕白颔看见光景不像模样，因替他说一个谎道："不瞒老公祖大人说，平兄昔年曾得一梦，梦见有人对他说：'维扬才女冷绛雪与你有婚姻之约。'平兄切记于心，遍处寻访，并无一个姓冷的乡宦。昨日偶闻冷中翰之名，又闻他有一才女，但未知名，犹在疑似。今蒙老公祖大人赐教明白，平兄以为其梦不虚，故不觉狂喜，遂至失仪于大人之前。"

　　窦知府听了道："原来如此。既是有此奇梦，可见姻缘前定。待本府与平兄作伐何如？"平如衡见窦知府自说作伐，便连忙一恭到地道："若得老公祖大人撮合此姻，晚生没齿不敢有忘大德。"窦知府笑一笑道："平兄不必性急，这一事都在我学生身上，包管成就。只是明日有一小酌，屈二位一叙，当有佳音回复。"平如衡道："既蒙宠招，敢不趋赴。但冷氏之婚，已蒙金诺，万望周全。"窦知府道："这个自然。"又吃了一道茶，燕、平二人方才辞出。平如衡送的礼物，再三苦求，也只收得两色。燕、平二人别去，不题。

　　却说窦知府回入私衙，就发一个名帖，叫人去接冷乡宦到府中有话说。冷大户见窦知府请他，安敢不来？随即坐了一乘轿子，抬到府中，窦知府因要说话，迎宾馆中不便，遂接入私衙相见。

　　相见毕，叙坐。冷大户先谢他贺寿之礼。谢毕，就问道："蒙老公祖见招，不知有何事见教？"窦知府就将平如衡来问他女儿名字，及燕白颔所说梦中之事与求亲之意，都细细说了一番，道："我想你令爱年已及笄了，虽在山府中，不曾轻待了他，却到底不是一个结局。今这平举人来因梦求亲，或者原是姻姻，实是一桩美事。况那平举人年又少，生得清俊过人，才又高，明年春试，不是会元，定是状元。你令爱得配此人，方不负胸中才学。他再三托本府为媒，你须应承，不可推脱。"冷大户道："蒙老公祖大人分付，岂敢不遵。但小女却在京中，非我治生所能专主。治生若竟受聘应承，倘他京中又别许嫁，岂不两下受累？"窦知府道："这个不消虑得。你令爱京中万万不能嫁人。"冷大户道："老公祖大人怎料得定？"窦知府道："山相公连自家女儿，东选西择，尚不能得一奇才为配，怎有余力选得到你令爱？我故说京中万万不能嫁人。"冷大户道："莫若写一个字，叫他京中去商量。"窦知府道："老先，你不要迂了。以平举人的才学人品，若到了京中，只怕山阁下见了，且配与自家女儿，那里还得到你令爱？依本府主张，莫若你竟受了他的聘，使他改移不得。况父母受聘，古之正礼。就是山相公别有所许，也争礼不过。这样佳婿，万万不可失了！"

　　冷大户被窦知府说得快活，满口应承道："但凭老公祖主张，治生一一领教。只是小女现在山府，恐他明日要娶，迟早不能如期，也须说过。"窦知府道："这不消说。若说在山府，未免为他所轻。且到临娶时，我自有处。"
冷大户道："既是这等，还有一事。小女曾有言：不论老少美恶，只要才学
考得他过，方才肯嫁。明日临娶时，若是考他不过，小女有话说，莫怪治生。"
窦知府笑道："这个只管放心。这平举人才高异常，必不至此。"冷大户说完，
遂辞谢去了。窦知府随发帖请酒。燕、平二人因有事相求，俱欣然而来。

酒席间，窦知府备说冷大户允从之事，平如衡喜之不胜，再三致谢。酒罢，
就求窦知府择了吉期，行过聘去，约定来春春闱发后来娶。冷大户因窦知府
为媒，又着人暗相平如衡，见青年秀美，与女儿足称一对，满心欢喜，竟自
受了聘礼。平如衡见冷大户受了聘定，因与燕白颔商量道："事已万分妥帖，
我们住在此间，转觉不便。"遂辞谢了窦知府，竟渡淮往山东一路缓缓而来。
不题。

却说山黛与冷绛雪，自从赵纵、钱横考诗之后，追寻不见，已是七分不快；
又被张寅搅扰一场，便十分惆怅。亏与冷绛雪两人互相宽慰，捱过日子。不
期过了许久，忽报张吏部有疏，特参"山黛年已及笄，苛于择婿不嫁，以致
情欲流荡，假借考较诗文为由，勾引少年书生赵纵、钱横，潜入花园，淫辞
倡和。现获倡和淫辞一十四首可证。似此污辱钦赐才女之名，大伤风化，伏
乞圣恩查究，以正其罪"。山黛看了，大怒道："这都是张寅前日受辱，以此
图报复也。"因也上一疏辩论，就诉说"张寅因求婚考诗不出，擅登玉尺楼
调戏，因被涂面受辱，故以此污蔑。蒙恩赐量才之尺，以诗文过质者，时时
有人，不独一赵纵、钱横。幸臣妾与冷绛雪原诗尚在，乞圣明垂览。如有一
字涉私，臣妾甘罪；倘其不然，污蔑之罪，亦有所归。"

天子见了两奏，俱批准道："在奏人犯，俱着至文华殿候朕亲审。该部
知道。"旨意一下，事关婚姻风化，礼部即差人拘提。众犯俱在，独有赵纵、
钱横并无踪影。礼部寻觅不获，只得上本奏知。圣旨又批下道："既有其人，
岂无踪影？着严访候审，不得隐匿不报。"礼部又奉严旨，只得差人遍访。因
二人曾题诗在接引庵，说和尚认得，就押着普惠和尚遍处察访。不题。

却说山黛因被张吏部参论，心下十分不畅，因与冷绛雪在闺中闲论道："才
名为天地鬼神所忌，原不应久占。小妹自十岁蒙恩，于今六载。当朝之名公
才士，不知压倒多少。今若觅得一佳偶，早早于飞而去，岂不完名全节？不

期才隽难逢，姻缘淹蹇^[1]，日复一日，年复一年，以致有今日之物议。"冷绛雪道："量才考较，是奉旨之事，又不是桑濮^[2]私行。就是前日倡和之词，并无一事涉淫，怕他怎的？况眼前已有二三才人，听小姐安择所归，亦易易事耳。何必苦苦萦怀？"

　　山小姐道："姐姐所说二三才人，据小妹看来，一个也算不得。"冷绛雪道："为何一个也算不得？"山小姐道："蒙圣上所谕松江燕白颔、洛阳平如衡，许为妾主婚，此一才子也。然屡奉征召，而抵死辞谢不来，此其无真才可知矣。即赵纵、钱横二人，才情丰度，殊有可观，得择一以从足矣。不料有此一番议论，就使事完无说，而婚姻之事，亦当避嫌而不敢承矣。此又一才子也。止有一个阁下书生，大可人意，然大海浮萍，茫无定迹。试问：姐姐所说已有二三才人，今安在乎？"

　　冷绛雪道："小姐因张寅仇参，有激于中，只就眼前而论，未尝不是。若依贱妾思来，小姐今年二八，正是青春，尚未及摽梅之叹；况燕白颔既与平如衡同荐，平如衡妾所可信，料燕白颔必非无才之人。就是辞征召而就制科，士各有志，到底有出头之日，何妨少俟？至若赵纵、钱横，量才是奉君命，临考是奉父命，有何嫌疑而欲避？就是阁下书生，偶然相遇，非出有心；况选吉求良，亦诗人之正，有何私曲，苦郁于怀？即明告太师，差人寻访，或亦太师所乐从。小姐何必戚戚拘拘，作小家儿女之态？"山小姐听了，满心欢喜道："姐姐高论，顿令小妹满胸茅塞俱开矣！但阁下书生，既无姓名，又无梦中画像，即欲明访，却将何为据？"冷绛雪笑道："小姐何聪明一世，而懵懂一时！书生的姓名虽无，图像未画，题壁一诗，岂非书生之姓名、图画乎？何不将前诗写一扇上，使人鬻于闹市，在他人自不理，今若书生见之，岂不惊讶而得之耶？"

　　山小姐听了，不禁拍手称赞道："姐姐慧心异想，真从天际得来，小妹不及多矣！"因取了一柄金扇，将书生题壁诗写在上面。随唤了一个一向在玉尺楼伏侍、今在城中住的老家人蔡老官来分付道："你在城中住，早晚甚

---

[1] 淹蹇（yān jiǎn）：艰难窘迫，坎坷不顺利。
[2] 桑濮：亦作"桑间濮上"，典出《礼记·乐记》。卫国的桑间在濮水之上，男女相聚之处。故用以称男女幽会之事。

便，可将这柄扇子拿到闹市上去卖。若有个少年书生，看见扇上诗惊讶，你可就问他姓名居止，来报我。他若问我姓名，你切不可露出真迹，只说是皇亲人家女子，要访他结婚的。若果访着，我重重有赏。老爷面前，且莫要说。"老家人领命去了。不题。

却说燕白颔与平如衡，在一路慢慢度了岁，直交新春，方悄悄入京，寻个极幽僻的所在住下。每日只是闭门读书，绝迹不敢见人。

原来燕白颔与平如衡一中后，报到京中，莫说王提学欢喜，山相公欢喜，连天子也龙颜大悦。因召王提学面谕道："燕白颔与平如衡既能发解夺魁，则尔之荐举不虚，则彼二人之辞征召而就制科亦不为无见也。"因赐表礼，以旌其荐贤得实。又谕："若二人到京，可先领来朝见。"王提学谢恩辞退出，遂日日望二人到京。山显仁见报，忙与山小姐、冷绛雪说知，道："燕白颔中了解元，平如衡中了亚魁，不日定然到京。你二人婚姻，自有着落。"冷绛雪因对山小姐说道："小姐，何如？我就说燕白颔断非无才之人。今既发解，则其才又在平如衡之上矣。"二人暗暗欢喜，不题。

山显仁与王提学遂日日打听，再不见到。只等到大座师复命，方传说二人有恙，往西湖上养病去了，今科似不能会试。大家方冷了念头，不十分打探。谁知二人已躲在京中，每日只是坐在下处，吃两杯闷酒。平如衡因聘定了冷绛雪，心下快畅，还不觉寂寞。燕白颔却东西无绪，甚难为情，早晚只将阁上美人的和韵写在一柄扇上吟讽。只捱到场期将近，方同平如衡悄悄进城，到礼部去报名投卷。

此时，天下的士子皆集于阙下，满城纷纷攘攘。二人在礼部报过名，投过卷，遂杂在众人之中，东西闲步。步到城隍庙前，忽见一个老人家，手中拿着一把金扇，折着半面，插着个草标在上。燕白颔远远望去，见那扇子上字迹写的龙蛇飞舞，十分秀美，因问道："那扇子是卖的么？"那老人家道："若不卖，怎插草标？"燕白颔因近前取来一看，不看犹可，看了那诗，惊得他眼睁了合不拢来，舌吐出缩不进去，因扯着那老人家问道："这扇子是谁人卖的？"

那老人家见燕白颔光景有些诧异，因说道："相公，此处不便说话，可随我来。"遂将燕、平二人引到一个幽僻寺里去，方说道："相公看这扇子有何奇处，这等惊讶？可明对我说，包管相公有些好处。"燕白颔心下已知是美人寻访，因直说道：“这扇上的诗句，乃是我在城南皇庄墙壁上题赠一位美人的，此诗一面写了，一面就涂了。这是何人，他却知道，写在上面？”老家人道：“相公说来不差，定是真了。这诗就是相公题赠的美人写的。他因不知相公姓名居止，无处寻访，故写了此诗，叫我各处寻访。今果相遇，大有缘法。”

燕白颔听了，喜得魂荡情摇，体骨都酥，因说道：“我蒙美人这等用情留意，虽死不为虚生矣。”因问道：“老丈，请问你那阁上美人姓甚名谁？是何等人家？”那老人家答道：“那美人门第却也不小，大约是皇亲国戚之家。他的姓名，我一时也不好便说。相公若果也有意，可随我去，便见明白。”燕白颔道：“随你去固好，只是场期近了，不敢走开，却如之奈何？”老人家道：“相公既要进场，功名事大，怎敢相误。可说了姓名寓处，待我场后好来相访。”

燕白颔心下暗想道：“若说是赵纵，恐惹张寅的是非；若说燕白颔，恐传得朝廷知道。”因说道：“我的姓名也不好便说。还是你说个住处，我到场后来相访罢。”老家人道：“场后来访，也不为迟。但我家小姐特特托我寻访，今既寻访着了，又无一姓名，叫我怎生去回复，岂不道我说谎？”燕白颔想一想道：“我有个道理。”遂在袖里取出那柄写美人和韵的扇子来，递与那老人家，道：“你只将此物回复你家小姐，他便不疑你说谎了。你那柄扇子，可留在此，做个记头。”老人家接了道：“既是这等说，我老汉住在东半边苏州胡同里。相公场后来寻我，只消进胡同第三家，问蔡老官便是了。这把扇子，相公要，就留在此不妨。”便就递与燕白颔。燕白颔接了道：“有了住处，便好寻了。你回去可拜上小姐，说我题壁书生，何幸得蒙小姐垂爱，场后定当踵门拜谢。”老人家道：“相公分付，我自去说。但场后万万不可失约。”燕白颔道：“访求犹恐不得，既得，焉敢失约？”两下再三叮咛，老人家方才回去，将此事回复小姐，不题。

却说平如衡在旁看见，也不胜欢喜道：“小弟访着了绛雪，已出望外；不料无意中兄又访着了阁上美人之信，真是大快心之事。”燕白颔道：“兄之绛雪，聘已行了，自是实事。小弟虽侥幸得此消息，然镜花水月，尚属虚景，未卜何如。”平如衡道：“美人既然以题诗相访，自是有心之人。人到有心，何所不可？你我且唾手功名，凡事俱易为矣。”二人欢欢喜喜，以待进场。只因这一进场，有分教：吉凶鸦鹊同行，清浊忽分鲢鲤。不知后事如何，且听下回分解。

第二十回

圣主临轩亲判断　金銮报捷美团圆

词曰：

　　金銮报捷，天子龙颜悦。不是一番磨与灭，安见雄才大节？

　　明珠应产龙胎，娥眉自解怜才。费尽人情婉转，成全天意安排。

右调《清平乐》

　　话说平如衡既聘定冷绛雪，燕白颔访着阁上美人消息，二人心下十分快活。到了场期，二人欢欢喜喜进去，做得三场文字，皆如锦绣一般。二人十分得意。三场一完，略歇息数日，燕白颔即邀平如衡同到苏州胡同去寻蔡老官。此时场事已毕，不怕人知，竟往大街上一直走去。

　　不期才走到棋盘街上，忽顶头撞见接引庵的普惠和尚。燕白颔忙拱手道："老师何往？"普惠看见二人，也不顾好歹，便一只手扯着一个道："二位相公一向在何处？却叫小僧寻得好苦！"燕、平二人大惊道："老师寻我为甚？"普惠道："小僧不寻相公，是吏部尚书张老爷有疏参二位相公与山小姐做诗勾挑，伤了风纪，奉旨拘拿御审。各各人犯俱齐，独不见了二位相公，至今未审。有一位宋相公，说二位相公曾在庵中题诗，小僧认得。就叫差人押着小僧到处找寻，差不多找寻了半年，脚都走折了，今日侥幸才遇着。"燕白颔道："这等说来，难为你了。只是这件事也没甚要紧；况已久远，朝廷也未必十分追求。若是可以通融用情，待学生重重奉酬何如？"普惠道："天子辇毂之下[1]，奉旨拿人，谁敢通融？这个使不得！"

　　旁边押和尚的差人，见和尚与二人说话有因，便一齐拥到面前，问和尚道："这两个可就是赵纵、钱横么？"普惠连连点头道："正是，正是。"众差人

---

[1] 辇毂（niǎn gǔ）之下：指京城、帝都。辇，指人推挽的车子，秦以后特指皇帝、皇后乘的车；毂，车轮中心插轴的圆孔，代指车子。

听得一个"是"字，便不管好歹，拿出铁索套在燕白颔、平如衡颈里，便指着和尚骂道："你这该死的秃狗！一个钦犯罪人，见了不拿，还与他斯斯文文，讲些甚么！莫非你要卖放么？"普惠吓得口也不敢开。燕白颔、平如衡还要与他讲情，当不得一班如龙似虎的差人扯着便走。平如衡还强说道："你们不必动粗。我二人是新科解元、举人，须要存些体面。"众差人道："解元、举人只好欺压平民百姓，料欺压不得皇帝。莫要胡说，还不快走！"二人没法，只得跟他扯到礼部。

众差人禀知堂上，说钦犯赵纵、钱横拿到了。堂上分付暂且寄铺，候明日请旨。众差人领命，随即又将燕、平二人带到铺中，交付收管，方各各散去。

礼部见赵纵、钱横二人拿到，便一面报知张吏部，一面报知山相公，好料理早晚听审。到次早，即上疏奏报："赵纵、钱横已拿到，乞示期候审。"圣旨批发道："人犯既齐，不必示期，遇御殿日，不拘早晚，随时奏审。山黛、冷绛雪路远，不到可也。"礼部得旨，各处知会，不题。

却说圣天子留意人才，到了放榜这日，绝五更即亲御文华殿，听候揭晓。礼部因遵前旨，随即将一干人犯都带入朝中。众官朝贺毕，礼部出班，即跪奏道："吏部尚书张夏时参旧阁臣山显仁女山黛与赵纵、钱横情词交媾一案，人犯已齐。蒙前旨：遇御殿日奏审。今圣驾临轩，谨遵旨奏请定夺。"天子道："人犯既齐，可先着赵纵、钱横见驾。"

礼部领旨下来，早有校尉官旗将燕白颔、平如衡二人带至丹墀下面俯伏。天子又传旨带上，二人只得匍伏膝行，至于陛前。天子展开龙目一观，见二人俱是青年，人物十分俊秀，皆囚首桎梏[1]，因传旨开去，方问道："谁是赵纵？"燕白颔道："臣有。"天子又问："谁是钱横？"平如衡应道："臣有。"天子又问道："朕御赐弘文才女山黛，乃阁臣之女，你二人怎敢以淫词勾挑？"燕白颔答奏道："山黛蒙圣恩宠爱，赐以才女之名，付以量才之任。满朝名公，多曾索句；天下才士，半与衡文；即张吏部之子张寅，亦曾自往比试。岂独臣二人就考便为勾挑？若谓勾挑，前考较之诗尚在御前，伏祈圣览。如有一字涉淫，臣愿甘罪。况张寅擅登玉尺楼，受山黛涂面之辱，人人皆知。此岂

---

[1] 桎梏（zhì gù）：脚镣手铐，古代用来拘系罪犯的工具，也比喻一切束缚人手脚的东西。

不为勾挑，反责臣等勾挑，吏臣可谓溺爱矣。伏乞圣恩详察。"

天子因传旨带张寅见驾，张寅也匍伏至于御前。天子问道："张寅，你自因调戏受辱，却诬他人勾挑，唆父上疏欺君，是何道理？"张寅伏在御前，不敢仰视，听得天子诘责，只得抬起头来要强辨，忽看见旁边跪着燕白颔、平如衡，因惊奏道："陛下，一发了不得！勾挑之事，其罪尚小，且慢慢奏闻。只是这二人不是赵纵、钱横。欺君之罪，其大如天。先乞陛下究问明白，以正其辜。"天子听了，也着惊道："他二人不是赵纵、钱横，却是何人？"张寅奏道："一个是松江燕白颔，一个是洛阳平如衡。"天子一发着惊道："这一发奇了！莫不就是学臣王衮荐举的燕白颔、平如衡么？"张寅奏道："万岁爷，正是他。"天子又问道："莫不就是新科南场中解元的燕白颔，与中第六名的平如衡么？"张寅奏道："万岁爷，正是他。"天子因问二人道："你二人实系燕白颔、平如衡么？"燕白颔、平如衡连连叩头道："臣该万死！臣等实系燕白颔、平如衡。"天子道："汝二人既系燕白颔、平如衡，已为学臣荐举，朕又有旨征召，为何辞而不赴，却更改姓名，去勾挑山黛？此中实有情弊，可实说，免朕加罪。"

二人连连叩头奏道："微臣二人，本一介书生，幸负雕虫小技，为学臣荐举，又蒙圣恩征召，此不世之遭际也，即当趋赴。但闻圣上搜求之意，原因山黛女子有才，而思及男子中岂无有高才过于山黛者乎，故有是命。臣恐负征召之虚名，至京而考，实不及山黛，岂不羞士子而辱朝廷？故改易姓名为赵纵、钱横，潜之京师，以就山黛量才之考。不期赴考时山黛不出，而先命二青衣出与臣等比试。张寅所呈十四诗，即臣与二青衣比试之词也。臣因见二青衣尚足与臣等抗衡，何况山黛？遂未见山黛而逃归。途遇学臣，再三劝驾。臣等自惭不及山黛，故以小疏上陈，愿归就制科，以藏短也。又幸蒙圣恩拔置榜首、第六，实实感恩之无已也。然历思从前，改名实为就考，就考实为征召，辞征召而就制科，实恐才短而辱朝廷：途虽错出，而黼黻皇猷之心，实无二也。若谓勾挑，臣等实未见山黛，也只勾挑二青衣也。伏乞圣恩鉴察。"

天子听说出许多委曲，满心欢喜道："汝二人才美如此，而又虚心如此，可谓不骄不吝矣。——这也罢了。只是你二人既中元魁，为何不早进来会试？朕已敕学臣，一到即要召见，因甚直至此时方来？"燕、平二人又奏道："臣等闻：才为天下公器，最忌夤缘。臣等幸遭圣明，为学臣所荐，陛下所知，今又侥幸南闱，若早入京，未免招摇耳目。倘圣恩召见而后就试，即叨一第，天下必疑主司之迎合。臣固迟迟其行，仅及场期而入。中与不中，不独臣等无愧，适足彰皇上至公无私之化矣。”

天子听了，龙颜大悦道：“汝二人避嫌绝私，情实可嘉。朕若非面审，几误加罪于汝。”因命张吏部责谕道：“衡文虽圣朝雅化，亦须自量。山黛之才，已久著国门。即燕白颔、平如衡，为学臣特荐如此，尚不敢明试，而假名以观其浅深。卿子既无出类之才，乃公然求婚，且擅登玉尺楼，妄加调戏，何无忌惮至此！及受辱而归，理宜自悔，乃复唆卿渎奏，以图报复，暴戾何深！本当重罪，念卿铨务勤劳，姑免究。”张吏部忙叩首谢罪谢恩。

天子还要召山显仁，谕以择婿之事，忽天门放榜，主考已先献进会试题名录来。天子展开一看，只见第一名会元就是平如衡，第二名会魁就是燕白颔，龙颜大悦。

此时燕白颔、平如衡尚囚首俯伏于地。天子因命平身，就叫近侍将会试录递与二人看。二人被系入朝，又为张寅识破姓名，心下惶惶，惧有不测之祸，谁还想到会试中与不中？今见天子和容审问，绝不苟求；平如衡忽又见自家中了会元，燕白颔忽又看见自家中了第二名会魁——明明一个鬼，忽然变了仙，怎不快活？慌忙顿首于地，称谢道：“皇恩浩荡，真捐顶踵不足以上报万一！”

天子道：“汝二人不依不附，卓立之志，可谓竟成矣。”又说道：“今日且完制科之事，异日还要召汝与山黛御前比试，以完荐举之案。暂且退出，赴琼林宴，以光大典。”二人谢恩而退。走出文华殿门，早有许多执事员役，拿中式衣冠与他换了，簇拥而去。天子然后召山显仁面谕道：“平如衡、燕白颔二人俱少年英才。殿试后，朕当于二人中为汝择一佳婿，方不负汝女才名。”

山显仁方叩头谢恩而出，遂回府与山黛细细说知从前许多委曲之事。山黛方知赵纵、钱横果是燕白颔、平如衡，因与冷绛雪说道：“燕、平二人既春闱得意，圣上面许择婚，则平自归姊，燕自属妹，平郎与姐姐，可谓天从人愿矣。燕郎与平郎，互相伯仲，得结丝萝，未尝非淑人君子。但有阁下一段机缘，终不能去怀。若是前日寻访不着，也还可解。不料我以题壁之诗访他，他即以和韵诗怀我，才情紧紧相对，安能使人释然？但许场后即来相访，不知为何至今竟又不来？”冷绛雪道：“许场后来，则必场前有事；若场前既有事，则场中或得或失，场后羁迟，未为爽约 [1]。小姐须宽心俟之，定有好音。到是贱妾之事，尚属未妥。”山小姐道：“此是为何？”冷绛雪道：“天下事最难意料。妾虽知平郎得意，平郎却未必知妾在此。他少年得隽，谁不羡慕？倘有先我而得之者，为之奈何？”山小姐道：“这个不难。待小妹与父亲说知，明日就叫一个官媒婆去议亲，便万无可虑矣。”冷绛雪道：“如此方妙。”

山小姐遂与山显仁说知，山显仁随叫个官媒婆去议亲。那官媒婆去议了来回复道：“平爷说：‘蒙太师爷垂爱，许结朱陈，是夙昔所仰望而不得者，诚生平之愿。但恨缘悭，前过扬州，偶有所遇，已纳采于人矣。方命之罪，客殿试后踵门荆请。’”山显仁听了，说与冷绛雪，把一个冷绛雪气得哑口无言，手足俱软，默然不胜愤恨。正是：

　　慢道幽闲尽性成，须知才美性之情。
　　美到有才才到美，谁能禁性不情生？

且不说冷绛雪在闺中幽闷。却说燕白颔与平如衡中后，蒙圣恩放出赴宴，宴罢琼林，归到寓所，十分得意。只有燕白颔，因不曾去访阁上美人，以为失约，终有几分快快。欲要偷工夫去访，又因要谢恩谒圣，见座师、见房师、拜同年，百事猬集，一刻不得空闲；欲要悄悄去访，比不得旧时做秀才，自去自来，如今有长班人役跟随，片时不得脱空。只捱到晚间，人役散去，方叫一个家人打了一个小灯笼，悄步到苏州胡同来寻访。喜得蔡老官人人认得，一问就着。不料蔡老官奉山小姐之命，日日守候，忽见燕白颔来寻，宛如得了异宝，连说道：“相公原许场后就来，为何直到如今？叫我老汉等得不耐烦。”燕白颔道：“我场后已曾来访，不期路上遇了一场是非，故不曾到此。不瞒你说，放榜后，又中了进士，日日奔忙，半刻不空。又恐怕你家小姐道我失约，故乘夜而来。烦你拜上小姐，既有垂爱之情，须宽心少待。等我殿试后，公务稍暇，定来见你，商议求媒，以结百年之好。”蔡老官道：“原来相公中了事忙。既是这等，我老汉就去回复小姐。——只是万万不可失信！”燕白颔道：“我若失信，今日也不来了。只管放心。”蔡老官道：“说得有理。我放心在此守候佳音便了。”

燕白颔嘱付明白，方才回寓，与平如衡说知此事，道：“你我功名亦已成就，

---

[1] 爽约：失约。

兄又聘了绛雪，小弟再和合了阁上美人，便可谓人生得意之极矣。"平如衡道：
"事已八九，何患不成！"二人说说笑笑，十分欢喜。

不数日，廷试过。到了传胪这日，天子临轩，百官齐集，三百进士济济
伏于丹墀之下。御笔亲点燕白颔状元及第，平如衡探花及第，各赐御酒三杯，
簪花挂红，赴翰林院去到修撰、编修[1] 之任。到过任，敕赐游街三日，十分
荣耀。

过了数日，天子又召学臣王衮面谕道："尔前特荐燕白颔、平如衡有才，
今果次第抢元夺魁，不负所荐。赐尔加官一级，以旌荐贤得实。"王衮叩头谢恩。
天子又谕道："朕前敕尔搜求奇才者，原以山阁臣有亲女山黛与义女冷绛雪，
才美过人。朕以为女子有此异才，岂men男子中反无，故有前命。今果得燕白颔、
平如衡二人，以副朕求。朕因思天地生才甚难，朝廷得才，不可不深加爱惜。
眼前四才，适男女各半，又皆青年，未曾婚配。朕欲为之主婚：状元燕白颔，
赐婚山阁臣亲女；探花平如衡，赐婚山阁臣义女。如此则才美相宜，可彰圣化。
特赐尔为媒，衔朕之命，联合两家之好。"王衮叩头称颂道："圣上爱才如此，
真无异于天地父母。不独四臣感恩，虽天下才人，皆知所奋矣。"遂谢恩退
出。因暗想道："圣上命我为媒，我若两边去说，恐他各有推却，便费气力。
既奉钦命，莫若设一席，请他两边共集一堂。那时明宣诏旨，则谁敢不遵？"
主意定了，遂择了吉日，发帖分头去请，又着人面禀道："此非私宴，乃奉旨
议事，不可不到。"

至临期，山显仁与燕白颔、平如衡前后俱到。王衮接入相见。礼毕，略
叙叙闲话，王衮即邀入席。山显仁东边太师位坐了，王衮西席相陪，燕白颔、
平如衡坐于下面客席。饮过三杯，王衮即开谈道："学生今日奉屈老太师与
状元、探花者，非为别事。因昨日蒙圣恩面谕：人才难得，不可处之不得其当。
山老太师有此二位奇才闺秀，实系天生；今科又遇状元、探花二位名世奇英，
定从岳降；况年相近而貌相仿，可谓聚淑人君子于一时。若不缔结良姻，以
彰《关雎》、《桃夭》之化，不足显朝廷爱才之盛心也。故特命学生恭执斧柯，
和合二姓。故敢奉屈，以宣天子之命。老太师与状元、探花，礼宜遵旨谢恩。"

---

[1] 修撰、编修：官名，唐始置。明清时期为翰林院官员，由新科进士及庶吉士充任，
无实际职务，负责编纂记述等工作。

山显仁道："圣命安敢不遵。但陈人联姻新贵，未免抱不宜之愧。"

燕白颔心中虽要推辞，却一时开口不得。惟平如衡十分着急，因连连打恭说道："勿论圣上鸿恩，所不敢辞，即老恩师严命，岂敢不遵？况山太师泰山之下，得附丝萝，何幸如之！但恨赋命凉薄，已有糟糠之聘。风化所关，尚望老师代为请命。"王衮道："探花差矣！守庶民之义，谓之小节；从君父之制，谓之大命。孰轻孰重，谁敢妄辞？"平如衡道："愚夫愚妇立节，圣主旌之。非重夫妇也，敦伦[1]也。门生之聘，谓门生之义，则轻、则小；谓朝廷之伦，则重、则大也。尚望老师为门生回天。"王衮道："事有经，亦有权：从礼为经，从君为权。事有实，亦有虚：娶则为实，聘尚属虚。贤契亦不可固执。"

山显仁见二人互相辩论，因说道："王老先生上尊君命，固其宜也；平探花坚欲守礼，亦未为不是。依老夫看来，必须以此二义上请，方有定夺。"王衮与平如衡一齐应道："是。明早当同入朝请旨。"燕白颔听见说请旨，因说道："门生亦有隐情，敢求老师一同上请。"王衮道："探花已聘，尚可公言。状元隐情，何以形之奏牍？这个决难领教。"燕白颔遂不敢再言。大家又饮了几杯，遂各各散去。

到了次早，王衮果同了平如衡入朝面圣。不期扬州知府窦国一，因平如衡中了会元、探花，与冷大户说知，叫他速速报知女儿定亲之事。自家在扬州做了四年知府，也要来京中谋复原职。因讨了赍[2]表的差，竟同冷大户赶进京来。到了京师，冷大户竟到山府去见女儿。窦知府这日恰恰朝见，在朝房劈面与平如衡撞见。

平如衡忽然看见，满心欢喜道："窦公祖几时到京？恰来得好，有证见了！"因引与王衮相见，道："门生的媒是窦公祖做的。"窦知府忙问道："探花已占高魁，为着何事，忽言及斧柯？"平如衡道："晚生蒙圣恩赐婚，欲以有聘面圣恳辞。今恐无据，圣主不信。恰喜公祖到来，岂非一证？"窦知府道："原来为此。俟面圣时，理当直奏。"

王衮道："探花苦辞，固自不妨。只可惜辜负圣上一段怜才盛意。"窦知

---

[1] 敦伦：敦睦人伦。

[2] 赍（jī）表：持捧奏表。

府道："请教王大人：圣上怎生怜才？"王衮道："圣上因爱探花有才，又爱山阁下令爱有才，以才配才，原是一片好意，非相强也。探花苦苦推辞，岂非辜负其意乎？"窦知府听了着惊道："圣上赐婚探花[1]者，莫非就是山阁臣之女山黛么？"王衮道："不是山黛，是第二位义女冷氏。"窦知府听了，大笑道："若果是义女冷氏，王大人与探花俱不必争得，也不必面圣，请回，准备合卺。——我学生一向还做的是私媒，如今是官媒了。"

王衮与平如衡俱惊问道："圣上赐一婚，晚生定一婚，二婚也。为何不消争得？"窦知府道："圣上所赐者，此婚也；探花所定者，此婚也。二婚总是一婚，何消争得？探花，你道山相公义女是谁？即冷绛雪也。"平如衡又惊又喜道："冷绛雪在扬州，为何结义山府？"窦知府道："说来话长，一时也说不尽。但令岳闻知探花高发，恐怕要做亲，已同学生赶进京来，昨已往山府报知令爱去了。"王衮与平如衡听了，欢喜不胜，道："若非恰遇窦老先生，说明就里，我们还在梦中，不知要费许多唇舌！"窦知府道："不必更言。二位请回，学生朝见过，即来奉贺矣。"说罢，王衮与平如衡先回。不题。

却说冷大户到京，问知山显仁住处，连晚出城，赶到皇庄来见。山显仁闻知冷绛雪父亲来到，忙接入后厅相见。冷大户再三拜谢恩养。山显仁一面就留饮，一面就叫冷绛雪出来拜见父亲。

冷绛雪拜毕，冷大户就说道："我不是也还不来，因与你许了一头好亲事，只怕早晚要做亲，故赶来与你说知。"冷绛雪着惊道："父亲做事，为何这等孟浪！既要许人，为何不早通知？如今这边已蒙圣上赐婚了，父亲只好回他。"冷大户听见说圣上赐婚，只好回他，竟吓呆了。半晌方说道："为父的聘已受了，如何回他？"冷绛雪道："不回他，终不然到回圣上？"冷大户道："若是一个百姓之家，便好回他。他是新科的黄甲进士，又是扬州知府为媒，叫我怎生开口？"冷绛雪道："说也徒然。知府、进士难道大如皇帝？"

冷大户听了默然，愁眉叹气，连酒也不敢吃。山显仁看见，道："亲翁且不必烦恼。还喜得赐婚之人也曾聘过，明早还要面圣恳辞。若辞准了，便两全矣。且请问亲翁，受了何人之聘？"冷大户道："门下晚生自原不敢专主，当不得窦知府再三骗我，说他是个有名的大才子，新科中了亚魁，这进京会试，

---

[1] 探花：科举时代一种称号。明清两代称殿试考取一甲（第一等）第三名的人。

不是会元，定是状元。说得晚生心动，故受了他的聘定。"山显仁道："他如今中了进士，则窦知府也不为骗你了。"冷大户道："中到果然中了会元，又殿了探花。虽不是骗我，只是骗我把事做差了，如今怎处？"山显仁听了大惊道："会元、探花，这等是平如衡了？"冷大户道："正是平如衡。"

山显仁听了，看着冷绛雪大笑道："大奇，大奇！平如衡苦苦说扬州已聘者，原来就是你！"冷大户忙问道："老太师为何大笑称奇？"山显仁道："亲翁不知，圣上赐婚的，恰正是平如衡。你道好笑不好笑！你道奇也不奇！"冷大户与冷绛雪各各欢喜。

到次早，山显仁忙着人去报知王衮，不料王衮也将朝房遇着窦知府说明之事，来报知山显仁了。两下俱各欢喜。只有燕白颔与山黛，心下微微有些不快。

王衮随将此事奏知，天子愈加欢喜，因说道："窦国一既系原媒，着复原官，一同襄事。"因赐大第一所，与燕白颔、平如衡同居；又命钦天监择吉成婚；又敕同榜三百进士，伴状元、探花亲迎；又撤金莲宝炬十对赐之。文武百官见圣上如此宠眷，谁敢不来庆贺？金帛表礼，盈庭充室；衣冠车马，塞户填门。满长安城中，闻知钦赐一双才子娶一双才女，大家小户，尽来争看。

到了正日，鼓乐笙箫，旌旗火炮，直摆列至皇庄。燕白颔与平如衡乌纱帽、大红袍，簪花挂红，骑了两匹骏马，并辔而行。王衮、窦国一与三百同年，俱是吉服，于后相陪。道傍百姓看见燕白颔、平如衡青年俊美，无不啧啧称羡。

这边山黛与冷绛雪金装玉裹、翠绕珠围，打扮的如天仙一般。山显仁穿了御赐的蟒服，冷大户也穿了中书冠带，相随接待。须臾二婿到门，行礼款待毕，然后山显仁与罗夫人送二女上轿，随从侍妾足有上百。一路上，火炮与鼓乐喧天，旗彩共花灯夺目。真个是天子赐婚，宰相嫁女，状元、探花娶妻，一时富贵，占尽人间之盛。娶到了第中，因父母不在堂，惟双双对拜，送入洞房。外面众官的喜筵，都托了王衮、窦国一两个大媒代陪，不题。

却说平如衡与冷绛雪在洞房中彼此觌面，俱认得是阁子祠相遇之人，各叙天缘，与别后系心、今得相逢之故，万分得意，不必细说。燕白颔与山小姐虽各有阁上美人、阁下书生一段心事，然到此地位，燕白颔娶了天下第一个才女，山小姐嫁了天下第一个才人，今日何等风骚，就是心有所负，也只得丢开罢了。不匡[1]到了房中，对结花烛，揭去方巾，彼此一看，各各暗惊。这个道："这分明是阁上美人。"那个道："这分明是阁下书生。"但侍姜林立，恐有差误，不敢开口。二人对饮合卺，在明烛下越看越像。燕白颔忍耐不住，便取出蔡老官寻访的那柄诗扇，叫侍姜传与山小姐看，道："下官偶有一诗，请教夫人，幸不嫌唐突。"山小姐接了一看，忽眉宇间神情飞跃，竟不回言，也低唤侍儿，取出一柄诗扇，传与燕白颔道："贱妾亦偶有一诗，请教状元，幸勿鄙轻浮。"燕白颔接了一看，见就是前日付与蔡老官的和诗，喜得燕白颔满心奇痒，不知搔处。又见众侍姜观望，不敢叙出私情，只哈哈大笑道："这段姻缘，虽蒙圣恩赐配，又蒙泰山俯就，夫人垂爱，然以今日而论，实系天缘也。"山小姐不好答应，只是微微而笑。饮罢，同入鸳帏。一双才子才女，青年美貌，这一夜真是百恩百爱，说不尽万种风流。

到了次日，夫妻闺中相对，燕白颔见侍姜如云，只不见前日对考的青衣记室，因问山小姐道："莫非记室体尊，不屑侍御，不曾携来？"山小姐道："已来矣，满月时当与状元相见。"燕白颔出见平如衡，说知阁上美人即系山小姐，平如衡大喜道："真可谓奇缘也！"燕白颔又说及青衣之事，平如衡道："小弟也曾问来，弟妇也是如此说。"

到了满月，山显仁与冷大户一齐都来，两位新人出房相见。山小姐、冷绛雪与燕白颔、平如衡是姐夫妹夫、大姨小姨，交相拜见。拜罢，山小姐因指着冷绛雪对燕白颔说道："状元要见青衣记室，此人不是么？"冷绛雪也指着山小姐对平如衡道："探花要见青衣记室，此人不是么？"燕白颔与平如衡看了，俱各大笑道："原来就是大姨娘、小姨娘假扮了耍我们的。我就说天下那有如此侍姜！今日方才明白，不然叫我抱惭一世。"山显仁笑说道："若不如此，二位贤契如何肯服输？"惟冷大户不知，因问其故。山显仁对他说明，也笑个不了。说罢，合家欢宴，其乐无极。

到次日，山显仁因约了王衮、窦国一，率领二婿两女，同诣阙谢恩。天子亲御端门赐宴，因召说道："朕向因见山氏《白燕诗》，方知闺阁有此奇才；复因闺阁有才，方思搜求天下奇才。今获二才子、二才女，配为夫妇，以彰文明之化，足称朕怀矣。汝四人之婚，虽朕所主，今日思厥由来，实白燕为

[1] 不匡（kuāng）：不料，想不到。

之媒也。汝四人还能各赋一《白燕诗》以谢之么？"四人同奏道："陛下圣命，敢不祗承！"天子大悦，因命各赐笔墨。四人请韵，天子因思说道："不必另求，即以平、山、冷、燕四韵可也。"四臣领旨，各各挥毫。此时方显真才之妙。但见纸落云烟，笔飞鹘兔，日晷不移，早已诗成四韵，一齐献上。

天子展开，次第而观。只见平如衡的道：

疑是前身太白生，双飞珠玉兆文明。

不须更羡丹山凤，光贵衣裳天下平。

山黛的是：

云想衣裳玉想鬟，不将紫颔动龙颜。

若非毓种瑶池上，定是修成白雪山。

冷绛雪的是：

红芳付与群芳领，双双玉殿飞无影。

九重春色正融融，白雪满身全不冷。

燕白颔的是：

"寻莺御柳潜还见，结梦梨花成一片。

天子临轩赏素文，始知不是寻常燕。

天子览华，龙颜大悦，即赐与山显仁、王兖、窦国一遍观。因谕说道："汝四人有才如此，不负朕求才之意矣。"又赐欢饮。

饮至日午，钦天监奏：才星光映北阙，当主海内文明，国家祥瑞。天子大喜，因各赐金帛彩缎。山显仁因率领诸臣谢恩退出。

自此之后，燕白颔与山黛，平如衡与冷绛雪，两对夫妻，真是才美相宜，彼此相敬，在闺中百种风流，千般恩爱。张寅与宋信初时犹欲与他二人作对，到此时见他一时荣贵，只得揣转面皮来趋承庆贺。燕白颔、平如衡度量宽大，不念旧恶，仍认作相知，优礼相待。山显仁得此二婿，十分快活，竟不出来做官，只优游林下快活。

后来燕白颔同山黛荣归松江，生子继述书香。平如衡亦同冷绛雪回至洛阳，重整门闾，祭祀父母，连叔子平教官都迁任得意。若非真正有才，安能如此？至今京城中俱盛传平、山、冷、燕为四才子。闲窗阅史，不胜忻慕，而为之立传云。